ars vivendi Krimi

Sigrun Arenz lebt als Lehrerin, Schriftstellerin und Übersetzerin aus dem Englischen in Fürth. Bei ars vivendi erschien zuletzt ihr Kriminalroman »16 Uhr 50 ab Ellingen«.

Sigrun Arenz

Der Hund von Bettenfeld

Ein fränkischer Krimi in britischer Tradition

ars vivendi

Originalausgabe

1. Auflage 2022

www.arsvivendi.com

Druck: Pustet, Regensburg
Gedruckt auf holzfreiem Werkdruckpapier

MIX
Papier aus verantwortungsvollen Quellen
FSC® C014889

Printed in Germany

ISBN 978-3-7472-0432-0

Der Hund von Bettenfeld

Heute. Heute ist der Tag, an dem er es zu Ende bringen wird. Was danach kommt, ist ihm egal. Nicht, dass es ihn kaltlässt, das nicht. Er will nicht gesehen, befragt, beschuldigt, verurteilt werden. Wenn alles gut geht … wenn alles läuft wie geplant und niemand im entscheidenden Moment etwas hört oder sieht, was er nicht hören oder sehen soll, wird es keine Konsequenzen geben. Dann wird keiner je erfahren, was zwischen Mauer und Haus geschieht. Aber selbst wenn doch – es ist ihm egal. Weil man manche Dinge einfach tun muss, und der Hass brennt zu heiß in ihm, und er wird ihn auffressen, wenn er nicht endlich handelt, jetzt, da die Gelegenheit günstig ist. Hass ist etwas, worauf sie sich hier verstehen. Trotzdem fröstelt er, obwohl es kein kalter Tag ist. Weil der Tod die Wärme verschluckt, selbst wenn es nicht der eigene ist.

Erster Teil

Zettel mit einer Vorbemerkung von Mala Ngomane

Das Material in diesem Umschlag stammt aus unterschiedlichen Quellen, und nicht alles ist chronologisch angeordnet. Harriet Fenshaw hat ihre eigenen Erlebnisse in eine literarische Form gebracht, »um eine durchgehende Handlung zu schaffen und die Lesbarkeit zu verbessern« (und auch, weil Harriet einfach so tickt. Sie setzt sogar in Textmessages Kommas. Vielleicht wird man so, wenn man ein paar Jahre lang unterrichtet hat). Die Informationen über die anderen Gäste auf dem Mauerhof entstammen zum Teil den Gesprächen, die wir geführt haben, zum Teil haben wir auch Niederschriften, Bilder, Zeitungsartikel, Mails und Textnachrichten gesammelt. An die meisten davon sind wir ganz regulär gekommen, weil sie uns gezeigt wurden (die Leute sind bereit, im Gespräch sehr viel mehr zu verraten, als sie eigentlich wollen, wenn sie gestresst genug sind oder sich ins richtige Licht zu rücken versuchen), aber ein paar Informationen haben wir auch auf etwas unorthodoxem Weg erhalten. Ich habe kein Problem damit, im Zug jemandem über die Schulter zu schauen, um zu wissen, was der sich gerade wieder auf Netflix reinzieht, und wenn es um was wirklich Wichtiges geht, wie in dieser Sache, kann man, finde ich, ruhig alle Möglichkeiten ausschöpfen. Und wenn die Leute nicht wollen, dass man mithört, was sie ihren Partnern für Lügen erzählen oder was sie am vergangenen Abend getrieben haben oder warum sie jemanden hassen oder wie sie jemanden dazu kriegen, genau das zu tun, was sie wollen, dann dürfen sie eben keine Sprachnachrichten diktieren oder anhören, sodass andere es mitbekommen, oder gar am offenen Fenster telefonieren, am besten noch mit Lautsprecher. Ich höre immer »Generation Smartphone, Generation Smartphone«, aber manchmal denke ich, alle glauben einfach, dass sie die einzigen Menschen auf der Welt sind. Sie haben Geheimnisse, aber sie passen nicht wirklich darauf auf, weil sie alle anderen bloß für Statisten oder Attrappen in ihrem persönlichen Film halten, in dem sie die Hauptrolle spielen. Aber die Statisten haben Ohren, und manche haben ein Hirn und wollen verstehen, was um sie herum vor sich geht. Und wir wollen, dass Licht in die ganze Angelegenheit kommt. Weil die offensichtliche Wahrheit eben nicht immer die Wahrheit ist. Ob wir mit diesen Materialien die ganze Wahrheit gesagt haben, wissen wir auch nicht. Teilweise mussten wir Gespräche aus dem Gedächtnis rekonstruieren oder übersetzen, und manches bleibt Spekulation. Und natürlich belügen sich die Menschen manchmal auch selbst. Aber wir glauben, dass wir näher dran sind an der Wahrheit als … na ja, als Sie. Was kein Wunder ist, weil wir dabei waren. Weil es uns um was geht.

(Harriet, willst du noch mal drüberschauen, oder kann ich das so lassen? Ich lass das jetzt so, sonst hättest du es halt selbst schreiben müssen.)

Ausschnitt aus den *Nürnberger Nachrichten* vom 3. Mai

Kunstpreis »Zeitzeichen« geht an Rothenburger Künstlerin

Mit dem alle zwei Jahre verliehenen Kunstpreis »Zeitzeichen« wird im Juni die bei Rothenburg o. d. Tauber lebende Künstlerin Melanie Gruber ausgezeichnet. Die Jury würdigt ihren »kompromisslosen, aber emphatischen« Umgang mit Werkstoffen und Sujets. Gruber wurde 1968 in Münster geboren, studierte an der Kunstakademie Karlsruhe und arbeitet seit dem Jahr 2001 als freie Künstlerin. 2002 feierte sie mit ihrer ersten eigenen Ausstellung »Sonderaussichten« einen vielbeachteten Erfolg. Seither hat sie ihre Installationen, Zeichnungen und Skulpturen in diversen Galerien und bei Veranstaltungen gezeigt. Im Jahr 2007 erhielt sie den Sonderpreis »Installation:Innovation« der Fördergemeinschaft »Kunst weiblich«. Gruber gibt in ihrem Haus bei Rothenburg Kunstseminare und engagiert sich für das Projekt »Kunst der kurzen Wege«, durch das junge Talente aus bildungsfernen Schichten entdeckt und gefördert werden sollen.

Den »Zeitzeichen«-Preis, der mit 5.000 Euro dotiert ist, wird Gruber bei einer Vernissage am 18.6. in Empfang nehmen. Ihre neueste Ausstellung wird bis zum 12.7. in der Scheune ihres Hauses zu sehen sein.

Die Laudatio wird Professor D. R. Kern von der Nürnberger Akademie der Künste halten.

Harriet Fenshaw

Harriet Fenshaws Onkel war verrückt geworden, das war die einzige Erklärung. Und weil das so war und sie ihn ja nicht einfach seinem Schicksal überlassen konnte, saß sie jetzt in einem roten

Regionalzug der Deutschen Bahn, der soeben ohne ersichtlichen Grund auf freier Strecke angehalten hatte. Franken. Akkurate Felder, auf denen giftig-gelber Raps blühte, und dunkle Waldstücke. Ein hoher blauer Himmel, an dem keine einzige Wolke zu sehen war. Eine Klimaanlage, die das Abteil auf arktische Temperaturen gebracht hatte – zumindest, wenn die Nachrichten stimmten, denen zufolge in der Arktis derzeit Rekordwerte gemessen wurden. Das Klima war offensichtlich ebenso verrückt geworden wie Edmund.

Ihr Handy pingte. »Hi Hattie, drinks tonight in the *Horse and Dragon*? Celebrate half-term break? Chris and Sarah are coming too.«

»Tut mir leid, ich bin gerade in Deutschland«, tippte sie hastig.

Hayleys Antwort bestand aus drei dicken Fragezeichen, was Harriet nicht verwunderte. Am Donnerstag hatten sie sich noch im Lehrerzimmer unterhalten, und beide hatten erklärt, dass sie keine Urlaubspläne hätten.

»Es war eine spontane Entscheidung«, schrieb Harriet. »Mein Onkel Edmund hat eine Einladung von einer alten Freundin erhalten.«

»Edmund ist der attraktive Typ, oder? Und er hat dich mitgenommen? Cool, du hast dir ein paar Tage Urlaub verdient. Für mich wäre das ja leider nichts, ich kann kaum drei Sätze Deutsch.«

Der Zug setzte sich so unvermittelt wieder in Bewegung, wie er angehalten hatte, und die Klimaanlage blies Harriet einen Extrastoß heiße Luft ins Gesicht. Am Fenster zogen Wiesen mit reifendem Korn und Feldränder vorbei, an denen roter Klatschmohn blühte. Sie zögerte, was sie antworten sollte. Sie betrachtete ihre Kollegin Hayley als Freundin, ebenso wie Chris und Sarah, aber sie waren keine Vertrauten, die sich gegenseitig Geheimnisse verrieten. Andererseits war die Zugfahrt langweilig, und wenn sie ehrlich mit sich selbst war, wollte Harriet jemandem mitteilen, was sie momentan umtrieb. Sie ignorierte die Frage nach dem »attraktiven Typen«. Edmund war ihr Onkel, auch wenn er nur elf Jahre älter war als sie und ihr oft eher wie der große Bruder vorkam, den sie nicht hatte. Aber »attraktiv« war einfach keine Kategorie für männliche Familienmitglieder. Überhaupt war das größere Problem momentan, dass Edmund offensichtlich verrückt geworden war.

»Er hat mich nicht mitgenommen. Ich reise ihm gerade hinterher, ohne dass er es weiß«, schrieb sie.

»???«

Er hatte ihr die Einladung per Mail weitergeleitet und gefragt: »Na, was meinst du, Hattie? Soll ich hinreisen?« Harriet suchte die Nachricht in ihrem Posteingang und schickte sie Hayley.

»Hi Ed«, hatte Melanie Gruber geschrieben. »Ich weiß, dass wir schon lange nichts mehr voneinander gehört haben, aber ich musste neulich an dich denken, als ich auf der Fähre nach Dublin übergesetzt habe – du erinnerst dich sicher an unseren Trip auf die Kanalinseln? Die Sicherheitsdurchsage, über die wir uns beinahe totgelacht hätten, und dann der Typ im Zug? Das war eine großartige Reise damals, eine der besten. Warum ich schreibe: Ich eröffne demnächst eine neue Ausstellung. Du hast mein Haus an der Mauer ja nie gesehen, weil wir immer nur zusammen gereist sind. Schade eigentlich. Wie auch immer, das Haus ist zwar heruntergekommen und voller knarrender Dielen, aber es gibt eine Scheune mit Werkstatt und jede Menge Platz für Kunst und interessante Menschen. Es wird eine feierliche Eröffnung mit Preisverleihung und Honoratioren stattfinden (siehe Link zum Artikel darüber), aber ich wollte auch eine persönliche Feier daraus machen und habe ein paar Leute eingeladen, übers Wochenende oder auch länger zu bleiben. Schon weil mich das ganze Brimborium, das mit so einer Preisverleihung einhergeht, anödet, und dein respektloser Humor die Sache bestimmt beleben würde. Falls du also Lust hast, mal wieder nach Deutschland zu kommen, würde ich mich freuen. Bringe gerne jemanden mit, wie gesagt, es ist genug Platz da und alles sehr informell bei mir im Haus. X Melanie.«

Eine Zugdurchsage informierte die Fahrgäste darüber, dass sie in Kürze Rothenburg ob der Tauber erreichen würden, und Harriet vergewisserte sich, dass sie ihre Sachen beisammenhatte, ehe sie wieder einen Blick aufs Handy warf.

»Ich verstehe das Problem nicht«, hatte Hayley geschrieben. »Klingt doch nett.«

»Muss jetzt aussteigen«, tippte Hattie eilig. »Melde mich später.«

Natürlich verstand Hayley das Problem nicht. Wie auch? Harriet selbst war am Anfang nur verwundert gewesen, dass Edmund nach ihrer Meinung gefragt hatte. Er reiste schließlich gerne und oft, mit Begleitung und ohne.

Der Zug kam zum Stehen, und Hattie trat zusammen mit einigen anderen Reisenden auf den Bahnsteig. Von hier aus sah man nichts von dem, was Rothenburg zu einer solchen Touristenattraktion machte, aber sobald Hattie die von der Stadtmauer umgebene Innenstadt erreicht hatte, wurde es ihr klarer. Sie hatte gedacht, dass sie sich in Deutschland ganz gut auskannte – ihre Sprachkenntnisse waren jedenfalls definitiv besser als die ihrer meisten Landsleute –, aber das ländliche Franken war offensichtlich etwas ganz anderes als Berlin und der Ostseeraum, wo sie während ihres Studiums einmal sechs Monate verbracht hatte. Sie fragte sich bis zu ihrem Hotel durch, das direkt an einem der Stadttore lag, und genoss den Ausblick auf das Taubertal hinunter, ehe sie kurz die Augen schloss.

Eine eingehende Nachricht ließ sie auffahren – die Reise war anstrengender gewesen, als sie gedacht hatte. »Blimey, Hattie«, schrieb Edmund. »Dieser Ort ist abgefahren, dieses Haus! Die Kunstwerke! Du hättest mitkommen sollen! Oder vielleicht hattest du recht, und ich hätte nicht kommen sollen. Ich erzähle dir später davon. Das Haus hat Geschichten zu erzählen, sage ich dir! Das Wetter ist großartig, wenn auch zu heiß. Regen in Kent, habe ich gelesen … Lass dir die Laune nicht verderben, sondern genieße deine Ferien. Zwei Wochen ohne schreiende Kinder und Korrekturen! Ich schicke dir später ein paar Bilder. X!«

Harriet überlegte, ob sie ihrem Onkel antworten sollte, dass sie dasselbe Wetter hatte wie er, beschloss aber, ihn am nächsten Tag zu überraschen und sich heute die Stadt anzuschauen. Sie wechselte zu ihrem Chat mit Hayley und schrieb: »Melanie Gruber – die Edmund bis dahin noch nie erwähnt hatte – ist offenbar seine Exfreundin, mit der er mehrere Jahre lang eine Fernbeziehung hatte und mit der er seit über zwei Jahren kein Wort mehr gewechselt hatte. Und jetzt beschließt er aus dem Blauen heraus, sie in ihrem Haus zu besuchen, um an ihrer Vernissage teilzunehmen.«

Siegfried Gruber

Die Situation war verrückt. Natürlich hätte ich die Einladung gar nicht erst annehmen sollen, aber es hat mich interessiert, wie es Melanie erging. Immerhin waren wir jahrelang verheiratet gewesen. Und dass sie mich zu ihrer Vernissage einlud – wahrscheinlich wollte sie mir zeigen, was sie alles geschafft hatte ohne mich. Frauen sind ja öfter so; sie müssen immer irgendwas beweisen, nur um zu zeigen, dass sie keine Männer brauchen. Und ich habe auch nie behauptet, dass Frauen es nicht auch so zu was bringen können. Aber wenn Melanie zeigen wollte, wie erfolgreich sie war, hatte sie einen komischen Weg gewählt. Schon allein das

Haus, mitten im Nirgendwo, die Straße voller Schlaglöcher. Ich musste mit dem Tesla ganz vorsichtig fahren, um ihn nicht zu beschädigen. Dass das Anwesen mal eine Art Kommune gewesen war, konnte man schon daran sehen, wie heruntergekommen es war. Und dass Melanie nicht viel Geld reingesteckt hatte seither. Das Dach gehörte neu gedeckt, und die Stufen zum Haus waren schief und ausgetreten. Und das Innere erst. Zum Glück hatte ich mich in Rothenburg einquartiert, in einem guten, soliden Gasthaus. Anständige fränkische Küche und so. Natürlich hätte ich eh nicht unter demselben Dach schlafen können wie Melanie, das wäre einfach nicht gegangen, selbst wenn mir die Statik keine Sorgen bereitet hätte. Und die Diele ... Der Raum war ja ganz okay, groß und kühl, aber wie es da aussah! In der Ecke lehnten Holzplanken, und in dem Kronleuchter und in allen Ecken hingen staubige Spinnweben. »Da müsste man mal ordentlich durchputzen«, habe ich gesagt. Man hätte einfach nur eine Leiter gebraucht. »Allerdings ist der Boden auch nicht grad grad«, habe ich gesagt, und das stimmte auch – mit diesen ausgetretenen Steinen ein echtes Sicherheitsrisiko. Ich hätte ausgeholfen, wenn Melanie es gewollt hätte. Soll niemand sagen, dass ich nicht bereit wäre, mich einzubringen, selbst im Haus meiner Exfrau. Aber Melanie hat nur gelacht und gemeint: »Dann lass das mal lieber bleiben. Außerdem stehen die Spinnweben unter Denkmalschutz; es gibt Ärger, wenn du die entfernst.« Also, mir wäre es peinlich gewesen, wenn es in meinem Haus so ausgeschaut hätte, und Isabella auch. Nicht, dass wir es jemals so weit kommen lassen würden. Ich weiß, was ich meiner Frau schuldig bin, und ein bequemes, sauberes, modern eingerichtetes Haus ist ja wohl das Mindeste. Aber Melanie hat da schon immer anders getickt, kein Wunder bei der Mutter. Ich hatte nicht gewusst, dass es das Haus war, von dem Melanie früher erzählt hatte. »Warum kaufst du auch so ein altes Haus?«, fragte ich sie – wir sprachen gerade über

Finanzen, und der englische Typ war ziemlich beeindruckt von dem Tesla. »Ein Geldgrab, so was.«

Sie hat mich angeschaut wie früher während unserer Ehe. (Dieser »Sag-mal-hörst-du-mir-eigentlich-nie-zu?«-Blick.) »Das war das Haus meiner Mutter«, sagte sie. Dann war mir natürlich alles klar. Das war diese Kommune, wo ihre Mutter mit ihrem neuen Typen gewohnt hatte und ständig irgendwelche Künstlertypen – und noch ganz andere, von denen man besser nicht mal redet – ein- und ausgingen. Die Mutter war ein Paradebeispiel für diese Frauen, die Selbstverwirklichung auf Kosten anderer leben. Hat sich mit ihrem Kerl dorthin abgesetzt, um Kunst zu machen und ihr eigenes Leben zu leben, und Melanie hat sie einfach an den Vater abgeschoben – wobei das wahrscheinlich Melanies Glück war, weil der wenigstens ein bodenständiger, vernünftiger Typ war, der sich gekümmert hat. Und das muss man zumindest sagen, dass Melanie zwar auch in diese Künstlerschiene geraten ist, aber zumindest hat sie kein Kind bekommen und dann verlassen. Ich bin wirklich froh, dass wir zwei nie Kinder hatten – so konnten wir einfach getrennte Wege gehen, als die Ehe am Ende war. Dass Melanie kinderlos ist, erklärt natürlich, dass sie sich mit diesen ganzen Projekten abgibt. »Kunst der kurzen Wege« oder wie das heißt, wo die versuchen, junge Leute zu fördern. Irgendwo findet man bei diesen kinderlosen Frauen immer irgendwelche Ersatzkinder, ob das jetzt eine Katze ist oder ein Projekt. Bei Melanie saß dann eines direkt in der Küche – ein Kind, kein Projekt. Oder vielleicht war es beides. Jedenfalls, da saß dieses junge Ding, fast noch ein Mädchen, vielleicht achtzehn, neunzehn. Ich wollte wissen, wo sie herkommt, aber anscheinend darf man so was nicht mehr fragen. Ist doch gut, wenn man sich für die Leute interessiert, oder nicht? Den Engländer habe ich schließlich auch gefragt, wo er her ist. »Meppem«, hat er geantwortet. Schreibt sich »Meopham« – nichts für ungut, aber warum kann man das nicht so schreiben, wie man es ausspricht? Immerhin konnte er ganz gut deutsch reden – das Mädchen übrigens auch. Darf man aber auch nicht mehr sagen. Früher war das ein Kompliment, wenn man jemandem gesagt hat, dass er gut deutsch kann. Sie war natürlich auch Künstlerin, oder jedenfalls will sie an die Akademie. Wohnt eigentlich im Dorf, hängt aber immer bei Melanie rum, um an ihrer Bewerbungsmappe zu arbeiten. Was der Engländer genau macht, hat er nicht gesagt, aber ich glaube nicht, dass er gut verdient. Wahrscheinlich auch so ein Künstlertyp. Ich fand ihn ganz in Ordnung, wenn auch nicht sehr bodenständig. Aber zu dem Zeitpunkt hatte ich natürlich noch keine Ahnung, worauf ich mich hier eingelassen hatte. Ab da kamen die Überraschungen knüppeldick, und wenn ich Überraschungen sage, meine ich, dass die ganze Sache sich so marode anfühlte wie das Haus: undichtes Dach, Stufen, auf denen man sich den Hals brechen konnte, wenn man nicht vorsichtig war, und wo man ging und stand, scheuchte man Dinge auf, die sich in den Wänden oder Dielen eingenistet hatten.

Chatverlauf zwischen Harriet Fenshaw und Hayley Greensward, Samstag, 17.6. und Sonntag, 18.6

Harriet
Warst du schon mal in Rothenburg? Hier gibt es Infotafeln auf Japanisch für die Touristen! Schöne Stadtmauer, tolle Häuser, Weinberge, Schneeballen. **18.40**

Hayley
Schneeballen? Im Juni? **18.42**

Harriet
Das ist ein Gebäck. Es gibt sie mit verschiedenen Füllungen in allen Cafés. Nette Läden, aber jetzt ist alles geschlossen. Ich bin gerade im Restaurant, in der Nähe der Stadtmauer. **20.03**

Hayley
Das Kind ist im Bett! Ich dachte schon, es würde nicht mehr passieren! Jetzt kann ich meine ungezügelte Seite rauslassen und im Pyjama Netflix schauen! **21.15**

Harriet
☺ **21.20**

Harriet
Ich kann nicht schlafen, so ganz ohne Korrekturen! Oder vielleicht hätte ich vorhin keinen schwarzen Tee mehr trinken sollen. Mache noch einen Nachtspaziergang **23.59**

Harriet
Das ist seltsam. Jetzt habe ich gerade gedacht, ich hätte **0.13**

Harriet
Ø Diese Nachricht wurde gelöscht. **0.18**

Hayley
Und warum bist du Edmund jetzt nachgereist? Er ist ein erwachsener Mann. Wenn er Lust auf ›Netflix und Chill‹ mit der Ex hat, ist das doch seine Sache! **7.34**

Harriet
Bitte, Hay! Ich sitze gerade beim Frühstück und habe fast meinen Tee über den Tisch gespuckt! Du redest von meinem Onkel. Ich möchte nicht über sein Sexleben nachdenken müssen. **7.46**

Hayley
Warum bist du Edmund nachgereist, wenn du nicht denkst, dass er vorhat, etwas Wildes und Impulsives zu tun? **7.50**

Harriet
Impulsiv ist eine Sache, aber niemand fliegt ins Ausland, um wieder was mit einer Ex anzufangen, von der er zwei Jahre lang nichts gehört hat. Das passiert bloß in Hollywoodfilmen. Ich fahre jetzt zu diesem Haus, dann werde ich ja sehen, was los ist. Vielleicht war ihm einfach nur langweilig. **7.56**

Hayley
Mach das! Halt mich auf dem Laufenden! Und falls du die Gelegenheit hast, was Wildes und Impulsives zu machen, go for it! **8.04**

Harriet

Um halb neun saß Harriet in einem Taxi, das sie zu Melanie Grubers Haus bringen würde. »Moment, ich dachte, Bettenfeld ist unser Ziel«, protestierte Harriet, als der Taxifahrer keinerlei Anstalten machte, in dem winzigen Ortsteil anzuhalten oder in eine der wenigen Nebenstraßen einzubiegen.

»Liechnedmdoff«, brummte der Fahrer.

Harriet war sich nicht sicher, um was für eine Sprache es sich bei seinen Worten handelte, aber es klang nicht nach Deutsch – mehr nach Serienmörder. »Falls meine Leiche in ein paar Jahren in einem Graben in Franken gefunden wird, gebe ich Edmund die Schuld«, textete sie an Hayley. »Dieses Haus liegt am Ende der Welt.«

»Deswerdedzwengruggelich.« Der Fahrer hatte hundert Meter hinter dem Ortsschild die Geschwindigkeit gedrosselt und bog jetzt nach rechts auf einen unasphaltierten Weg ein, der am Rand eines langen Hangs aufwärts führte. Links von ihnen verbarg eine grüne Böschung die Sicht, rechts konnten sie einen Blick zurück auf Bettenfeld werfen, ehe der Weg eine Biegung machte und der Wagen in ein Schlagloch rumpelte. Harriet übersetzte die Worte des Fahrers verspätet mit »Die Straße ist in schlechtem Zustand«.

Der Fahrer nahm das nächste Schlagloch und murmelte etwas, das Harriet ohne Probleme als Fluch identifizierte. Den Fuß hob er trotzdem nicht vom Gas, sondern nahm die nächste Kehre schneller, als sie es sich unter den Umständen getraut hätte. Sie holperten über die Kuppe einer kleinen Anhöhe, und Harriet schrie auf: »Vorsicht! Da ist ...« – weiter kam sie nicht, aber der Fahrer hatte blitzschnell reagiert und scharf gebremst.

Harriets Herz klopfte wie wild, als sie zum Stehen gekommen waren und begriffen, was sie da eigentlich gesehen hatten. Ein riesenhafter Hund war halb aus der Böschung getreten, das Nackenfell gesträubt, die Rute erhoben, die Ohren aufmerksam aufgerichtet, einen Lauf halb erhöht. Es bestand aber, sah Harriet jetzt, keine Gefahr, dass das Tier ihnen vors Auto laufen oder jemanden angreifen würde. Tatsächlich war der Hund überlebensgroß. Um seinen steinernen Fuß rankte sich ein dorniger Zweig, und in einem seiner gespitzten Ohren hatte sich altes Laub angesammelt; vielleicht hatte ein Vogel darin irgendwann ein Nest gebaut. Aber in dem Moment, in dem sie um die Biegung gekommen waren, war die Illusion eines lebenden Tieres perfekt gewesen. Irgendwer hatte die Statue so aufgestellt, dass sie den größtmöglichen Effekt erzielte.

Der Taxifahrer brummte etwas Unverständliches und fuhr in etwas gemäßigterem Tempo weiter. Harriet hatte ein schnelles und nicht besonders gutes Handyfoto von dem Hund gemacht und schickte es Hayley. »Der Hof ist gut bewacht«, kommentierte sie. »Ich hätte beinahe einen Herzinfarkt bekommen.« Sie verstaute das Telefon in ihrer Tasche und blickte wieder auf. Links lagen hangaufwärts Wiesen und Felder, die teilweise durch hohe Büsche verborgen waren, rechts öffnete sich der Blick über eine weite, sonnengetränkte Landschaft. Auf dieser Seite säumten Steinfiguren in unregelmäßigen Abständen den Weg, manche überlebensgroß wie der Hund an der Kuppe, manche klein und halb überwachsen von Gräsern und Sträuchern. Harriet vermutete, dass sie von unterschiedlichen Bildhauern stammten, denn die Figuren schienen ihr nicht nur in der Größe, sondern auch in der Darstellung sehr unterschiedlich. Hier ein Mönch, der in seiner Kutte rasch Richtung Bundesstraße auszuschreiten schien, dort eine nackte Nymphe, die auch im 19. Jahrhundert nicht fehl am Platz gewirkt hätte. Hier ein gesichtsloser Mann, dessen überlange Arme und Beine mit geometrischen Mustern besetzt waren, dort der Kopf von Angela Merkel auf einer steinernen Säule. Der Weg machte eine weite Biegung zurück Richtung Dorf. Dann nahmen sie eine letzte Kehre, und das Haus lag vor ihnen in einer kleinen Senke.

Es war ein massives, weiß verputztes Fachwerkgebäude mit zwei Stockwerken, das inmitten von Rapsfeldern und Wiesen stand. Eine mächtige Pappel überragte das Dach und verbarg teilweise den Blick auf eine geräumige Scheune. Ein Stück hinter dem Gebäude begann eine mächtige, aber an einigen Stellen eingefallene Steinmauer, die sich in einem Bogen bis zur Zufahrt hinaufzog und etwa hundert Meter vom Weg entfernt in einem Schutthaufen endete, aus dem Schösslinge sprossen. Schwalben und Mauersegler schossen über den Wall hinweg. Irgendwo in einem fernen Baum hörte Harriet einen Kuckuck rufen. Es war sofort ersichtlich, warum das Gelände »Mauerhof« genannt wurde, aber die Funktion der Mauer selbst blieb zunächst unklar.

Weder umgab sie das Grundstück, noch waren in der Nähe andere Gebäude zu sehen, die eine Abgrenzung erfordert hätten. Und für eine Trockenmauer zum Schutz gegen Wind und Erosion schien sie zu hoch.

Der Fahrer ließ das Taxi den Rest des Weges hinunterrollen und kam auf dem geschotterten Platz zwischen Haus und Scheune zum Stehen. Harriet bezahlte und stieg aus.

Eine Reihe unebener Steinstufen führte zur offen stehenden Haustür hinauf. Auf der Schwelle lag, halb in der Sonne, halb im Schatten des Raums dahinter, eine getigerte Katze, deren Schnurren in der Stille des Junitags deutlich zu hören war.

»Ah, hallo!«, ertönte auf einmal eine laute Stimme hinter Harriet. Sie drehte sich um und musterte die Frau, die soeben aus der Scheune trat. Groß, kräftig gebaut, mit hochgekrempelten Ärmeln, die den Blick auf muskulöse Unterarme freigaben. Ihre hellen Haare waren von grauen Strähnen durchzogen und zu einem nachlässigen Dutt zusammengebunden, der sich jeden Moment aufzulösen drohte. Man konnte sehen, dass sie ein paar Jahre älter war als Edmund. Die Frau hängte den Meißel, den sie trug, in eine Schlaufe an ihrer schweren Arbeitsschürze und reichte Harriet die Hand. »Ich bin Melanie Gruber«, stellte sie sich vor. »Willkommen auf dem Mauerhof.«

»Harriet Fenshaw«, erwiderte Harriet und setzte an, zu erklären, wer sie war und warum sie unangekündigt auf dem Hof aufgetaucht war, aber Melanie musterte sie einen Moment lang aus leicht zusammengekniffenen Augen und sagte dann: »Oh ja, Edmunds Nichte, richtig? Er hat mir von dir erzählt. Du siehst ihm ähnlich.« Sie musste Harriets überraschten Blick falsch gedeutet haben, denn sie erklärte: »Wir duzen uns hier alle auf dem Hof – so gut wie alle. Wenn das okay ist.«

Harriet war in Gedanken noch immer bei *Er hat mir von dir erzählt* und *Du siehst ihm ähnlich*. Sie selbst hatte bis vor Kurzem noch nicht einmal Melanie Grubers Namen gekannt. »Was hat Edmund über mich gesagt?«

»Dass ihr mal zusammen auf Safari wart, dass du seine Lieblingsnichte bist. Dass er dir Bücher vorgelesen hat, als du klein warst. Du weißt ja, wie er ist, er erzählt gerne.«

»Das dachte ich bisher auch«, gab Harriet zurück. Ihre Stimme klang wie die eines gekränkten Kindes, stellte sie fest, und ungefähr so fühlte sie sich auch.

Melanie lächelte schief. »Ich verstehe. Über mich hat er wohl nicht so viel geredet?«

»Kein Wort bis zu dem Tag, an dem er die Einladung hierher bekam, und dann hat er mich gefragt, was ich darüber denke.« Das Kind in ihrer Stimme war jetzt definitiv beleidigt.

Melanie schnaubte. »Ich weiß gar nicht, warum du dich aufregst. Offenbar war ich das peinliche Geheimnis, das er vor seiner Familie lieber nicht erwähnte. Aber egal – das ist lange her. Ich freue mich trotzdem, dich kennenzulernen. Die Vernissage beginnt erst abends, und ich habe noch ein paar Dinge zu erledigen, aber schau dich gerne um und mach dich mit meinen anderen Gästen bekannt.« Sie deutete auf die Haustür. »Wenn du hier übernachten willst, kannst du das gerne. Wie ich geschrieben habe: Hier ist jede Menge Platz.« Sie wandte sich wieder Richtung Scheune.

»Wo kann ich Edmund finden?«, rief Harriet ihr hinterher.

Melanie drehte sich wieder um, und Hattie hatte das Gefühl, dass sie einen Moment zögerte, bevor sie antwortete: »Wenn er im Haus ist, wahrscheinlich in der Küche. Aber vielleicht schläft er auch noch. Es war ein langer Abend gestern.«

Im Inneren zeigte das Haus die Spuren von Vernachlässigung, von Liebe zur Vergangenheit und vom Wirken der Künstler, die im Laufe der Jahre darin gearbeitet hatten. Kühle umfing Harriet, sobald sie die Schwelle übertreten hatte und in dem breiten steinernen Vorraum stand. Rechts führte eine hölzerne Treppe ins obere Stockwerk. Geradeaus lagen drei Türen zu den Räumen des Erdgeschosses. Die Türen, die Mauer unter der Treppe, die Wand neben der Eingangstür, sie alle waren in unterschiedlichen Stilen bemalt. Abstrakte Spiralen in psychedelischen Farben an einer Tür, an einer anderen eine biblische Szene, an einem Wandstück eine Silhouette von Rothenburg – ein Motiv, das sie am Vortag in den Schaufenstern der Stadt oft genug gesehen hatte, um es auf Anhieb zu erkennen. Neben der offenen Eingangstür bot sich ihr ein Anblick, der die Besonderheit dieses einsam gelegenen Hofes exemplarisch zusammenzufassen schien. Holzbohlen lehnten an der Wand, von denen sich staubbedeckte Spinnweben zu dem Kristalllüster an der Decke zogen. Dahinter war ein weiteres Wandgemälde zu sehen: Durch gemalte hohe, schmale Fenster fiel Licht in einen dunklen Raum, in dem ein Soldat mit dem Rücken zum Betrachter auf einer alten Kiste saß. Harriet zog ihr Handy aus der Tasche, um ein Foto zu machen.

»Das Bild hat mich auch am meisten fasziniert«, sagte eine Stimme auf der Treppe über ihr.

Textnachricht von Ivy Payne an Harriet Fenshaw, 18.5.

Liebe Hattie, ich hoffe, es geht dir gut! Wollen wir uns mal wieder treffen? Wenn du Edmund siehst, sag ihm viele Grüße. Ich kann ihn momentan gar nicht erreichen. Ist er schon wieder total eingespannt in der Arbeit? Oder stellt seine Theatergruppe ein neues Projekt auf die Beine? Die letzte Aufführung war so toll, das müssen wir unbedingt wiederholen!

x Ivy.

Natürlich hatte ich nicht geahnt, dass Meli alle Männer, die in ihrem Leben eine Rolle gespielt haben, zu ihrem Vernissagewochenende eingeladen hatte. Wenn ich es gewusst hätte ... wenn ich es gewusst hätte, wäre ich trotzdem gekommen. Aber nicht so blauäugig.

Wenn ich sage, »alle Männer, die in ihrem Leben eine Rolle gespielt haben«, dann weiß ich nicht, ob das wirklich stimmt. Wahrscheinlich gab es mehr als uns drei. Ganz sicher war da mal Carlo aus ihrer Parallelklasse. Aber ich glaube nicht, dass er zählt – und ich vermute, dass die Gesamtzahl an Männern, mit denen Meli ernsthaft zu tun hatte, nicht so hoch ist. Sie hat sich ungern von einem Mann abhängig gemacht, aber wenn sie sich auf jemanden eingelassen hat, dann richtig.

Wir beide haben den Kontakt nie ganz abgebrochen, obwohl wir uns etliche Jahre nicht gesehen haben. Die sozialen Medien machen es möglich, Menschen, die einem einmal nahestanden, nicht völlig aus den Augen zu verlieren, selbst wenn man nicht viel mit ihnen kommuniziert. Ich hatte es von fern mitbekommen, als ihre Ehe in die Brüche ging, als sie das Haus geerbt hat, als sie ihre erste Ausstellung hatte. Ich wusste, dass sie sich für Menschen einsetzt, die nicht privilegiert aufwachsen und für die Kunst fremd und unerreichbar scheint. Dann kam die Einladung mit dem Artikel über die Vernissage und den Kunstpreis. Ich konnte nicht Nein sagen. Allerdings war ich nicht darauf gefasst, in einer derart konfliktträchtigen Situation zu landen.

Mala in der Küche des Mauerhofs zu sehen hat mich überhaupt nicht überrascht. Die junge Frau hat zu Hause kaum Unterstützung für ihren Traum, an die Akademie zu gehen. Hier auf dem Mauerhof ist sie nicht nur als Künstlerin akzeptiert, sie befindet sich auch in einer Umgebung, in der es nicht um Hautfarbe,

Geschlecht, Alter oder sexuelle Orientierung geht, sondern um Menschen. Hier ist überall Kunst, es ist der Leitfaden, der Haus und Gelände durchzieht. Mala war eine, die man erwarten konnte in Melanies Küche. Mit Siegfried Gruber, dem Exmann, hätte ich hingegen wirklich nicht gerechnet. Und was den Briten betrifft: Von dessen Existenz hatte ich bis dahin keine Ahnung gehabt.

Edmund – nun ja, ich bin mir nicht sicher, ob ich gerade jetzt über Edmund Fenshaw reden möchte. Unter anderen Umständen hätte ich ihn wahrscheinlich nett gefunden, auch wenn er einer von denen ist, die nichts richtig ernst nehmen. Rede mit ihm über Kunst, über Musik, über Elon Musk oder über gesellschaftliche Herausforderungen – er wird immer etwas zu sagen haben, sich aber nie festlegen.

Wie gesagt, normalerweise wären wir wohl recht gut miteinander ausgekommen. Aber nach der Sache am Lagerfeuer … je weniger Worte man darüber verliert, desto besser.

Meli hatte uns begrüßt und in die Küche geschickt, um uns was zu trinken zu holen. Der Raum hat was, auch wenn man mit etwas Geld und Mühe mehr draus machen könnte: einen Boden aus alten Holzbohlen, Fachwerkbalken und einen Ofen, den man mit Feuer beheizen muss. Vor den niedrigen Fenstern, die auf einen verwilderten Garten schauen, steht ein großer Holztisch mit einer Bank, und da saß Mala, einen Skizzenblock, ein iPad und ein paar Stoffreste vor sich. Es war peinlich: Man konnte förmlich sehen, was Siegfried dachte, und nichts davon war angemessen.

Zu dem Zeitpunkt wusste ich noch nicht, dass er Melanies geschiedener Mann ist. Ich war gerade erst eingetroffen und stand noch an der Schwelle zur Küche. Ich hatte den Wagen vor dem Haus gesehen. Der Mann muss Kohle ohne Ende haben. Allerdings keinen Geschmack. Teuer, aber schlecht angezogen. Und nicht in Form.

»Samuel?«, fragte Sigi, als Melanie dazukam, um uns alle einander vorzustellen. »Doch nicht Samuel Falk?« Sie hatte ihm natürlich von mir erzählt.

»Samuel Falk-Steynmaier. Meine Liebe aus Zeiten, in denen wir alle noch jung und unschuldig waren«, nickte sie. Und das war der Moment, in dem Edmund anfing zu lachen: »Ich dachte, das wird eine Vernissage. Scheint mir mehr ein Ehemaligentreffen zu sein.«

Ich hatte vorher schon einen Verdacht, warum sie mich eingeladen hatte, aber jetzt war ich mir sicher. Und ja, ich wäre auch gekommen, wenn ich vorher gewusst hätte, dass ich auf ihren Exmann und ihre langjährige Fernbeziehung treffen würde. Manche Dinge sind zu wichtig, um sich durch ein paar Unannehmlichkeiten davon abhalten zu lassen. Manche Dinge sind zu wichtig, um sie nicht auf sich zu nehmen.

Harriet

Harriet wandte sich um und sah eine Frau die Treppe herunterkommen. Schmal, zierlich, um die vierzig, schätzte sie. Die Frau stellte sich neben Harriet und betrachtete einen Moment lang das Wandbild. »Alles, was im und ums Haus an Kunst zu sehen ist, hat hiermit angefangen«, erklärte sie. »Der erste Besitzer des Hofs nach dem Krieg hat es gemalt. Ich weiß nicht, ob er sonst irgendetwas Künstlerisches hinterlassen hat. Aber später, ab Ende der Sechziger, haben hier immer irgendwelche Maler, Bildhauer und Musiker gewohnt. Zeitweise war es eine Art Künstlerkommune, in der jeder willkommen war, und angeblich ist sogar Joseph Beuys mal für ein paar Tage hier gewesen. Und alle haben dieses Bild gesehen, und irgendwie ist wohl die Tradition daraus entstanden, Türen und Wände im Haus zu bemalen.« Sie wandte sich vom Gemälde ab und Harriet zu. »Ich bin Claire Seegruber«, stellte sie sich vor, während sie eine dunkle Haarsträhne aus ihrer Stirn strich.

»Freut mich. Harriet Fenshaw. Oder einfach Hattie. Wohnen Sie auch hier?« Ihr fiel wieder ein, was Melanie Gruber darüber gesagt hatte, dass sich hier alle duzten, aber es kam ihr seltsam vor. Vielleicht später, wenn sie besser wusste, mit wem sie es zu tun hatte.

Claire lachte. »Nein, absolut nicht. Ich bin hier mit meinem Mann zu Gast. Er ist der Redner bei der Vernissage heute. Wir sind gestern Abend erst gekommen und werden zwei, drei Tage bleiben.« Sie ging zu der Tür geradeaus, wo die biblische Salome den Kopf von Johannes dem Täufer auf einem Tablett präsentierte. »Frühstück?«, fragte sie.

»Danke, ich habe schon im Hotel gegessen«, antwortete Harriet. »Aber vielleicht eine Tasse Tee …«

Die Küche war ein gemütlicher Raum. Die Holzfenster gegenüber waren geöffnet und ließen Morgenlicht und eine warme Brise, die leicht nach Heu duftete, herein. Die Möbel waren aus altem Holz, die Wand hinter dem Herd gekachelt, ein alter Bauernschrank in kräftigen Farben bemalt. Am Fensterbrett lehnte ein Mann, eine geöffnete Mappe in der Hand, die Bilder oder Zeichnungen zu enthalten schien. Er sah auf, als die beiden Frauen hereinkamen. »Das ist mein Ehemann, Professor Dominik Kern«, sagte Claire. »Dominik, das ist Harriet Fenshaw. Sie ist gerade erst eingetroffen, wenn ich das richtig verstanden habe.«

Hattie war überrascht. Nicht nur wegen der unterschiedlichen Nachnamen hätte sie die beiden auf Anhieb keinesfalls für ein Ehepaar gehalten. Kern war hochgewachsen und hager, mit Augen wie blasse blaue Murmeln. Es war ein Gesicht von strenger, fast asketischer Schönheit, aber die tiefen Furchen um die Mundwinkel und auf seiner Stirn und die kurzgeschnittenen stahlgrauen Haare verrieten, dass er erheblich älter war als seine Frau. Er richtete seinen Blick auf Harriet, die sofort das Gefühl hatte, im Licht eines sehr hellen Scheinwerfers zu stehen. »Fenshaw?«, wiederholte er fragend.

»Oh ja, mein Onkel ist auch hier«, erwiderte sie. »Edmund. Ich bin erst heute nachgekommen; ich musste bis zum Beginn der Ferien warten, ehe ich weg konnte.« Sie erwähnte nicht, dass Ed keine Ahnung davon hatte, dass sie ihm nachgereist war. »Man hat mir gesagt, dass er vielleicht noch schläft, also habe ich beschlossen, mich erst einmal umzusehen.«

Harriet hatte das Gefühl, dass der Wind, der durchs Fenster strich, plötzlich zehn Grad kälter war als zuvor. Es war eine peinliche Pause, umso mehr, weil sie keine Ahnung hatte, was sie verursacht hatte.

Claire, die mit keiner Miene auf Harriets Worte reagiert hatte, rettete die Situation: »Aber vorher trinken wir einen Tee zusammen. Dominik, ich mache Kaffee für dich.« Sie verschwand im Nebenraum. Harriet bot ihre Hilfe an, doch Claire winkte ab. »Setz dich einfach. Hier ist nicht viel zu tun. Tassen sind in dem Schrank, vielleicht stellst du ein paar davon auf den Tisch. Ich vermute, dass die anderen demnächst auftauchen werden.«

Auszug aus einem Interview mit Prof. Dominik R. Kern im Kunstmagazin *Botenlose Kunst*, 12. Februar

BK: Eine Variation der alten Frage »Welches Buch nehmen Sie auf eine einsame Insel mit?«: Welches Ihrer Kunstwerke würden Sie von einem sinkenden Schiff retten? Größe und Gewicht sollen hier keine Rolle spielen.

Kern: Das ist eine schwierige Frage, weil natürlich jedes Werk eine Verkörperung des eigenen Ich ist und somit in gewisser Hinsicht jeder Verlust unersetzlich wäre ... Aber ich entscheide mich jetzt einmal für das Gemälde *Der Garten des Ich.*

BK: Und wenn wir die gesamte Kunstgeschichte betrachten: Welches Werk würden Sie retten?

Kern (lacht): *Der Garten des Ich.*

BK (lacht): Was für eine wundervolle Steilvorlage für meine nächste Frage: Wie viel Ego brauchen Künstler*innen, um auf dem hart umkämpften Markt zu bestehen? Was raten Sie Ihren Studierenden, wenn sie an Grenzen stoßen, weil der Markt noch immer bestimmte Gruppen marginalisiert?

Kern: Qualität setzt sich durch. Wenn Sie den Funken haben, werden Sie nicht ruhen, bis Sie sich Ihren Platz erkämpft haben. Das geht vielleicht nicht automatisch mit finanziellem Erfolg einher, aber Kunst ist eine Berufung, ein Drang, sich auszudrücken. Wenn es Ihnen damit ernst ist, lassen Sie nicht nach, bis Sie die verdiente Anerkennung erreichen.

BK: Aber das System macht es manchen leichter als anderen. Sicher geben Sie zu, dass Sie nicht mit denselben Schwierigkeiten zu kämpfen haben wie zum Beispiel viele Frauen, die unter Umständen Familie und künstlerische Berufung unter einen Hut bringen müssen und sich mit einem etablierten Netzwerk konfrontiert sehen, in dem Frauen noch immer die Ausnahme sind.

Kern (trocken): Meine Eltern haben mich rausgeworfen, als ich ihnen damals gesagt habe, dass ich Kunst studieren würde. Und selbst heute ist es nicht leicht. Ohne Agenten und Kontakte zu den richtigen Stellen bleibt man schnell auf der Strecke. Anerkennung ist auch für Männer nichts, was sich automatisch einstellt. Und Frauen, die wirklich Künstlerinnen sein wollen, lassen sich auch nicht von Strukturen abhalten, die vielleicht nicht immer kongenial sind. (Lächelt) Ich habe da großes Vertrauen in meine Studentinnen.

BK: Sie führen ja selbst eine Künstlerehe. Ihre Frau ist, wenn ich richtig informiert bin, selbst eine Ihrer Studentinnen gewesen.

Kern: Ihre Informationen sind nicht ganz korrekt. Meine Frau, Claire Seegruber, hat zwei Semester Musik studiert, meine Studentin war sie allerdings nie. Sie ist die Tochter der Musikprofessorin Herta Seegruber, und die Musik liegt ihr im Blut. Claire hätte das Zeug gehabt, ganz nach oben zu kommen, davon bin ich überzeugt, aber sie wollte nicht, dass die Kunst ihr Leben auffrisst, und hat sich letztlich für einen anderen Lebensentwurf entschieden.

BK: Sie haben uns viel über die Kompromisslosigkeit und den Absolutheitsanspruch in der Kunst erzählt. Kommen wir doch noch mal zu unserem imaginierten Schiffbruch zurück: Retten Sie im Zweifelsfall den *Garten des Ich*, wenn Ihre Frau sich auch an Bord befindet? Muss sie selbst an Land schwimmen?

Kern (lacht): Dazu hätte sie ohne Zweifel die Kraft. Claire würde sich niemals von einem banalen Schiffbruch unterkriegen lassen. Aber die Frage ist schnell beantwortet: Seit wir geheiratet haben, gehe ich dahin, wo sie ist, und sie begleitet mich, wo ich bin. Warum würden wir das ausgerechnet bei einem Schiffsunglück anders halten?

(Das Magazin befand sich im Badezimmer des Manerhofs auf einem Stapel anderer Zeitschriften. Die Seite mit dem Interview war mit einem Zettel mit Notizen markiert.)

Harriet

Professor Kern ließ sich am oberen Ende des langen Holztischs nieder, von dem er einen guten Meter beanspruchte. An einer Seite lag die offene Mappe, die er zuvor in der Hand gehabt hatte. Mehrere Zeichnungen und Skizzen breitete er daneben aus, wie um sie zu vergleichen oder zu benoten. Rechts von sich hatte er einen Laptop aufgebaut, davor ein Blatt und einen Stift bereitgelegt. Vor ihn stellte Claire einen Becher und einen Teller. Er lächelte ihr zu, nahm das Croissant in die Hand und tunkte ein Ende in seinen Becher, ohne den Blick vom Bildschirm zu wenden. Kaffee tropfte auf die Tischplatte. Harriet beeilte sich, die Zeichnungen aus der Gefahrenzone zu schieben. »Ihre?«, fragte sie, als er bemerkte, was sie tat. Er schüttelte den Kopf. »Nein, die Mappe habe ich in einem der Zimmer hier gefunden. Dieses Haus ist so voll mit Kunst, ich könnte Tage und Wochen damit zubringen, alles zu entdecken. Diese Sachen hier könnten bei einem Zeichenkurs entstanden sein – es sind Arbeiten verschiedener Leute, das meiste davon mehr oder weniger unvollendet. Oder vielleicht hat jemand einmal alles gesammelt, was hier lose herumlag.«

»Vielleicht ist eine Zeichnung von dir dabei.« Claire hatte sich neben Harriet gesetzt, die sich einen Tee eingoss, aber ihre Worte waren an ihren Mann gerichtet.

»Das ist sehr unwahrscheinlich«, erwiderte Professor Kern, dessen Aufmerksamkeit noch immer zur Hälfte auf den Bildschirm gerichtet war. »Ich lasse selten Arbeiten von mir irgendwo zurück, und ich behalte vorläufige Skizzen und Entwürfe nur dann, wenn sie in sich einen künstlerischen Wert haben.«

»Sie sind Perfektionist«, stellte Harriet fest.

»Natürlich«, erwiderte er. »Echte Kunst verlangt Perfektionismus.« Seine Äußerungen klangen wie Verlautbarungen, an denen kein vernünftiger Mensch zweifeln konnte, aber seine absolute Selbstsicherheit hatte auch etwas Attraktives, fand Harriet, zumindest, sobald er den Laptop zuklappte und sich ganz seinen beiden Gesprächspartnerinnen widmete. Er hatte vor Jahren, als das Haus noch Melanie Grubers Mutter und ihrem Partner gehört hatte, einmal einige Wochen auf dem Mauerhof verbracht und wusste interessante Geschichten von den Menschen zu erzählen, die sich damals dort aufgehalten hatten. Joseph Beuys hatte er nicht getroffen, und auch nicht Melanie Gruber, die zu dieser Zeit bei ihrem Vater gelebt hatte. Harriet hörte einer lebhaft vorgetragenen Anekdote über zwei konkurrierende Musiker, die eines Abends eine Art Sängerwettstreit veranstaltet hatten, mit Vergnügen zu, aber nachdem Kern geendet hatte, beschloss sie, Haus und Hof zu erkunden und Edmund zu finden, sofern der nicht immer noch schlief. Es würde heiß werden, so viel war jetzt schon klar. Der Himmel war hoch und blau, der leichte Wind warm und schwer. Aus der Scheune waren Geräusche zu hören – Hämmern, Gegenstände, die hin- und hergerückt wurden, und ein- oder zweimal ein lautes Fluchen. Harriet zog ihr Handy aus der Tasche. Zehn Uhr vierzig. In ihrem Posteingang befand sich eine Mail von Edmund, die schon am Vortag angekommen sein musste.

Mail von Edmund Fenshaw an Harriet Fenshaw vom 17. Juni

Hi Harriet,

wie versprochen ein Update aus Franken vom Mauerhof, wo ich gestern eingetroffen bin. Die Reise war ereignislos, was auch ganz gut ist, denn Aufregung hatte ich seither genug. Zunächst einmal: Glückwunsch, du hattest recht, als du mir davon abrietest, Melanie zu besuchen. Kannst du dir vorstellen, dass sie nicht nur mich, sondern auch ihren Exmann und ihre Jugendliebe eingeladen hat? Warum? Ich habe keine Ahnung. Vielleicht ist es eine performative Installation, und wir sind die Ausstellungsstücke? Zum Glück sind nicht nur wir Ex-Lieben samt Melanie auf dem Hof anwesend. Irgendwann erzähle ich dir mehr über die zwei anderen – ich füge eine Zeichnung an, die Mala gemacht hat, eine junge Frau aus dem Dorf, als wir gestern Nachmittag alle im Garten saßen. Sie hat sie »Alte weiße Männer« genannt. Ich glaube, ich sollte mich gekränkt fühlen!

Der Mauerhof ist abgefahren. Ein Haus voller Kunst und Geschichten und Geheimnisse. Und Staub, Spinnen und Mäuse! Es gibt wirklich genug Platz für etliche Gäste, aber ich habe den Schlafplatz im Dachboden abgelehnt und mich für den uralten

Campingbus hinten im Garten entschieden. Weniger stickig, und die Gefahr, dass einem im Schlaf eine Maus übers Gesicht rennt, ist geringer.

Heute Morgen bin ich früh wach geworden und als Erster ins Badezimmer, als die anderen im Haus noch schliefen. Selbst das Bad ist ungewöhnlich: ein großer Raum mit einer alten Badewanne mit Messingfüßen. Ein Wandmosaik. Und von einer Vitrine schaute das Gesicht eines bärtigen Mannes auf mich herab. Ich weiß nicht, was ich von Voyeuren im Badezimmer halte, selbst wenn sie aus Stein sind! Neben der Toilette befinden sich hinter Glas alte Fotos und Zeitungsausschnitte. Lesestoff auf dem stillen Örtchen, das ist wiederum sympathisch. Die Exponate waren ungeordnet, Artikel aus den Siebzigern neben Ausstellungsflyern von 2014, ein maschinengeschriebener Auszug aus einer Laudatio neben einem Gruppenfoto, das zehn oder zwölf Menschen vor der Tür des Mauerhofs zeigte. Das muss in den Achtzigern entstanden sein – ich sah Bärte, wildgelockte Haare, Haremshosen, zerrissene Jeans und bloße Füße, Lederwesten über nackten Oberkörpern, eine bunte Schar von Menschen, die sich zu dem Zeitpunkt auf dem Hof aufhielten. Überhaupt hat Mel eine Art Dauerausstellung im Haus gestaltet, mit Exponaten aus mehreren Jahrzehnten, und sie hat gesagt, dass es noch weitere Sachen im Dachboden und in der Scheune gibt. Das alles ist vollkommen ungeordnet, aber es interessiert mich. Ganz unter uns, Hattie, es interessiert mich tausendmal mehr, als mich mit Sigi Gruber zu unterhalten – das ist der ehemalige Ehemann. Aber seine Frau ist die Sängerin Isabella Wilhelmsen! Sie ist großartig! Er ist ihr Manager und muss richtig Geld haben. Der gute Siegfried schlief wohl noch – wie gesagt, es war ziemlich früh –, aber Samuel Falk-Steynmaier (»Stein mit Ypsilon, Maier mit ai«! Danke, das musste ich unbedingt wissen!) kam in die Küche, als ich gerade nach Frühstücksvorräten suchte. Den konnte ich vor dem ersten Kaffee auch nicht wirklich ertragen. Der Mann ist an sich ganz in Ordnung, aber er nimmt alles, sich selbst eingeschlossen, unerträglich ernst. Da das Brot in der Speisekammer auch ziemlich altbacken war, beschloss ich, ins Dorf zu gehen und eine Tüte Brötchen zu holen, solange es noch nicht zu heiß war, um sich zu bewegen. Auf der Straße (wenn man die Zufahrt zu dem Hof hier so bezeichnen kann) waren es von Bettenfeld aus mehrere Kilometer, aber der Weg macht einen weiten Bogen und führt dann wieder aufs Dorf zu. Ich war mir sicher, dass es einen kürzeren Weg gab, und machte mich auf, ihn zu suchen.

Harriet

»Harriet! Würdest du uns vielleicht kurz helfen?« Melanie war aus der Scheune gekommen. Ihr Gesicht war rot und glänzte vor Schweiß. »Diese blöde Statue lässt sich nicht bewegen, aber zu dritt schaffen wir es.«

»Natürlich, gerne«, erwiderte Harriet höflich. Sie hatte schon vor langer Zeit bemerkt, dass Deutsche sehr viel direkter waren, als sie es von zu Hause gewöhnt war – direkt bis zur Unhöflichkeit, hatte sie früher gedacht, aber irgendwann begriffen, dass es einfach eine andere Art des Umgangs war. Hier auf dem Mauerhof ging es offenbar noch ein Stück weniger formell zu. Sie verstaute ihr Handy mit der halb gelesenen Mail in ihrer Tasche und gesellte sich zu ihrer Gastgeberin und dem Mann, der ebenfalls herausgekommen war. »Samuel, das ist Harriet, Edmunds Nichte.«

Die Jugendliebe, dachte Harriet und betrachtete Samuel verstohlen. Er musste im selben Alter sein wie Melanie, knapp jenseits der fünfzig, aber wenn das stimmte, investierte er wahrscheinlich einige Mühe in seinen jugendlichen Look. Sein dunkles Haar war verdächtig frei von grauen Stellen; es war aber auch keine

Spur von durchscheinender Kopfhaut oder zurückweichendem Haaransatz zu erkennen. Offenbar hatte er außer einem guten Friseur auch noch Glück mit seinen Genen. Er trug Chinohosen zu einem blauen, geblümten Hemd mit kurzen Ärmeln und verströmte einen angenehmen, teuren Herrenduft, der sich mit dem Geruch nach warmem Gras mischte. »Weltmännisch« war das erste Adjektiv, das ihr zu ihm einfiel, und weil sie es für zu altmodisch befand, ersetzte sie es im Kopf durch das ebenfalls nicht mehr taufrische »metrosexuell«.

Melanie ging den beiden voran in die Scheune und deutete auf eine steinerne Stele mit einem langen Spalt darin, aus dem sich eine hölzerne menschliche Figur zwängte. »Samuel, Harriet, das ist *Prometheus' Rache*, und ich habe keine Ahnung, wer das Ding gemacht hat, aber Fakt ist, dass es heute aus der Scheune rausmuss – neben der Tür ist eine schöne Nische dafür.«

Während die drei anpackten, fragte Harriet: »Weiß jemand, wo Edmund ist?«

»Shit! – Entschuldigung«, keuchte Samuel, der gestolpert war und sein Ende der Statue beinahe hätte fallen lassen. »Das Ding ist sauschwer.« Er sicherte seinen Griff um den Sockel. »Edmund, hast du gesagt? Ich habe ihn heute noch nicht gesehen. Vielleicht ist er wieder ins Dorf gegangen. Oder er ist noch im Campingbus hinten im Garten. Achtung, Schwelle!«

Sie schafften es, das Kunstwerk neben dem Scheuneneingang an seinen neuen Platz zu wuchten. »Schaut gut aus«, urteilte Melanie. »Das hätte ich schon vor Jahren machen sollen.«

»Brauchst du noch weitere Hilfe?«, wollte Harriet wissen. »Sonst schaue ich mal bei dem Campingbus vorbei.«

Ihr entging nicht, dass Melanie und Samuel einen Blick wechselten, der beinahe nervös wirkte. »Ich wollte in der Scheune noch Stehtische aufbauen und ein bisschen dekorieren«, erklärte die Künstlerin. »Aber du bist hier Gast, wir kommen auch so klar.« Ihr Tonfall sagte, dass es eigentlich besser wäre, wenn Harriet blieb und half.

Samuel machte den Mund auf, um etwas zu sagen, überlegte es sich anders und sprach dann doch, als Harriet ihn fragend ansah. »Ich würde noch ein bisschen warten.« Er wirkte verlegen. »Wir haben gestern Abend alle noch am Lagerfeuer gesessen, und … na ja, ich glaube, dein Onkel hat ein bisschen mehr getrunken, als klug gewesen wäre.«

»M-hm, das wird's gewesen sein«, murmelte Melanie düster. »Nur das.«

Harriet bemühte sich um einen Gesichtsausdruck, der aus einem Teil Verärgerung und zwei Teilen amüsierter Nachsicht bestand, aber innerlich seufzte sie. Was war los mit Edmund? Für eine Midlife-Crisis war es doch noch etwas früh! Ein Teil von ihr wollte sofort mit ihm sprechen, ein anderer schreckte davor zurück. Sie dachte an ihren Spaziergang an der Stadtmauer in Rothenburg vergangene Nacht, und dass sie einen Moment lang überzeugt gewesen war, dass es Edmund war, den sie gesehen hatte. Natürlich musste sie sich getäuscht haben, aber für den Fall, dass es nicht so war, wollte sie es lieber nicht so genau wissen. »Na, dann packe ich noch ein bisschen mit an«, sagte sie zu Melanie, »und wenn Ed in einer halben Stunde immer noch nicht aufgetaucht ist, stürme ich den Bus mit einem Eimer kaltes Wasser und nenne es *Harriets Rache*.«

Skizze von Mala Ngomane, Bleistift auf Papier, entstanden am 17.6. auf dem Mauerhof

Das Bild zeigt drei Männer, die sich an einem Tisch im Garten unterhalten. Im Hintergrund ist ein Haus angedeutet, bei dem es sich um den Mauerhof handelt. Anwesend waren zu diesem

Zeitpunkt außer der Zeichnerin und Melanie Gruber, der Besitzerin des Mauerhofs, ihr Exmann Siegfried Gruber, ihr Jugendfreund Samuel Falk-Steynmaier und Edmund Fenshaw, der aus Großbritannien angereist war.

Der Mann in der Mitte sitzt leicht nach vorne gebeugt da, die Hände vor sich auf dem Tisch abgelegt. Die Armbanduhr an seinem Handgelenk ist besonders detailliert herausgearbeitet. Er scheint der Älteste der drei zu sein, mit einem Anzug, der über seinem Bauch spannt, etwas dünnen Haaren und großen Ohren. Vor ihm steht ein großes, halb volles Glas. Sein Blick ist auf den Mann links von ihm gerichtet; die beiden scheinen in eine einigermaßen hitzige Debatte verstrickt zu sein. Sein Gesprächspartner sitzt auf einem Holzstuhl, die Beine übereinandergeschlagen. Er trägt ein geblümtes Hemd und eine Chinohose. Sein dunkles Haar ist akkurat frisiert, sein Gesicht rasiert, eine elegante Hand ruht auf seinem Oberschenkel, mit der anderen scheint er seine Worte zu unterstreichen. Vor ihm auf dem Tisch liegt ein Handy mit Apple-Logo. Ihm gegenüber befindet sich der dritte Mann, der mit ausgestreckten Beinen auf einer schiefen Bank sitzt und mit dem Rücken an der Hauswand lehnt. Seine Haare sind leicht zerzaust; er hat die Arme vor der Brust verschränkt, und auf seinem Gesicht liegt ein amüsiertes, leicht distanziertes Lächeln, als ob die Unterhaltung der beiden anderen ein interessantes Schauspiel wäre. Vor ihm schwebt ein Schmetterling in der Luft, auf den sein Blick gerichtet ist.

Die Zeichnung ist mit den Worten »Alte weiße Männer erklären die Welt« sowie der Signatur der Künstlerin versehen.

Sprachnachricht von Bianca Steynmaier an Samuel Falk-Steynmaier, gesendet am 18.6. um 8.54 Uhr

Hallo Samuel, guten Morgen. Bei uns ist es heiß und sonnig, aber ich habe gehört, im Taunus ist Gewitter angesagt. Pass auf dich auf, du weißt, wie beängstigend ich Blitz und Donner finde, und du bist nie so vorsichtig, wie du sein solltest. Ich rufe dich heute wahrscheinlich nicht an; ich habe schlecht geschlafen und Kopfschmerzen. Bestimmt das drückende Wetter. Wenn es nicht besser wird, sage ich den Termin bei Tina am Montag ab.

Bitte grüß Eike und Thomas von mir, wenn du sie siehst. Hab dich lieb!

Harriet

Nachdem sie Hayley auf den neuesten Stand gebracht hatte, schob sie ihr Handy entschlossen in die Tasche. In der Küche wurde gerade gekocht, und wie es aussah, würde sich jeder, der hungrig war, einfach etwas nehmen und an einem Ort und in der Gesellschaft seiner Wahl essen. Was sie selbst anging, hatte sie genug von Plätzen im Freien, wo es von Insekten wimmelte. Sie war nicht die Einzige, die einen richtigen Essplatz einem romantischeren, aber unbequemen Platz vorzog. Samuel, der gekocht hatte, gesellte sich am Küchentisch zu ihr, nachdem sie sich Salat und Gulasch genommen hatte. Sigi Gruber hatte die Nacht in Rothenburg verbracht und war noch nicht wieder zurückgekommen, Dominik Kern schien seine Ankündigung wahrgemacht zu haben, alle offensichtlichen und verborgenen Kunstwerke in Haus und Garten zu entdecken, und seine Frau Claire hatte sich in ein Nebenzimmer zurückgezogen, wo ein Klavier stand. Passagen aus klassischen Stücken drangen hin und wieder an Harriets Ohr.

»Hervorragendes Gulasch«, bemerkte sie höflich, um ein Gespräch in Gang zu bringen, das nicht recht fließen wollte.

»Danke«, erwiderte Samuel. »Meine Mutter hat zum Glück darauf bestanden, dass alle ihre Kinder kochen lernen. Bei meinem Vater war es zu spät; der gehörte der alten Schule an. Da hatte die Frau zu kochen und der Mann das Geld heranzuschaffen. Bianca und ich führen da eine sehr viel modernere Ehe.«

»Was macht sie denn beruflich?«, erkundigte sich Harriet, nicht so sehr, weil es sie interessierte, sondern weil es die angemessene Reaktion zu sein schien.

»Sie ist Grafikerin – und führt einen recht erfolgreichen Blog.« Er klang stolz, wenn er von seiner Frau sprach. Es hörte sich an, als ob die beiden eine ideale Beziehung auf Augenhöhe führten. Aber Harriet hatte am offenen Fenster gesessen, als Samuel draußen Biancas Sprachnachricht abgehört hatte, und die hatte ihr zu denken gegeben. Nicht, dass es sie etwas anging.

»Allerdings sind wir nicht sicher, ob sie mit dem Blog weitermachen sollte. Es ist unglaublich, wie viele negative Reaktionen eine Frau hervorrufen kann, indem sie einfach nur als Frau Dinge anspricht, die gesagt werden müssen. Im Netz zeigt sich die ganze toxische Männlichkeit, die noch immer unsere Gesellschaft vergiftet. Aber es kann ja auch nicht sein, dass Frauen sich nicht mehr trauen, sich öffentlich zu äußern, meinst du nicht?«

Harriet stimmte ihm zu, weil sie grundsätzlich derselben Ansicht war. Faktisch machte sie genau das, was er ablehnte: Sie äußerte sich im Netz nicht öffentlich, hatte rigide Privatsphären-Einstellungen in allen Netzwerken, die sie nutzte, und bemühte sich, nie etwas zu posten, das Anstoß erregen könnte. Sie redete sich selbst ein, dass sie als Lehrerin besonders darauf achten musste, was sie öffentlich machte, vermutete aber, dass ihre wahre Motivation die Scheu vor Kontroversen und die Angst vor unerfreulichen Reaktionen war.

»Ich hole das Eis«, verkündete sie und ging in den Nebenraum. »Sag mal, Samuel«, fragte sie, als sie mit zwei Schüsseln Fruchteis zurückkam, »findest du die ganze Sache hier nicht eigenartig? Weißt du, warum Melanie so viele Leute aus ihrer Vergangenheit eingeladen hat?«

Er nahm den Nachtisch entgegen und zuckte die Schultern. »Ich finde, unsere Gesellschaft sollte generell einen viel entspannteren Umgang mit solchen Dingen finden. Ein Großteil aller Beziehungen geht irgendwann in die Brüche, da ist es doch schön, wenn man mit den Menschen, die einem früher einmal etwas bedeutet haben, trotz allem noch ein gutes Verhältnis haben kann.«

Harriet runzelte die Stirn. Vielleicht war sie altmodisch und prüde, aber drei Männer unter demselben Dach mit der Frau, mit der sie früher einmal geschlafen hatten …

Samuel schien zu erraten, in welche Richtung ihre Gedanken gingen, und lächelte. »Vor zwanzig Jahren hätte ich die Situation vielleicht peinlich gefunden, aber die Sache zwischen mir und Melanie ist so lange her, dass das überhaupt keine Bedeutung mehr hat.«

Harriet fragte sich, ob seine Frau das auch so sehen würde, sprach den Gedanken aber nicht aus. Sie dachte stattdessen an Edmund. Der war nicht seit zwanzig, sondern seit zwei Jahren nicht mehr mit Melanie zusammen. Ihre Irritation veranlasste sie zu Worten, die sie normalerweise nicht laut ausgesprochen hätte: »Verstehe. Nun, was Edmund betrifft – dem ist nichts peinlich, weil er nichts ernst nimmt. Aber wie ist es mit Siegfried Gruber?«

Schweigen. Die Art von Schweigen, die bedeutete, dass sie mit ihren Worten direkt ins Fettnäpfchen getreten war. Sie hatte bloß keine Ahnung, warum.

Es dauerte nur einen Moment, bis Samuel sich wieder im Griff hatte. »Sigi – na, der nimmt sich sehr ernst, daran gibt es keinen Zweifel. Aber der fährt das teuerste Auto, das wir alle hier je gesehen haben, und ist mit einer Starsängerin verheiratet. Ich glaube kaum, dass er sich von jemandem wie mir oder Edmund bedroht fühlt. Alles, was der hier zu sehen kriegt« – seine Geste schloss ihn selbst, die Küche und den ganzen Mauerhof ein – »ist für ihn doch eine Bestätigung, dass er alles richtig gemacht hat.«

»Na klar«, mischte sich eine junge, sardonische Stimme ins Gespräch. »Deshalb war er gestern auch so angepisst, als er kapiert hat, dass Edmund nicht immer nur ein ›guter Freund aus England‹ war.« Die junge schwarze Frau, die mit verschränkten Armen am Türrahmen lehnte, musste Mala sein. Harriet wusste nicht, ob sie den scharfen Blick und das Talent der jungen Frau bewundern oder sich für Edmund ärgern sollte, weil sie ihn als »alten weißen Mann« bezeichnet hatte.

»Ja, nun«, erwiderte Samuel mit sichtlichem Unbehagen. »Das war ein momentaner Schock für ihn, weil er nichts von Edmund gewusst hatte. Aber ansonsten ging es zwischen uns allen doch recht friedlich zu.«

Mala schnaubte. »Na klar, friedlich. Besonders der Abend am Lagerfeuer.«

Samuel hob eine Hand, um sie zum Schweigen zu bringen. »Das ist Harriet Fenshaw«, sagte er und betonte ihren Nachnamen besonders. »Sie ist Edmunds Nichte.«

Malas Blick richtete sich auf Harriet. »Und wenn schon«, sagte sie. »Das ändert nichts daran, dass Edmund gestern am Lagerfeuer einen Eklat verursacht hat.«

Mala Ngomane

Es war alles Männerkram, was an dem Nachmittag so ablief. Wirklich, diese Zeichnung von den dreien im Garten? Ich konnte nicht widerstehen. So unterschiedlich und doch so gleich. Allerdings war das, bevor Kern auftauchte. Wenn ich den in die Zeichnung hätte aufnehmen müssen, wäre da noch mal was ganz anderes rausgekommen.

Na, jedenfalls haben die sich Hof und Garten angeschaut, Eistee getrunken und dann die Welt erklärt. Und irgendwie dreht sich bei diesen Männern doch immer alles um sie selbst, auch dann, wenn sie wer weiß wie aufgeklärt und modern sind – was auf Sigi ganz sicher nicht zutrifft; aber das Gute an ihm ist, dass er einmal den Mund aufmacht, und du weißt, woran du bei ihm bist.

»Warum hast du denn deine Frau nicht mitgebracht, Samuel?« – »Bianca ist doch kein Gepäckstück, das man mitnehmen oder zu Hause liegen lassen kann, Siegfried.« (Samuel hat mich echt genervt mit seiner woken Selbstgerechtigkeit, aber da er hat natürlich recht gehabt.) »Warum ist denn Isabella nicht mitgekommen?« – »Hab ich doch schon gesagt, meine Frau würde ja wohl kaum auf eine Feier meiner Exfrau mitkommen. So was macht man einfach nicht.« – »Aber du bist dennoch hier? Macht das Isabella nichts aus?«

Melanie, die zwischendurch auch mal dabeisaß, hat gelacht. »Warum sollte es? Sie weiß, dass Sigi hier sicher ist.« Na ja, Sicherheit! Wir hatten keine Ahnung, kann ich nur sagen!

Und dann der Engländer. Lehnte lässig an der Wand, schaute den Schmetterlingen nach und amüsierte sich über alles, was die anderen beiden sagten. Als ob er eine halbwegs interessante Netflixserie anschauen würde. »Siegfried und Samuel« – nee, das wäre ein bekloppter Titel. Übrigens, haben Sie schon mal über die Namen in dieser Geschichte nachgedacht? Ich meine jetzt nicht, dass Siegfried und Samuel beide mit »S« beginnen, sondern die Nachnamen. Melanie trägt noch immer den von ihrem Exmann, Gruber, Sigis aktuelle Frau aber nicht, weil sie eine international anerkannte klassische Sängerin ist und natürlich nicht einfach den Namen wechselt, unter dem sie bekannt geworden ist. Mal abgesehen davon, dass Wilhelmsen viel besser klingt als Gruber. Na ja, und Samuel hat den Namen seiner Frau mit angenommen – wow, so ein moderner Mann, erspart der guten Bianca den Doppelnamen mit Bindestrich! Und Dominik Kern ist verheiratet, er und seine Frau sind unzertrennlich, aber sie heißt mit Nachnamen Seegruber und hat also ihren eigenen Namen behalten.

Aber was ich eigentlich sagen wollte: Siegfried und Samuel diskutieren, Edmund hört zu und amüsiert sich nur. Zum Beispiel konnte man sehen, dass Samuel immer zusammengezuckt ist, wenn Sigi von »Künstlern« und »Musikern« sprach und offensichtlich Frauen meinte. Edmund, wenn er mal was gesagt hat, hat immer von Musikerinnen (oder »Müsikerinnen«, wie es bei ihm klang) gesprochen, aber wenn Samuel sich über Sigis ungegenderte Formen ärgerte, schmunzelte er. Und übrigens ist es Unsinn, dass Sigi sich nicht bedroht gefühlt hat. Ja, er ist reich und hat eine berühmte Frau, die auch noch fünfzehn Jahre jünger ist als seine Ex. Natürlich schaut der sich Melanie mit ihren grauen Haaren, dem runtergekommenen Haus und ohne Mann an und denkt sich, dass er es viel besser hat als sie. Aber das heißt nicht, dass es ihn nicht gewurmt hat, als er erfuhr, dass der Typ, den sie als »Freund« vorgestellt hat, jahrelang mit ihr zusammen war – vor allem nicht, als klar wurde, dass sie schon was miteinander hatten, bevor er und Melanie geschieden waren. Das hat ihn getroffen. Das konnte jeder sehen. Völlig egal, dass die Ehe damals schon nur noch auf dem Papier bestand, völlig egal, dass er Melanie nicht mehr braucht und nicht mehr will. Sie hat ihm nicht die Wahrheit gesagt. Und Samuel hat dann noch Salz in die Wunden gestreut, ich glaube, ohne es zu merken. Das Thema war mal wieder, wie Frauen in der Gesellschaft wirklich gleichberechtigt werden können, und er hat zu Sigi gesagt: »Ich finde es großartig, wenn jemand das Talent seiner Frau wirklich anerkennt und sich in dessen Dienst stellt, so wie du mit der unglaublichen Begabung deiner Frau.«

»Ich finde, da muss man nicht gleich von dienen reden«, hat Sigi abgewehrt. »Oder dass einer besser ist als der andere. Meine Frau ist Sängerin, und ich manage sie. Jeder macht halt das, was er am besten kann.«

»Genau das meine ich«, hat Samuel geantwortet, aber ich glaube nicht, dass die beiden wirklich dasselbe meinten. »Doch dann muss ein Mann eben auch imstande sein, auf seine angestammten Privilegien zu verzichten. Wenn ich daran denke, dass es für viele Männer immer noch ein Problem ist, wenn ihre Frau oder Partnerin mehr verdient als sie ...«

»Isabella verdient deshalb mehr als ich, weil sie einen verdammt guten Manager hat«, meinte Sigi. Er klang ziemlich verschnupft, aber Samuel hat das gar nicht mitbekommen, glaube ich, sondern angefangen, Melanie über Professor Kern auszufragen, der am Abend erwartet wurde.

Kurios ist ja auch, dass die beiden (also Melanie und Kern) sich überhaupt nicht kannten, obwohl er schon mal Zeit auf dem Mauerhof verbracht hatte. Er hatte sich sogar schon ausgesucht, in welchem Zimmer er mit seiner Frau schlafen würde. Ich hab mir noch gedacht: Prima, wenigstens ein Mann, der nie was mit Melanie hatte. Das wird die Situation ein bisschen entspannen. Und wenn das nicht ironisch war, dann weiß ich auch nicht.

Nämlich abends nach dem Essen am Lagerfeuer – weil es so superromantisch ist, sich in der Dämmerung von den Mücken halb tot stechen zu lassen und hinten zu frösteln, während es dir vorne die Schienbeine röstet und du zu spät merkst, dass dir Ameisen in die Flasche gekrochen sind, aus der du gerade trinkst –, da ging es dann los. Immerhin hat Samuel mal aufgehört, über woke Themen zu reden, und sich stattdessen über Reisen und über Melanies Ausstellung und Kunst im Allgemeinen unterhalten. Sigi

Gruber hat das zwar offenbar als Aufforderung zum Wettpinkeln darüber aufgefasst, wer weiter gereist war und die geileren Orte gesehen hatte, und ein bisschen angegeben, aber eher halbherzig, weil: Wenn man mal von der albernen Uhr absieht und davon, dass er dauernd zeigen muss, wie toll er ist, hat der Mann, glaube ich, einen sehr einfachen Geschmack. Und unser Engländer saß am Feuer, wieder mal total lässig, und amüsierte sich über alles; dabei war diese ganze ironische Distanziertheit in Wirklichkeit auch nur Show. Das hat man ja dann kurz darauf gemerkt, als Claire aufgetaucht ist.

Melanie erzählte gerade von dem Tag, an dem sie erfahren hatte, dass sie den »Zeitzeichen«-Preis gewonnen hat, und von ihrer Ausstellungsplanung. Was übrigens niemand gecheckt hat, auch die Jury nicht, die ihr den Preis verliehen hat (das waren übrigens auch fast alles Männer, ich sag's bloß!), ist, dass die Ausstellung nicht einfach aus den Exponaten in der Scheune besteht. Melanies Ausstellung, das ist der ganze Mauerhof mit den Kunstwerken, mit den Wandmalereien und den Statuen, mit dem einsamen Soldaten neben der Eingangstür, mit den Spinnweben und der Katze, mit den Spinnereien, die der irre Filzkünstler hinterlassen hat, und mit der angesengten Zimmerdecke, wo damals der verurteilte Brandstifter im Haus gewohnt hat; das war in den frühen Neunzigern. Weil das hier auf dem Hof alles zusammengehört und sich über Jahrzehnte hinweg entwickelt hat. Aber das haben die von der Akademie nicht gecheckt, und die Ausstellungsgäste würden das auch nicht blicken, aber alle redeten darüber, als ob sie kapieren würden, worum es wirklich ging.

»Was hat dich eigentlich zu diesem interessanten Titel bewogen?«, hat Samuel gefragt, höflich wie immer, mit dieser bewussten Aufmerksamkeit für unterprivilegierte Menschen wie uns Frauen, irgendwie zum Kotzen, aber vergessen Sie, dass ich das gesagt habe, weil eigentlich hatte er ja recht.

»Wie heißt die Ausstellung denn?« Sigi hatte den Flyer vorher offensichtlich nicht gelesen.

»Schuld und Stühle.«

Edmund hat gelacht. War irgendwie klar, dass *er* den Witz darin sehen würde.

»Das ist ein saublöder Titel«, sagte jemand, und dann hat Edmund nicht mehr gelacht, weil Claire in den Schein des Lagerfeuers trat, und: Bäm! Feuer – Öl. Öl – Feuer. Vielleicht wäre es besser gewesen, wenn Melanie den Brandstifter eingeladen hätte, der hat das Haus damals nur beinahe niedergebrannt. Aber so was weiß man halt immer erst hinterher.

E-Mail von Henry Sutton-Peabody an Edmund Fenshaw, cc. Harriet Fenshaw, 18.6.

Sehr geehrter Mr. Fenshaw,

vielen Dank für Ihre Mail. Leider kann ich Ihnen nicht weiterhelfen. In der Tat gab es in meiner Familie einen Captain Joe Pascoe, der im 2. Weltkrieg auf der Seite der Alliierten kämpfte und später eine Deutsche heiratete. Was aus ihm geworden ist, weiß ich nicht. Es handelte sich bei Pascoe um einen Cousin meines Großvaters oder einen ähnlich entfernten Verwandten, mit dem meine Seite der Familie nie viel zu tun hatte.

Vielen Dank für Ihr Interesse an unserer Familiengeschichte, aber ich kann zu Ihrem Projekt nichts beitragen.

Mit freundlichen Grüßen

Henry Sutton-Peabody

Samuel hatte abgewiegelt: Edmund hatte ein bisschen zu viel getrunken und mit Claire geflirtet. Dominik Kern war dazugekommen und hatte ein paar Dinge gesagt, die bei Edmund nicht gut angekommen waren. Es hatte einen Streit gegeben, aber im Grunde war nichts passiert.

»Es war ein bisschen peinlich, aber es war die Art von Situation, die ganz schnell vergessen ist, wenn man erst einmal eine Nacht lang drüber geschlafen hat.«

Ja klar, dachte Harriet. *Deswegen haben auch alle rumgedruckst, als ich nach Edmund gefragt habe. Weil absolut niemand mehr an die peinliche Situation gedacht hat.* Sie beschloss, dass sie lange genug gewartet hatte. Sie wandte sich an Mala, die Samuels beschwichtigenden Ausführungen mit verschränkten Armen und einem spöttischen Blick gefolgt war: »Zeigst du mir diesen Campingbus, in dem Edmund übernachtet?«

Der alte Caravan stand hinterm Haus am Ende des Gartens unter ein paar Bäumen, die aussahen, als ob sie die Grenze des Grundstücks bildeten. Etwa fünfzig Meter weiter rechts begann die Mauer, die erst in eine Senke lief und sich dann den Hügel hinaufzog, über den Harriet am Vortag gekommen war. Sie ging über einen Trampelpfad in der ungemähten Wiese und klopfte mit der Faust kräftig gegen die Tür des Campers, ehe sie die Klinke drückte. Sie verstand, warum Edmund diesen Schlafplatz gewählt hatte. Das Innere war gemütlich gestaltet; an den Wänden hingen Bilder und Zeichnungen, in der Mitte stand ein Holztisch mit einer geblümten Teekanne darauf, und vor den hinteren Fenstern rankten sich blühende Rosen empor, die den Raum in ein angenehmes Halbdunkel tauchten.

»Okay, hier ist er nicht«, stellte Mala das Offensichtliche fest. »In der Küche war er ebenfalls nicht, aber das heißt nichts. Du hast ja gesehen, wie es hier läuft. Er könnte in der Scheune sein, auf dem Grundstück, irgendwo im Haus rumhängen oder spazieren gegangen sein.« Sie zuckte die Schultern. »Wir können schauen, ob wir ihn irgendwo finden, oder wir warten, bis er wieder auftaucht.«

»Warum zeigst du mir nicht das Haus und das Grundstück, und wenn er in der Nähe ist, laufen wir ihm dabei wahrscheinlich über den Weg – nur falls du Lust hast, natürlich.« Harriet war froh, als Mala zustimmte. Sie war sich nicht sicher, was sie so spontan für die junge Frau eingenommen hatte, aber sie wollte definitiv lieber mit ihr reden als mit den anderen Leuten auf dem Mauerhof.

Edmund Fenshaw

Ich kann mir gut vorstellen, wie sie sich jetzt alle den Mund zerreißen. Oder, schlimmer noch, peinlich berührt Entschuldigungen vorbringen, damit die Sache nicht mehr als ~~Skandal Eklat~~ Eklat betrachtet werden muss, sondern nur als unschöne Szene, bei der man sich ein bisschen fremdschämen musste, die aber keine große Bedeutung hat.

Und ist es nicht auch so? Man trinkt, man sagt oder tut etwas Unbedachtes, man blamiert sich, man kommt darüber hinweg und lacht über sich selbst. Die Welt geht nicht unter davon. Im Grunde ist die Angelegenheit gar nicht so viele Worte wert.

Wir saßen am Abend an der Feuerstelle neben der Scheune. Ein wunderbarer Platz, wie geschaffen für Pfadfinderlieder mit Gitarre, wenn wir alle zwanzig oder dreißig Jahre jünger gewesen wären – außer Mala natürlich, die war genau im richtigen Alter, aber eben Generation Smartphone; wahrscheinlich hätte sie so etwas furchtbar peinlich gefunden. Es war beinahe Mittsommer, die Dämmerung hielt sich ewig, und weil jenseits der Feuerstelle der Grund abfiel, versperrte diese vermaledeite Mauer auch nicht die Sicht auf die Gegend. Es wäre auch ein ~~wunderbarer~~ großartiger Platz gewesen für einen romantischen Abend mit einer Frau, sagen wir ruhig: einer ätherischen, dunkelhaarigen Schönheit mit Augen, die man völlig ironiefrei mit Sternen oder Sonnen vergleichen könnte.

Stattdessen Sigi und Samuel am Feuer zusammen mit Mel, mit der wir alle drei ... Es ist kein Wunder, dass ich mich neben den Biervorrat setzte. Schon allein, um etwas in den Händen zu haben, wenn die Unterhaltung mal wieder stockte. Zwischenzeitlich war ich stark versucht, mit einer der leeren Flaschen Sigi eins überzuziehen. Oder Samuel. Oder Melanie, weil sie diese Situation verursacht hatte. Zum Glück hatte ich keine Bierflasche zur Hand, als Kern dazukam, denn der hat mich mehr provoziert als Sigi und Samuel zusammen, und das nicht, weil seine Frau diese Augen hat, für die man einen Weltkrieg anzetteln könnte. Professor Dominik Renatus Kern! »Nennt mich Renatus«, sagte er, als ob er uns damit eine große Ehre erweisen würde. Ich vermute, dass er »Renatus« wählte, weil das viel ungewöhnlicher und großartiger klingt als »Dominik«. Was »Kern« betrifft, war er wahrscheinlich ziemlich angepisst, dass das Schicksal ihm einen so banalen Nachnamen zugeteilt hatte. Ist es nicht komisch, dass Claire ihren Mädchennamen behalten hat, obwohl sie und Kern unzertrennlich sind? Ich finde, wenn ein Ehepaar schon überall zusammen hingeht, was ja meiner Meinung nach auf eine etwas ungesunde Symbiose hindeutet, dann soll der Mann doch bitte schön nicht seine unbeschreiblich attraktive Frau eine halbe Stunde früher an einem romantischen Lagerfeuer ankommen lassen, an dem drei Männer sitzen, die nicht wissen, was sie zu ihrer Exfreundin oder -frau sagen sollen, und noch dazu am Bier waren. Wenn ich es nicht gewesen wäre, hätte einer der anderen für einen Skandal gesorgt, da bin ich sicher.

Na schön, vielleicht sollte ich aus meinem Campingbus kriechen und mich entschuldigen. Ich weiß nur nicht genau, bei wem. Habe ich Renatus Unrecht getan? Hat der Mann ein Recht darauf, seine Frau zurechtzuweisen, weil sie mit einem anderen Mann redet? Ist es angemessen, sie zu verdächtigen, obwohl sie nichts getan hat? Ich rede nicht von mir; ja, ich war am Bier gewesen, und ja, ich habe sicher ~~unangemess~~ ein paar gewagte Dinge gesagt, wobei ich hinzufügen möchte, dass ich am Anfang nicht wusste, dass Claire verheiratet ist. Aber sie? Kann er einfach voraussetzen, dass sie etwas Falsches gesagt oder getan hat, nur weil ich mich danebenbenommen habe? Hätte nicht Samuel mit seinem Eifer für Frauenrechte sich positionieren müssen? Was ist mit Mels weiblicher Solidarität? Von Mala will ich nichts sagen; die ist taff, sie lässt sich nichts vormachen, aber sie ist jung, sie hatte schon seit einer Stunde nur noch gegähnt, und man kann von ihr nicht erwarten, dass sie einen Mann wie Renatus herausfordert. Aber Samuel saß nur da und starrte Kern an, und Melanie sagte nichts, einfach gar nichts, nur irgendwann zu mir: »Das ist genug, Ed. Du solltest ins Bett gehen.« Beide waren wie versteinert, wahrscheinlich vor lauter Verlegenheit. Aber ich bin nicht der Einzige, der sich bloßgestellt hat. Bei Weitem nicht. Wie Renatus glaubt, eine Frau wie Claire verdient zu haben, ist mir ein Rätsel. Wenn hier jemand eine Entschuldigung schuldig ist, dann er. Er sollte sich bei ihr entschuldigen. Oder gleich zum Teufel gehen.

Ich werde ihm das sagen. Rausgehen und ihm sagen, was ich von ihm halte. Dass er zum Teufel gehen kann.

~~Sigi~~ Samuel hatte übrigens recht. »Ich habe meine Frau mitgebracht«, wer hat denn ein Recht, so was zu sagen? Ich habe meinen Laptop mitgebracht, ich habe meine eigene Bettdecke mitgebracht, ich habe ~~meine eigene Bettdecke~~ … meinen Hund von mir aus, aber

(Der Text bricht an dieser Stelle mitten im Satz ab, als ob der Schreiber nicht mehr weitergewusst hätte oder unterbrochen worden wäre.)

Eintrag im Blog »Fortysomething reasons« von Bianca Steynmaier

Mimimi-too

»Ich auch! Ich auch! Ich auch!«, schrie das kleine Mädchen, das ich neulich auf dem Parkplatz eines Supermarkts sah. Ein Mann, Mitte dreißig vielleicht, stand neben einem Auto, typische Familienkutsche, und wirbelte einen Jungen an den Armen im Kreis herum, dass mir vom Zusehen ganz schwindlig wurde, aber das kleine Mädchen war begeistert. »Ich auch!« – Me too!

Diese Worte hören wir mittlerweile mit Hashtag, sie haben ihre Unschuld verloren, eine Unschuld, die in dem »Ich auch!« des kleinen Mädchens noch zu hören war. Bei ihr war es der brennende Wunsch nach Beteiligung, danach, auch dranzukommen, nicht ausgeschlossen zu sein, am Spaß teilhaben zu dürfen.

Für Thirtysomethings oder Fortysomethings wie mich bedeutet #MeToo etwas anderes: die lähmende, erniedrigende, beängstigende und manchmal gefährliche Erfahrung, was es heißt, eine Frau in einer Welt zu sein, die viele Männer noch immer als ihre eigene betrachten. Drei Viertel aller Frauen haben laut einer Studie im Erwachsenenleben Erfahrungen mit sexueller Belästigung gemacht. Das heißt zwar im Umkehrschluss, dass ein Viertel der Frauen zumindest von dieser Form (männlicher) Dominanz verschont geblieben ist. Aber ich wage zu behaupten, dass es keine Frau gibt, die nicht schon mit dem »MeToo« von Männern konfrontiert worden ist.

»Nein, ich!«, schrie der Junge auf dem Parkplatz gegen das Mädchen an. »Ich will!«

Klar, wir wollen alle. Wir wollen Erfolg haben, wir wollen auch mal drankommen, wir wollen gesehen, geliebt, verstanden, gewürdigt werden – oder durch die Luft gewirbelt wie das Kind auf dem Parkplatz. Nur dass sehr viele Frauen noch immer dazu erzogen werden, ihren inneren Schrei »Ich auch!« zurückzuhalten, zu unterdrücken, sich abzutrainieren, während es noch immer zu viele Männer gibt, die über ein »Ich will!« nie hinauskommen. Selbst wenn es auf Kosten anderer geht. Selbst wenn es bedeutet, dass die eigene Schwester nie dran ist, dass die neue Kollegin nie die Anerkennung bekommt, die sie verdient, dass die Ehefrau immer diejenige sein wird, deren Karriere an zweiter Stelle steht, dass die Schülerin ihr Selbstvertrauen verliert, weil ihr Lehrer ihr vermittelt, dass Mathe nichts für Mädchen ist und so weiter und so weiter. Nicht nur sexuelle Gewalt kann Mädchen und Frauen nachhaltig traumatisieren, sondern auch das gellende »MeToo« von Männern, die ihren angeblich gottgegebenen Platz an der Spitze der Nahrungskette bis zum letzten Atemzug verteidigen. Und wenn eine Frau darauf besteht, Platz zu haben in seiner Welt? Wenn er es nicht schafft, sie wegzubeißen und kleinzuhalten?

Die Wut des Jungen auf dem Parkplatz, als sein Vater seine Schwester drankommen ließ, zeigte es. Aber das Kind war vier Jahre alt und wächst in einer Welt auf, in der Männer nicht mehr automatisch das Maß der Dinge sind. Von den Dinosauriern, den alten weißen Männern, den Herren der Schöpfung hört man in so einem Fall immer nur das »Mimimi« derer, die sich plötzlich ungerecht behandelt fühlen, weil – oh Wunder! – die Welt nicht immer so läuft, wie sie sich das vorstellen.

Das ist eine Erfahrung, die hundert Prozent aller Frauen kennen.

Harriet

Jemand spielte Klavier, eine Sonate von Schubert, und Harriet stand mehrere Minuten lang vor der geschlossenen Tür zum Musikzimmer, wie Melanie es genannt hatte, starrte auf die idyllische Landschaft, die auf das Türblatt gemalt war, und lauschte. Die Musik weckte in ihr einen verrückten, nostalgischen Hunger nach einer Zeit, die sie als unglücklich und trostlos in Erinnerung hatte. Sie als Teenager, über die Tasten des Pianos gebeugt, dieselbe Passage wieder und wieder spielend, bis sie glaubte, sie nie wieder hören zu können. Ihre Mutter, die, ohne je ein offenes Verbot auszusprechen, immer dafür gesorgt hatte, dass Hattie nie mit den coolen Leuten unterwegs war. Schuberts Klaviersonaten als Soundtrack ihres ersten Liebeskummers. Und jetzt, im Alter von vierunddreißig Jahren, stand sie hier im ländlichen Franken, und die Musik und die Gemälde und das alte Haus um sie herum gaukelten ihr vor, dass es gute Jahre gewesen waren, dass sie glücklich gewesen war unter ihrer Teenagerverstocktheit, und dass sie es vermisste, am Klavier zu sitzen und zu spielen. Als die Musik verstummte, brach das ihren Bann. Sie wandte sich zur Treppe, um das obere Stockwerk und den mäuseverseuchten Dachboden zu erkunden, überlegte es sich dann aber anders und öffnete die Tür zum Musikzimmer. Was sie dort sah, hatte sie nicht erwartet, aber das traf auf fast jedes Element ihres Aufenthalts auf dem Mauerhof zu.

Nachricht auf dem Anrufbeantworter des Festnetztelefons auf dem Mauerhof am 11. April

Guten Tag, Frau Gruber, hier ist die Praxis von Hartmut Fahning. Rufen Sie bitte zurück und vereinbaren einen Termin, damit wir Ihren Befund durchsprechen können. Auf Wiederhören!

Melanie Gruber in einer Radiosendung zu aktuellen Kulturthemen

»Schuld und Stühle« ist eine Sammlung von Bildern, Installationen und Skulpturen, die über einen längeren Zeitraum entstanden ist. Vor einigen Jahren hatte ich eine Phase, in der ich mit dem Holz alter Stühle und manchmal mit kaputten Stühlen aus Nachlässen gearbeitet habe. Der Titel »Schuld und Stühle« ist natürlich in erster Linie ein Wortspiel, aber eines mit einem ernsthaften Hintergrund. Wir sitzen Dinge aus. Wir sitzen zwischen allen Stühlen. Wir beweisen Sitzfleisch – oder Stehvermögen. Wenn wir Dinge oder Menschen be-sitzen wollen, machen wir uns möglicherweise schuldig. Das sind fundamentale menschliche Erfahrungen, die jeder macht, und sie spiegeln sich in unserem Sprachgebrauch wider.

… Ja, natürlich sind es auch eigene Erfahrungen. Ich bin dreiundfünfzig Jahre alt, ich habe mehr als die Hälfte meines Lebens hinter mir. Vor einigen Monaten war ich bei der ersten Beerdigung eines alten Schulfreunds aus meinem Jahrgang, da fängt man an, sich Gedanken über die eigene Sterblichkeit zu machen. Und damit geht natürlich die Frage einher: Wo stehe ich eigentlich? Wo habe ich mich in die Nesseln gesetzt? Wo habe ich mal jemandem den Stuhl angesägt – oder umgekehrt?

… Das Haus, in dem ich lebe und arbeite, ist meine Inspiration. Nach dem Krieg ist ein alliierter Offizier mit seiner deutschen Frau hier eingezogen, und von ihm stammt das erste Werk darin, ein Wandbild, das einen Soldaten zeigt – der übrigens auf einer alten Kiste sitzt; der hat nicht mal einen Stuhl, der unter ihm wegbrechen könnte.

… Oh nein, leider gar nicht. In finanzieller Hinsicht ist das Haus eher ein Geldgrab als eine Goldgrube. Die Wandgemälde, die Statuen, das ist von zeitgeschichtlichem Interesse, manches hat künstlerischen Wert, anderes ist eher Kitsch als Kunst, aber in seiner Gesamtheit macht es die Besonderheit des Hofs aus.

Teil eines Gesprächs zwischen Siegfried Gruber und Dominik Renatus Kern, Sonntag, 18. Juni

Kern: Talent ist im Kunstbereich leider überhaupt kein Garant für Anerkennung. Nehmen wir als Beispiel Ihre Frau, Siegfried …

Gruber *(leise)*: Mir wäre es lieber, wenn nicht immer alle Leute meine Frau als Beispiel nehmen würden.

Kern: … eine außergewöhnlich begabte Sängerin. Aber seien wir doch ehrlich: Wenn hinter dem Namen Isabella Wilhelmsen nicht auch eine unglaublich schöne junge Frau stehen würde, wäre ihr Erfolg nicht so groß. Es ist die Anziehungskraft des Weiblichen in seiner schönsten Form, die …

Gruber: Ja, ja, ich verstehe, worauf Sie hinauswollen, aber können wir vielleicht aufhören, auf diese Weise von meiner Frau zu reden?

Kern: Mein lieber Siegfried, meine Worte waren in jeder Hinsicht positiv gemeint. Aber ich verstehe, was Sie sagen wollen – ich würde es mir auch verbitten, solche Worte über meine Frau von einem anderen Mann zu hören.

(kurze Gesprächspause)

Gruber: Dabei fällt mir ein: Was, meinen Sie, will die englische Nichte hier?

(längere Gesprächspause)

Gruber: Ihre Frau hat vorhin so schön Klavier gespielt. Ich verstehe ja nicht wirklich was von klassischer Musik, ich weiß nur, wenn mir etwas gefällt. Aber was haben Sie vorhin über Joseph Beuys gesagt?

Kern: Ich sagte, er ist ein Paradebeispiel dafür, dass Vermarktung mehr zählt als Talent. Der Mann hatte überhaupt keine Substanz, aber er hat verstanden, wie der Markt funktioniert.

Gruber: Ja, und das ist auch wichtig. Im Kulturbetrieb geht es um wahnsinnig viel Geld, in den Topbereichen ist das ein Geschäft wie andere auch. Du kannst das dilettantisch betreiben und sagen, es geht nur um die Kunst, oder du willst nach oben. Dann muss man das Spiel beherrschen und mitspielen. Oder einen guten Manager haben.

(Vor der Scheune des Mauerhofs, 18.6. gegen 13.30 Uhr, aus der Erinnerung rekonstruiert von Samuel Falk-Steynmaier, der sich zu dem Zeitpunkt in der Scheune befand und einen Teil des Gesprächs mit anhörte.)

Mala

Harriet Fenshaw war mir erst mal ein Rätsel. Kein kompliziertes, das nicht, vielleicht ist Rätsel auch das falsche Wort. Mehr eine Matheaufgabe, die man nicht gleich checkt. Also: Was wollte sie in Deutschland und speziell auf dem Mauerhof? Daraus hat sie gar kein Geheimnis gemacht; sie war wegen Edmund da. Aber warum ihr das so wichtig war, das habe ich erst mal nicht verstanden. Im Rückblick habe ich mir manchmal gedacht: Vielleicht hatte sie eine Vorahnung. Eigentlich glaube ich nicht an Vorahnungen. Aber an dem Wochenende hat sich so viel zusammengebraut, da würde es mich nicht mal wundern, wenn sie das sogar Tage vorher in England irgendwie hätte fühlen können, wie ein Gewitter, das in der Luft liegt.

Zuerst war Harriet auch ziemlich fehl am Platz. Man konnte sehen, dass ihr viel an Edmund lag, aber gleichzeitig hat sie sich für ihn geschämt, und das hat sie wütend gemacht, und Wut war etwas, womit sie gar nicht klarkam. Wut ist unordentlich und unvorhersehbar und schwer beherrschbar. Ungefähr so wie Kunst. Ich dachte erst, dass sie damit auch nichts am Hut hat, aber das stimmt nicht. Das Wandbild des Soldaten hat sie fasziniert, darauf hat sie ganz unmittelbar reagiert. Und die Musik hat noch stärker auf sie gewirkt. Das hat mich dann für sie eingenommen, denn wie gesagt, auf den ersten Blick passte sie hier gar nicht hin. Irgendwann habe ich übrigens auch angefangen mich zu fragen, wo Edmund steckte. An sich hätte mich das nicht groß beschäftigt. Das Haus ist groß, das Grundstück auch, es gibt tausend Nischen und Schattenplätze und Wege, und gemeinsame Essenszeiten hat es am Mauerhof nie so richtig gegeben. Man musste sich nicht mal aus dem Weg gehen, es konnte einfach vorkommen, dass man sich stundenlang nicht sah. Aber ich hatte einen unschönen Verdacht, oder eher eine Befürchtung – die Art von Befürchtung, die man nicht für sehr wahrscheinlich hält, aber bei der man sich denkt: Wenn es doch wahr ist, ändert das alles. So, wie wenn man auf einen Befund vom Arzt wartet. Wahrscheinlich ist alles in Ordnung, aber wenn nicht, bleibt kein Stein auf dem anderen.

Am Lagerfeuer am Tag davor hatte ich gedacht, dass Edmund einfach nur zu viel getrunken hatte und dass das alles erklärte: sein Verhalten Claire gegenüber und seinen Streit mit Kern. Aber am nächsten Tag kam mir dann der Gedanke: Was, wenn es nicht nur einseitig war? War Edmund vielleicht irgendwo mit Claire zusammen? Kern und sie waren ja angeblich unzertrennlich, das hatte irgendwie jeder so gehört – Kern selbst hatte das in Interviews so gesagt, und alle anderen betrachteten es als unumstößliche Wahrheit, aber Tatsache ist, dass Claire am Samstag eine volle halbe Stunde lang alleine mit Edmund am Lagerfeuer saß (also nicht alleine, wir anderen waren auch da, aber ihr Mann eben nicht) und dass sie später im Musikzimmer Klavier spielte, während Kern sich mit Sigi Gruber unterhielt und in der Scheune in Ecken kroch und im Garten umherspazierte, und dass sie später nicht mehr im Musikzimmer war, obwohl das alle glauben sollten. Klar konnte das auch ganz unschuldige Gründe haben, aber wenn nicht, war Edmund der naheliegende Schuldige. Und das machte mir Sorgen, weil, na ja, Edmund sah natürlich um Längen besser aus als Kern, und ich fand ihn auch viel netter, aber wenn unter unseren Augen ein Ehebruch stattgefunden hätte … Ich glaubte es nicht wirklich, aber die Befürchtung war da.

Harriet wurde auch langsam nervös – ich weiß nicht, ob ihre Gedanken in dieselbe Richtung gingen wie meine –, und um sie abzulenken, schlug ich vor, ins Dorf zu gehen und Eis zu essen, weil es noch ein paar Stunden waren bis zur Eröffnung der Ausstellung. Und ganz im Ernst, ich war auch froh, dem Hof mal für eine Weile zu entkommen. Erst als ich vor der Eisdiele saß und die normalen Leute sah, die da rumliefen, wurde mir bewusst, wie eng und dicht die Atmosphäre dort in den letzten beiden Tagen geworden war.

E-Mail von Edmund Fenshaw an Harriet Fenshaw vom 17. Juni, Fortsetzung

Ich war mir sicher, dass es einen kürzeren Weg ins Dorf gab, und machte mich auf, ihn zu finden. Natürlich hatte ich dabei die Mauer vergessen, die dem Hof seinen Namen gibt. Die zieht sich den Hügel hinauf, von dem ich am Tag zuvor gekommen war – in die Richtung brauchte ich gar nicht loszugehen, da hätte ich gleich die Straße nehmen können. Die Mauer ist eigenartig, weil sie ganz offensichtlich nicht die Grenze des Grundstücks bildet. Man gewinnt den Eindruck, dass jemand da einfach mal eine

Mauer hingebaut hat, um eine Mauer zu haben. Ihr Ende (oder vielleicht ist es der Anfang) liegt ungefähr fünfzig Meter von meinem Campingbus entfernt, der am hinteren Ende des Gartens steht. Dort bin ich also auf die andere Seite, und da entdeckte ich, dass es tatsächlich Nachbarn gibt, deren Haus in einer kleinen Senke steht und wahrscheinlich im Mauerhof nur vom Dachboden aus zu sehen ist.

Was ich erst mal nicht entdecken konnte, war ein Weg, und ich habe mir die Schienbeine in dem hohen Unkraut ziemlich zerkratzt, bis ich dann ein Stück weiter doch einen Trampelpfad ausmachte, der in die richtige Richtung zu führen schien. Über meinem Kopf schossen Vögel hin und her und riefen und pfiffen in den Kronen des Wäldchens vor mir. Es war ein unglaublich idyllischer Morgen.

Bis plötzlich eine Bewegung am Rand meines Blickfelds meine Aufmerksamkeit erregte. Im nächsten Moment hörte ich ein tiefes, drohendes Knurren, und ein riesiger Hund kam ganz langsam aus dem Unterholz auf mich zu. Ich hatte Angst, aber vor allem dachte ich, ich wäre verrückt geworden, weil oben an der Straße eine Steinstatue von einem Hund steht, und in dem Augenblick glaubte ich wirklich, der wäre plötzlich lebendig geworden. Okay, zugegeben, wahrscheinlich war er nicht ganz so groß wie die Statue oben an der Straße, aber es war ein massiges, schweres Tier mit einem Schädel wie ein Steinquader und einem Knurren, das seinen breiten Brustkorb wie Donnergrollen füllte. Du weißt, dass ich Hunde mag, aber bei dem war eher mein Impuls: Weglaufen, bevor mich die Bestie zerfleischt. Dazu kam, dass ich ganz allein mit dem Vieh am Waldrand stand, keine Menschenseele in meiner Nähe. Ich wich also ganz langsam zurück, ohne in seine Augen zu schauen, und nach einigen Sekunden wandte der Hund sich mit einem letzten tiefen, drohenden Bellen ab und verschwand im Gebüsch.

Du kannst dir vorstellen, dass mir nach einem kräftigen Schluck Whisky zumute war, als ich die Hauptstraße im Dorf erreichte, aber natürlich hatte noch nichts geöffnet, außer der einen Bäckerei, und nachdem ich mir ein Dutzend Brötchen hatte einpacken lassen, bestellte ich noch einen Kaffee. (Ich weiß, du hättest mir zu einem Tee geraten und außerdem gesagt, dass ich nach dem Schock nicht auch noch Koffein brauchte, aber die Debatte ist alt, Hattie, und die Fronten verhärtet. Ich bleibe meinem morgendlichen Kaffee als Starthilfe in den Tag treu.)

»Dugo?«, fragte die Dame hinter der Theke, und ich hatte keinen Schimmer, was das für eine Sprache sein sollte, geschweige denn, was sie wissen wollte. »Zum Hiertrinken oder zum Mitnehmen?«, fragte sie, als sie meinen verständnislosen Blick sah, sehr langsam und deutlich.

Ich deutete auf die Sitzecke. Nach dem Erlebnis kurz zuvor saß mir der Schrecken noch in den Beinen.

»Sie sind nicht von hier, oder? Machen Sie Urlaub?« Die Bäckerei war bis auf uns beide leer, und die Frau schien sich zu langweilen. Sie brachte den Kaffee an den Tisch und blieb in der Nähe stehen, offensichtlich bereit zum Klatsch.

»Ja, ich besuche eine Freundin hier in der Nähe«, antwortete ich. »Sie eröffnet dieses Wochenende eine Ausstellung. Kennen Sie den Mauerhof?«

»Allmächd, das alte Haus am Bassgers Wall drüben?«

»Am … was bitte?«

Die Frau warf einen Blick durch die Fensterscheibe, und als sie niemanden entdeckte, der gerade Anstalten machte, die Bäckerei zu betreten, setzte sie sich. »Der Bassgers Wall – so nennen wir hier die Mauer, die der alte Bassgo gebaut hat damals.« Ihre Augen wurden groß, als sie mich ansah. »Moment amal, wo kommen Sie her, haben Sie gesagt? Von England?« Ich hatte nichts dergleichen gesagt, aber sie hatte natürlich meinen Akzent gehört.

»Dann sind Sie am Ende vielleicht ein Verwandter? Ein Nachkomme, meine ich?«

Natürlich wählte ein junger Kerl gerade diesen Moment, um durch die Tür zu treten und Brot zu kaufen, und er musste der Erste von der Frühstücksbrigade sein, denn auf einmal hatte die Bäckerin alle Hände voll zu tun. Ich trank meinen Kaffee und rätselte über ihre Worte, als ich sie den Namen noch einmal sagen hörte: »… ja, am Bassgers Wall.«

Der Angesprochene war ein alter Mann mit ein paar federfeinen weißen Haaren, einem freundlichen Gesicht und einer Jacke, die viel zu locker an seinem mageren Körper hing. Er wandte sich zu mir um: »Frau Schäfer hier sagt, Sie kommen vom Mauerhof?«

Ich nickte: »Aber ich muss gestehen, dass ich noch nie vom … Bassgers Wall? … gehört habe.«

Der alte Mann lächelte. »Jetzt hätten wir gedacht, dass Sie vielleicht darum hierhergekommen sind«, sagte er. »Darf ich? Wissen Sie, Captain Joe Pascoe hat damals das Haus gekauft, ein paar Jahre nach dem Krieg«, erklärte er. »Britischer Offizier – ich war zu der Zeit noch ein Junge, und zuerst dachten wir natürlich alle, dass es ein Ami war, weil die Briten ja gar nicht hier waren, aber der Pascoe hatte wohl ein paar Jahre zuvor eine Deutsche kennengelernt, die aus der Gegend kam, und mit der hat er sich hier niedergelassen.«

Okay, Bassgo war Pascoe, so viel war mir jetzt klar. Einen wilden Moment lang fragte ich mich, ob die Frau recht haben konnte und dieser Joe Pascoe vielleicht wirklich ein Verwandter sein konnte. Du kennst diese typisch menschliche Neigung, Verknüpfungen zu sehen, wo keine sind? Nur weil ich mich zufällig am selben Ort befand wie ein anderer Brite vor Jahrzehnten, kam es mir vor, als müsste es eine Verbindung zwischen uns geben. Ich muss aber gestehen, dass es mein Interesse an der Geschichte des

Hofs noch verstärkt hat. »Aber warum ist die Mauer nach ihm benannt?«, wollte ich wissen.

Der alte Mann nickte, als ob ich eine kluge Frage gestellt hätte. »Er hat sie gebaut. Der Mann war besessen von Mauern. Er hat immer vom Limes geredet und vom Hadrianswall im Norden von England, und dann hat er die Mauer hier gebaut, die irgendwann alle nur noch Bassgers Wall nannten.«

Besessen von Mauern. Ich habe ja schon eine Menge gehört und erlebt, aber ich dachte immer, die einzigen Menschen, die sich obsessiv für Mauern interessieren, sind irgendwelche Diktatoren. »Wie eigenartig«, sagte ich.

Er verzog den Mund. »Na ja, der Pascoe war auch ein komischer Typ. Eigenbrötlerisch. Hat ständig im Streit gelegen mit den Nachbarn.«

»Nachbarn?« Er musste das Haus meinen, das ich vorhin entdeckt hatte.

»Der Wolfgang Eschberg hat in die alteingesessene Familie Bruder eingeheiratet und dann später in dem Nachbarhaus gewohnt. Und zwischen dem und Pascoe gab es immer Krach.« Er nippte an seinem Kaffee und stellte den Becher mit leicht zitternden Händen wieder auf den Tisch. »Wie gesagt, ich war damals noch ein Kind, aber ich kann mich noch ganz gut erinnern, dass wir uns immer ziemlich gegruselt haben, wenn wir durch das Wäldchen rauf sind. Der Pascoe hatte einen Hund, der …«

»Einen Hund?«, wiederholte ich unwillkürlich scharf. »Entschuldigung, ich hatte nur vorhin eine unangenehme Begegnung mit einem Hund, und das war eben genau hinter der Mauer … ich wollte den Fußweg hier ins Dorf nehmen, und plötzlich stand dieser riesige Hund vor mir und hat mich fast zu Tode erschreckt.«

»Klingt ganz nach Pascoes Hund«, sagte der alte Mann langsam. »Aber der ist natürlich schon seit einer Ewigkeit tot.« Er schüttelte langsam den Kopf. »Trotzdem. Klingt ganz nach Pascoes Hund.«

Harriet

Es waren noch fast zwei Stunden bis zur Ausstellungseröffnung, als Harriet und Mala wieder am Mauerhof ankamen. Mala hatte die Abkürzung durch das Wäldchen nehmen wollen, aber nach Edmunds Mail hatte Harriet wenig Enthusiasmus dafür aufbringen können. Sie hatte etwas Angst vor Hunden, zumindest vor großen, lauten, die nicht angeleint und sichtbar unter der Kontrolle eines verantwortungsvollen Menschen waren. Der Nachmittag war sehr warm, und sie war froh, in der verhältnismäßigen Kühle des Scheunenschattens anzukommen. Samuel war gerade dabei, Sektflaschen aus dem Keller zur Scheune zu tragen, wo Melanie einen Kühlschrank aufgestellt hatte.

Harriet hatte nicht die Absicht, in der Hitze Getränkekästen zu schleppen, beschloss aber, Samuel vor der Katze zu retten, die um seine Füße strich und ihn beinahe zu Fall gebracht hätte. »Die macht das mit Absicht«, schimpfte er, als Harriet das Tier auf den Arm nahm. »Falls du übrigens schon ein Gläschen trinken möchtest, an der Tür zum Keller steht eine angebrochene Flasche Sekt. Melanie und Claire haben sich schon was eingeschenkt.« Er deutete zur Scheune hinüber, wo die beiden auf der hölzernen Außentreppe zum Dachboden hockten. »Ich glaube, Meli ist ein bisschen nervös, auch wenn sie es nie zugeben würde.«

Harriet schenkte sich ein halbes Glas Sekt ein – sie war vorsichtig mit Alkohol an warmen Tagen, aber eine kleine Menge würde schon nicht schaden – und gesellte sich zu den zwei anderen Frauen. »Ich bin gespannt auf die Laudatio«, sagte sie.

Melanie verzog das Gesicht. »Da musst du die einzige Person auf der Welt sein«, erwiderte sie schroff. Harriet fand ihre Worte befremdlich, weil schließlich die Frau des Laudators direkt neben ihr saß. »Ich bin sicher, Professor Kern ist ein guter Redner«, erklärte sie irritiert. »Aber was ich meinte, ist, dass ich nicht so viel von Kunst verstehe, und jemand wie er kann einem Dinge an den Werken aufzeigen, die man sonst vielleicht nicht bemerkt hätte.«

Melanie sah sie überrascht an. »So habe ich das noch nie gesehen. Mein Eindruck war immer, dass da jemand – meistens ein Mann – zeigen muss, wie überlegen, kompetent und großartig er ist und dass er mehr von den Werken versteht als alle Anwesenden einschließlich des Künstlers oder der Künstlerin.«

Harriet, deren Bemerkung ursprünglich als bloße Höflichkeit gemeint gewesen war, fühlte sich in die Defensive gedrängt. »Nun, ich habe kein Problem damit, anzuerkennen, wenn jemand mehr über ein Thema weiß als ich.« Ihre Worte klangen sogar in ihren eigenen Ohren spröde und oberlehrerhaft. Irgendwie wurde sie mit Melanie einfach nicht warm.

»Dominik weiß definitiv viel über sein Themengebiet«, sagte Claire. »Und er weiß, wie er seine Zuhörer mitreißt.« Ihre Worte passten, aber ihr Tonfall signalisierte nicht eben ungezügelten Enthusiasmus.

Harriet fühlte sich auf einmal enorm fehl am Platz. Was tat sie hier eigentlich? Sie würde einfach jetzt gleich ein Taxi rufen und sich über die statuengesäumte und schlaglochreiche Straße zurückfahren lassen, über die sie am Morgen gekommen war, und Melanie, ihre Männer, den einsamen Soldaten neben der Eingangstür und den ganzen Mauerhof samt seiner Geschichte, seinen Kunstwerken und Geheimnissen hinter sich lassen.

»Melanie?« Die laute Stimme tönte von der Seite des Hauses her zu ihnen.

Melanie blickte auf und stöhnte leise. »Was ist denn jetzt schon wieder?«, murmelte sie, stand aber auf und winkte zu Sigi Gruber hinüber, der mit rotem Kopf und wichtiger Miene auf die drei Frauen bei der Scheune zustapfte. Er trug wieder seinen teuren, aber schlecht sitzenden Anzug, hatte allerdings das Jackett ausgezogen. Unter den Armen seines Hemdes waren Schweißflecken zu sehen. »Du solltest besser mitkommen«, sagte er auf seine etwas pompöse Art. »Es ist etwas Unerfreuliches passiert.«

»Was ist denn los?«

Sigi sah Claire an, die die Frage gestellt hatte, dann Melanie. Zuletzt traf sein Blick Harriet – diese fühlte einen Schrecken, der sich wie eine eisige Hand um ihr Herz legte.

Er deutete in die Richtung, aus der er gekommen war. »Ich saß da gerade unter einem von den Bäumen«, sagte er. »Und als ich aufstand, weil die Sonne weitergewandert war, habe ich es gesehen. Ihn«, verbesserte er sich. »Ich fürchte, es hat einen Unglücksfall gegeben.«

»Oh mein Gott«, sagte eine schwache Stimme. »Es ist Edmund.«

Es dauerte eine Sekunde, bis Harriet klar wurde, dass die Worte aus ihrem Mund gekommen waren.

Chatverlauf zwischen Harriet Fenshaw und Hayley Greensward, Sonntag, 18.6. und Montag, 19.6.

Harriet
Oh Gott, Hay, es ist etwas passiert. **17.34**

Hayley
Geht es dir gut? Was ist los? **17.35**

Hayley
Ich hab grad versucht, dich anzurufen, aber du bist nicht rangegangen. Was ist denn passiert? **17.38**

Harriet
Ja, ich kann nicht reden, es ist zu chaotisch. Der Rettungswagen ist da, und die ersten Gäste wollen zur Vernissage kommen, aber die Polizei hat die Zufahrt zum Hof abgeriegelt. **17.43**

Hayley
Polizei??!! **17.43**

Hayley
Hattie, du machst mir Sorgen. Was um alles in der Welt geht da bei euch vor? Bist du in Ordnung? **17.49**

Harriet
Ja, ich bin okay. Nur etwas unter Schock, fürchte ich. Sorry. Jemand ist verletzt, schwer verletzt. Hinten im Garten. Ich dachte, dass es Edmund ist – er war die ganze Zeit nicht zu finden, ist einfach nicht aufgetaucht, und als ich hörte, dass etwas passiert war, dachte ich ... Die Sanitäter sind schon seit einer halben Stunde da. Sie konnten mit dem Rettungswagen nicht hinters Haus fahren. Es sieht schlecht aus, Hay. Ich konnte nicht einmal feststellen, ob er noch atmet, aber er hatte eine Wunde am Kopf, und es **18.04**

Harriet
Sie tragen ihn zum Rettungswagen. Das bedeutet nicht unbedingt, dass er noch lebt, oder? Die Sanitäter müssen ja alles versuchen, selbst wenn es eigentlich aussichtslos ist. Hier kommt Mala, ich schreibe gleic **18.12**

Hayley
Du armes Ding. Schreib mir mehr, wenn du kannst, ich bin zu Hause und mache heute auch nichts anderes mehr. Ruf mich an, wenn du richtig sprechen willst. Denke an dich. **18.14**

Harriet
Sie sind weg. Die Sanitäter. Aber die Polizei ist noch da. Hay, es wird immer schlimmer, Claire ist ohnmächtig geworden, und Samuel sieht aus, als ob er sich jeden Moment übergeben muss. Ich wahrscheinlich auch. Denn ich glaube nicht, dass es nur ein tragischer Unfall war. Und die Polizei auch nicht. **18.40**

Hayley
Ich weiß, dass du andere Sorgen hast, Hattie, und ich kenne die Leute da auf dem Hof ja auch nicht, aber bitte sag mir, wer »er« ist. Wer ist verletzt? **18.44**

Harriet
Sorry, ich kann einfach nicht mehr denken! Es ist Dominik Kern. Er ist Professor für freie Kunst an der Akademie, und er sollte die Laudatio halten. Claire Seegruber ist seine Frau. Er hatte eine schlimme Wunde am Kopf, aber er lag im Gras im Garten, und da war nichts, wo er sich den Kopf so hätte anstoßen können. Da sind keine großen Steine, nur Gras und Erde. **18.52**

Hayley
Das ist ja furchtbar. Glaubst du, dass du auf diesem Hof in Sicherheit bist? Du solltest zurück in dein Hotel gehen, für alle Fälle. **18.59**

Harriet
Wir sind jetzt in der Küche. Die Ausstellungseröffnung ist abgesagt worden, oder verschoben, auf jeden Fall sind die Gäste weggeschickt worden.
Ich glaube nicht, dass ich mir um meine Sicherheit Sorgen machen muss. Die Polizei ist ja noch hier, und außerdem: Wer sollte mir etwas antun wollen? Ich kenne hier niemanden. **19.11**

Hayley
Du kennst Edmund. Und dieser Kern ist Kunstprofessor. Warum hätte dem jemand was tun wollen? **19.14**

Harriet
Es ist wie in einem Krimi – Leute in Weiß, sie arbeiten hinten im Garten, wo er gefunden wurde. Niemand darf in die Nähe. Jemand von der Kriminalpolizei ist gekommen. Melanie hat Tee gemacht – es ist ein so warmer Abend, aber ich bin froh darüber. Wenigstens kann ich mich an meiner Tasse festhalten, wenn schon alles andere außer Kontrolle ist. **19.36**

Hayley
Wo Tee ist, da ist Hoffnung. Wisst ihr schon mehr? Über den Professor? **19.40**

Harriet
Nichts. Ich übernachte hier auf dem Hof. Nicht im Dachboden, da gibt es Mäuse, habe ich mir sagen lassen. Ich würde den Campingbus nehmen wie Edmund, aber der ist hinten im Garten, wo sie den Fundort untersuchen. Oder was auch immer sie da machen. **19.44**

Harriet
Oh Gott, ich wusste es. Es war kein Unfall, ich bin mir jetzt sicher. Die Polizisten haben alle befragt, und sie wollen unbedingt wissen, wo Edmund ist. Natürlich haben sie von dem Streit zwischen ihm und Kern gehört. Und jetzt denken sie, dass er ihn angegriffen hat und dann abgehauen ist, ich weiß es einfach. Er hätte niemals hierherkommen sollen, und jetzt ist er in Schwierigkeiten, und ich habe keine Ahnung, wo er ist. **0.21**

Harriet
Ich kann nicht einschlafen, Hay. Was, wenn Edmund wirklich etwas mit der Sache zu tun gehabt hat? **0.59**

Harriet
Vergiss, was ich vorhin geschrieben habe. Das ist alles Unsinn. Edmund ist ja nicht erst verschwunden, nachdem Kern verletzt wurde. Außerdem – natürlich hat Ed niemandem was getan. Ich bin so durch den Wind, dass ich nicht mal mehr weiß, was ich denke. Die letzte Info ist übrigens, dass Professor Kern noch lebt, aber sein Zustand ist kritisch. Der arme Mann! Ich habe die ganze Zeit nur an mich gedacht und daran, dass die Polizei Edmund verdächtigt – nein, sie haben das nicht so deutlich gesagt, aber ich bin mir sicher. Sie haben sehr gezielte Fragen über ihn gestellt. **1.13**

Harriet
Ich werde nicht zulassen, dass sie Edmund verdächtigen, nur weil er einen Streit mit dem Professor hatte! Ich weiß, dass das hier Deutschland ist und keine Bananenrepublik (Oh Gott, das darf man überhaupt nicht sagen! Wenn meine Schüler so etwas schreiben würden, würde ich ihnen sofort einen Vortrag halten, warum das nicht geht!). Also, auf jeden Fall weiß ich, dass Leute hier nicht einfach verschwinden, und dass es eine unabhängige Justiz gibt und alles, aber es ist trotzdem Ausland, und – ich werde nicht zulassen, dass sie Ed verhaften oder anklagen oder dass er unter einem falschen Verdacht steht, nur weil er **2.37**

Harriet
Ich werde ihnen beweisen, dass es keinen Grund gibt, Ed zu verdächtigen. **2.42**

Einen Moment lang hält er inne, dort an der Mauer, wo alles enden soll. Einen Moment lang fragt er sich, ob sein Hass ausreichen wird, über die Jahre hinweg, die vor ihm liegen. Oder wird er weniger werden, dünner werden, verschwinden wie der Oktobernebel, wenn die Sonne herauskommt? Wird er sich eines Tages – zwei, zehn oder zwanzig Jahre von heute aus – fragen, ob es sich gelohnt hat? Für wen er das eigentlich getan hat und warum? Einen Moment lang will er umkehren. Dann fällt sein Blick auf die Mauer. Auf die moosbedeckten, schweren Quader, die, einmal an ihren Platz gesetzt, unverrückbar sind. Genau so ist sein Hass: unverrückbar und schwer wie die Steine vom Bassgers Wall. Er umklammert die Waffe in seiner Hand. Hält sie, wie ein Verliebter die Hand einer Frau festhält oder ein Gläubiger das Kreuz. Wie etwas unendlich Kostbares, das er auf keinen Fall verlieren darf. Weil heute der Tag ist, an dem er es zu Ende bringen wird. Er muss nicht lange warten.

Interludium

Harriet hatte in ihrem Leben noch nicht oft mit der Polizei zu tun gehabt. Sie fuhr nicht mit überhöhter Geschwindigkeit und war nie in Verkehrsunfälle verwickelt, und ihre Schule war glücklicherweise nicht von der Art, die mit häufiger Polizeipräsenz einhergeht. Als sie am Montagmorgen nach einer unruhigen und viel zu kurzen Nacht aufstand, hatte sie im Grunde keine Ahnung, wie sie weiter vorgehen sollte. Ihr Entschluss aber stand fest.

»Verantwortlichen Beamten finden, mit ihm reden, Edmund von jedem Verdacht befreien, Edmund finden, nach Hause reisen«, wiederholte sie beim Anziehen den vagen Schlachtplan, den sie irgendwann zwischen ihren Nachrichten an Hayley, vergeblichen Versuchen zu schlafen und dem nervösen Kreisen ihres Gedankenkarussells entworfen hatte. Ihre mentalen To-Do-Listen für einen normalen Schultag waren länger. Die Frage war, wie sie das alles schaffen sollte. Trotzig beschloss sie, es so zu halten wie ihre Schüler vor wichtigen Prüfungen: Problem ignorieren und darauf vertrauen, dass alles schon irgendwie klappen würde.

»Verantwortlichen Beamten finden, mit ihm reden, Edmund von jedem Verdacht befreien«, wiederholte sie ihr Mantra im Bad vor dem Spiegel und auf der Treppe, die ins Erdgeschoss führte. »Edmund finden, nach Hause reisen. Happy End.«

In der Küche sah sie Mala auf dem Fenstersitz an einer Zeichnung arbeiten. »Morgen«, grüßte die junge Frau, ohne aufzublicken. »Ich hab Kaffee gekocht … ach nein, du trinkst Tee, oder?«

»Kaffee ist in Ordnung, danke«, antwortete Harriet müde. »Vielleicht werde ich davon wach.«

»Schlecht geschlafen?«, fragte Mala.

»Du nicht?«

Mala sah sie mit leicht schief gelegtem Kopf an. »Ich fürchte, dazu fehlt mir die persönliche Betroffenheit.« Sie merkte, dass ihre Worte Harriet schockiert hatten, und fügte hinzu: »Schau, ich will nicht sagen, es ist mir egal, was passiert ist. Überhaupt nicht. Aber ich kann mich da emotional gerade nicht drauf einlassen. Wenn es irgendwas gäbe, das ich tun könnte, wäre das vielleicht was anderes, aber …«

»Du könntest mir helfen«, sprudelte es aus Harriet heraus.

Mala sah so überrascht aus, wie Harriet sich fühlte.

Zu Harriets Verwunderung gelang es ohne größere Probleme, den ersten Teil ihres Schlachtplans in die Tat umzusetzen. Der verantwortliche Kriminalbeamte war dunkelhaarig, ernsthaft und höflich, und er wartete, bis sie sich ihm gegenübergesetzt hatte, ehe er sich auf seinem Bürostuhl niederließ. Er schob ein paar Papiere akkurat zur Seite und musterte sie aufmerksam. Harriet konnte sich nicht erinnern, ihn am Abend zuvor auf dem Mauerhof gesehen zu haben, doch sie hatte auch nicht alles mitbekommen, was vor sich ging. Die Polizisten hatten zwar mehrere Leute nach den Geschehnissen befragt, aber Harriet selbst hatte nichts weiter getan, als zustimmend zu nicken. Sonst hatte sich niemand für sie interessiert, und zu dem Zeitpunkt war ihr das auch recht gewesen. Aber jetzt hatte sie eine Mission. Sie hatte jemanden vor sich, der für den Fall zuständig war. Jetzt musste sie ihn nur noch überzeugen, dass Edmund nichts mit dem Verbrechen zu tun hatte.

Der Kriminalbeamte hörte ihr aufmerksam zu, als sie ihm erklärte, wer sie war und was sie hergeführt hatte. Dann lehnte er sich ein wenig vor und sah sie an. »Mrs. Fenshaw, richtig?« Harriet ließ das »Mrs.« stehen.

»Edmund Fenshaw ist Ihr Onkel, und Sie machen sich Sorgen, dass wir ihn verantwortlich machen für das, was gestern auf dem Hof passiert ist, obwohl er nichts damit zu tun hat, stimmt das?«

Sie sah ihn misstrauisch an. Er klang zwar nicht so, als ob er versuchte, ihr Anliegen niederzubügeln, aber sie vermutete, dass das noch kommen würde. »So ungefähr, ja.«

»Warum?«

»Wie bitte?«

Er stützte die Ellenbogen auf die Tischplatte und sah sie über seine gefalteten Hände an. »Warum glauben Sie, dass wir Mr. Fenshaw verdächtigen?«

Harriet starrte ausdruckslos zurück. »Sie haben Ihr Interesse an ihm sehr deutlich gemacht«, antwortete sie. Sie hatte nicht die Absicht, den Polizisten möglicherweise noch zusätzliche Gründe für ihren Verdacht zu geben. »Und Sie haben kein Geheimnis daraus gemacht, dass Professor Kern Opfer einer Gewalttat geworden ist.«

»Tanzen Sie, Mrs. Fenshaw?«

»Was?«

Die Mundwinkel des Kriminalbeamten zuckten. »Ich hätte auch fragen können, ob Sie fechten, aber das kam mir weniger wahrscheinlich vor. Jedenfalls wird dieses Gespräch keinen von uns weiterbringen, wenn wir umeinander herumtanzen, ohne etwas von dem preiszugeben, was wir denken.«

Harriet war überrascht. Er klang, als ob er meinte, was er sagte. Vielleicht war die Polizei nicht der Gegner in dieser Sache. »In Ordnung«, sagte sie langsam. »Aber Sie wissen wahrscheinlich mehr als ich.«

Ihr Gesprächspartner schnaubte. »Wenn Sie das glauben würden, wären Sie nicht hier. Sie sind überzeugt davon, dass Sie es besser wissen als wir. Und wer weiß, vielleicht haben Sie recht.« Er schwieg eine Weile, dann erklärte er: »Ich muss Ihren Onkel befragen. Sie kennen die Fakten. Dominik Kern wurde verletzt, und es sieht aus, als ob das mit Vorsatz passiert ist, so viel darf ich sagen. Ihr Onkel hatte mutmaßlich einen Streit mit ihm. Das Opfer wurde im Garten in der Nähe des Campingbusses gefunden, in dem Mr. Fenshaw übernachtete. Und Ihr Onkel ist seither verschwunden. Wir würden unseren Job nicht machen, wenn wir nicht zumindest in Betracht ziehen würden, dass er an Professor Kerns Zustand schuld ist.«

»Was meinen Sie damit, dass er *seither* verschwunden ist?«, fragte Harriet zurück. »Ich bin gestern Morgen auf dem Mauerhof angekommen und habe ihn in der ganzen Zeit nicht ein einziges Mal gesehen. Und die anderen auch nicht. Ich bin überzeugt, dass er schon lange, bevor Kern verletzt wurde, fort war.«

»Wie lange?«

Harriet biss die Zähne zusammen. »Seit Samstagnacht. Ich habe ihn gegen Mitternacht in Rothenburg gesehen, aber er hat mich nicht bemerkt.«

Der Beamte beugte sich nach vorne, um seiner Frage Nachdruck zu verleihen. »Sind Sie sicher, dass es sich um Ihren Onkel handelte?«

»Ja«, antwortete Harriet mit fester Stimme.

Sein Blick sagte, dass er nicht überzeugt war, aber er wandte lediglich ein: »Er könnte zwischenzeitlich zurückgekommen sein.«

»Warum hat ihn dann den ganzen Tag über niemand gesehen?«, schoss Harriet zurück.

»Wir wissen nicht, ob niemand ihn gesehen hat«, gab der Polizist zu bedenken. »Ich verlasse mich nicht blind darauf, dass die Leute uns die Wahrheit sagen. Nicht einmal Sie«, fügte er mit einem kurzen Lächeln hinzu.

»Sie schließen, dass Edmund Professor Kern angegriffen hat, weil er nicht da war, um Ihre Fragen zu beantworten. Aber wenn ich sage, dass er die ganze Zeit nicht aufgetaucht ist, bezweifeln

Sie das, weil es nichts bedeutet, wenn keiner ihn gesehen hat?« Harriet setzte ihr bestes Lehrerinnengesicht auf. »Ist Ihr Hobby vielleicht Schattenboxen, Herr …« Ihre Retourkutsche entfaltete nicht ganz die Wirkung, die sie erhofft hatte, als ihr klar wurde, dass sie seinen Namen nicht wusste.

Zu ihrer Überraschung wurde er rot und blickte zur Seite. »Niedergesäß«, nuschelte er.

Harriet brauchte einen Moment, um das ins Englische zu übersetzen, aber dann musste sie zusammengezuckt sein, denn der Beamte verzog den Mund. »Sagen Sie einfach nichts – bitte?« Es musste seine offensichtliche Verlegenheit sein, aber Harriet registrierte erst jetzt, dass er nicht sehr viel älter sein konnte als sie. »Tut mir leid«, sagte sie zerknirscht. »Ich wollte nicht unhöflich sein. Ich war mal mit jemandem zusammen, der mit Nachnamen Hickinbottom hieß, und ich fürchte, die Narben sind noch immer nicht verheilt.«

Er musterte sie einen Moment, dann räusperte er sich. »Was Ihren Onkel betrifft, muss er gestern zu irgendeinem Zeitpunkt auf dem Grundstück gewesen sein. Mrs. Fenshaw, haben Sie gestern auf dem Mauerhof zu Mittag gegessen?«

»Ja, habe ich.« Sie fragte sich, worauf er hinauswollte.

»Edmund Fenshaw auch«, sagte Niedergesäß und fuhr fort, bevor sie Einwand erheben konnte: »Er hat sich sein Mittagessen mit in den Campingbus genommen. Das bedeutet nicht automatisch, dass er Dominik Kern angegriffen hat, aber es bedeutet, dass es Fragen gibt, die er mir beantworten muss.«

Harriet hatte die Arme vor der Brust verschränkt, während sie über seine Information nachdachte. »Woher wissen Sie das mit dem Mittagessen?«

Niedergesäß sah sie ernst an. »Das ist eine Information, die ich Ihnen nicht geben kann. Nicht, solange wir nicht wissen, was passiert ist.«

»Wie wollen Sie herausfinden, was wirklich passiert ist, wenn Sie nicht wissen, ob Ihre einfachsten Schlussfolgerungen stimmen?«, gab sie ärgerlich zurück. Dann wünschte sie sich, sie hätte einen weniger pampigen Tonfall gewählt.

Zu ihrer Überraschung sah er sie kühl kalkulierend an, ehe er beide Fragen zugleich beantwortete: »Eine Schüssel mit Gulaschresten auf dem Tisch lässt nicht viel Spielraum für Schlussfolgerungen. Das war das Mittagessen gestern, und alle anderen Gäste auf dem Hof hatten bereits gegessen; ich habe nachgefragt.«

Harriet dachte intensiv nach – nicht über die Tatsachen, die er ihr gerade präsentiert hatte, sondern über die Frage, was sie zu ihm sagen sollte. Konnte sie diesem deutschen Polizisten wirklich vertrauen, dass er nicht zur einfachsten und naheliegendsten Lösung greifen würde? Offensichtlich hatte er Edmund im Visier. Und sie war allein in einem Land, das ihr auf einmal fremd erschien. Sie wollte nach Hause, und sie wollte, dass Edmund nach Hause kam. War das so viel verlangt?

»Mrs. Fenshaw? Ist alles in Ordnung?«

Seine Worte rissen Harriet aus ihren Gedanken. Sie wurde rot. Was für ein selbstmitleidiges Gewäsch hatte sie sich da eben zusammengesponnen? Die einzige relevante Frage war doch, wie sie Edmund helfen konnte. Sie war zu fünfundneunzig Prozent von seiner Unschuld überzeugt. Was die letzten fünf Prozent betraf – nun, es war immer besser, die Wahrheit zu kennen.

Harriet sah den Mann ihr gegenüber an, und diesmal wählte sie ihre Worte mit Bedacht. »Ich weiß, dass Sie herausfinden wollen, was passiert ist. Und dass es Ihre Aufgabe ist, meinen Onkel zu finden und mit ihm zu sprechen. Ich will ja auch selbst wissen, wo er ist.« Sie holte tief Luft. »Aber ich glaube, dass Kern das Opfer von jemand anderem geworden ist. Ich weiß nicht, wer es sein könnte, aber eines kann ich Ihnen sagen: Der Mauerhof ist voller Geheimnisse, und die Leute, die sich dort aufgehalten haben, auch. Sie haben vorhin gesagt, Sie gehen nicht davon aus, dass die Leute Ihnen immer die Wahrheit sagen. Vielleicht sollten Sie damit anfangen, die Lügen zu finden.«

Niedergesäß lächelte. »Okay, helfen Sie mir. Welche Lüge haben Sie bisher entdeckt?«

Harriet schluckte. »Ich weiß nicht, ob es eine Lüge ist, aber jemand war vor Ihnen im Campingbus und hat es so aussehen lassen, als ob Edmund zum Mittagessen dort gewesen wäre. Ich war selbst, nachdem ich zu Mittag gegessen hatte, im Bus, und auf dem Tisch stand nichts außer Teegeschirr. Ich war übrigens nicht alleine, Sie müssen sich also nicht auf mein Wort verlassen.«

»Er könnte später zurückgekommen sein, nachdem Sie dort gewesen waren«, gab Niedergesäß zu bedenken.

»Das stimmt. Obwohl ich es für unwahrscheinlich halte, weil ich später in Haus und Hof nach ihm gesucht habe. Warum hätte er mir und allen andern absichtlich aus dem Weg gehen sollen? Aber«, fuhr sie fort, ehe er ihr alle Gründe aufzählen konnte, aus denen Edmund vielleicht hatte ungesehen bleiben wollen, »Sie haben mir selbst verraten, dass das nicht die richtige Antwort ist. Es stimmt, dass es zu Mittag Gulasch gab, aber es waren auch noch Nudeln vom Vortag da. Und wenn Ed mittags in die Küche gekommen wäre, um sich Essen zu holen, das er dann alleine im Wohnwagen essen wollte, hätte er nicht das Gulasch gewählt. Er ist Vegetarier, schon seit seiner Jugend. Also hat entweder jemand anderes im Bus gegessen, oder jemand wollte, dass es so aussieht, als wäre er dort gewesen.«

Niedergesäß schwieg so lange, dass Harriet nervös wurde. Dann nickte er. »Das ist interessant«, sagte er sachlich. Er zog einen Block zu sich und machte eine kurze Notiz. »Sie sind sich sicher?« Sie nickte, und er schwieg wieder. Es war ein sehr konzentriertes Schweigen. Sie hätte mit dem Kuli herumgespielt, der unbeachtet auf dem Tisch lag, oder einen Schluck aus der Tasse neben dem Computer genommen, nur um etwas zu tun zu haben, aber er saß nur da und sah abwechselnd auf sie und auf einen unbestimmten Ort, der in der Luft zwischen der Tür und dem benachbarten Schreibtisch zu liegen schien. Als Harriet schon glaubte, er werde nie wieder etwas sagen, richtete er seinen Blick wieder auf sie.

»Drei Dinge«, begann er, und jetzt griff er in einen Behälter, in dem sich außer Büroklammern auch ein paar bunte, runde Magnete befanden. »Erstens«, sagte er und legte einen blauen Magneten vor sich auf dem Tisch ab. »Mein Auftrag ist es, herauszufinden, was mit Professor Kern passiert ist. Ich werde tun, was nötig ist, um Antworten auf meine Fragen zu erhalten. Ihren Onkel ausfindig zu machen gehört dazu.«

Harriet nickte.

Niedergesäß fischte einen roten Magneten aus der Schachtel und legte ihn neben den blauen. »Zweitens: Dass sich im Campingbus eine Schüssel mit Gulaschresten vom Mittagessen befand, haben Sie gerade von mir erfahren. Sie waren aber vorher schon sicher, dass Sie mich überzeugen könnten, neben Edmund Fenshaw noch andere Täter in Betracht zu ziehen. Was wissen Sie noch?«

Harriet machte den Mund auf und schloss ihn wieder. Dieses Zweitens hatte sie nicht kommen sehen. Sie entschied sich dazu, ehrlich zu antworten. »Ich weiß nicht mehr. Oder noch nicht. Ich bin wegen Edmund hier, und für mich reicht es, dass ich meinen Onkel kenne, um von seiner Unschuld überzeugt zu sein. Aber Sie brauchen wahrscheinlich ein bisschen mehr als nur meine Überzeugung.«

Das rang ihm beinahe ein Lächeln ab.

»Ich weiß, dass die Leute auf dem Hof Geheimnisse haben«, fuhr sie fort.

»Gut. Geheimnisse lassen sich in Erfahrung bringen«, sagte er und schwieg dann wieder.

»Was ist mit drittens?«, fragte Harriet, als seine intensive Stille wieder begann, sie nervös zu machen.

Er sah sie an und seufzte, als ob er erwartete, seine nächsten Worte zu bereuen. »Drittens«, sagte er und sammelte die beiden Magnete auf, »werde ich Sie nicht daran hindern, etwas für Ihren Onkel zu tun. Wenn Sie etwas erfahren – und ich meine, wenn Sie zufällig, auf normalem Wege und ohne Miss Marple zu spielen, etwas erfahren, was nützlich sein könnte –, lassen Sie es mich wissen. Schreiben Sie's auf und schicken Sie es mir.« Er reichte ihr eine Visitenkarte.

»Danke«, sagte Harriet verblüfft. »Das werde ich.«

Sie stand auf und wandte sich um, als seine Stimme sie noch einmal innehalten ließ. »Sie sagten, Sie haben sich im Campingbus umgeschaut?« Der Tonfall war der einer Frage. Harriet wandte sich wieder zu ihm um und nickte. »Ja, wir wollten wissen, ob er vielleicht noch schlief. Alle haben darüber geredet, dass er am Abend zuvor zu viel getrunken hatte.«

Niedergesäß blätterte in einem Hefter, den er gerade aus einer Schublade geholt hatte. »Haben Sie im Bus dieses Blatt gesehen?« Er schob es über den Schreibtisch in ihre Richtung.

Sie warf einen Blick darauf. *Ich kann mir gut vorstellen, wie sie sich jetzt alle den Mund zerreißen,* lautete der erste Satz. Sie schüttelte den Kopf. »Das ist Edmunds Handschrift«, sagte sie. »Aber nein, wir haben dieses Blatt nicht gesehen. Warum?« Ihre Augen weiteten sich. »Glauben Sie, das hat auch jemand dort hinterlassen? Dieselbe Person, die das Essen auf den Tisch gestellt hat?«

Niedergesäß wischte die Theorie mit einer Geste beiseite. »Ich bezweifle es. Das Blatt lag unter dem Tisch, die unbeschriebene Seite nach oben. Vermutlich ist es runtergefallen. Ich wollte nur wissen, ob Sie es gefunden und gelesen haben.«

»So genau haben wir uns auch wieder nicht umgeschaut«, antwortete Harriet. Sein Blick verunsicherte sie. »Warum fragen Sie?«

»Ja, warum? Vielleicht hat es mich interessiert, ob Sie es dort gelassen – oder uns später gezeigt – hätten, wenn Sie es gefunden hätten.« Sein Blick wich ihrem aus. »Sehen Sie, was Ihr Onkel da geschrieben hat, unterstützt die These, dass er nach dem Streit am Abend noch einmal die Auseinandersetzung mit Dominik Kern gesucht hat.«

Belastendes Material? Harriet seufzte. Und er wollte wissen, ob sie es vor der Polizei verborgen oder es ihm gezeigt hätte? »Das kann ich Ihnen auch nicht sagen, weil ich nicht weiß, was Edmund geschrieben hat.« Nicht, dass es einen Unterschied hätte machen sollen, schließlich hatte sie sich selbst gesagt, dass es ihr um die Wahrheit ging. Aber theoretische Wahrheitsliebe war das eine, praktisches Handeln das andere. Vielleicht war es gut, dass ihr dieses Dilemma erspart geblieben war.

Wie belastend war es, was Ed geschrieben hatte? Sie hätte es gerne herausgefunden, aber das Blatt lag nicht nahe genug, um es unauffällig zu lesen.

»Danke für Ihre Zeit«, sagte sie aufrichtig. Es war mehr, als sie erwartet hatte.

Niedergesäß sah aus, als ob er im Zwiespalt wäre. Dann räusperte er sich. »Die logische Vorgehensweise«, sagte er nüchtern, »*wenn* Sie den Text Ihres Onkels im Wohnwagen gefunden hätten, wäre gewesen, ein Handyfoto davon zu machen.«

Harriet starrte ihn an.

Er tauchte hinter seinen Schreibtisch, um aus einer Schublade ein Päckchen Kaugummi herauszuholen. »Mögen Sie einen?«

Harriet schob ihr Handy mit dem Foto des Blatts zurück in die Handtasche. »Danke«, sagte sie. »Ich lasse Sie dann mal in Frieden. Falls ich etwas erfahre, das hilfreich sein könnte, melde ich mich.«

»Machen Sie das«, sagte er unbewegt. »Auf Wiedersehen.«

Als sie vor dem Polizeigebäude in der Sonne stand, warf Harriet einen Blick auf die Visitenkarte, die sie noch immer in der Hand hielt. »Karl Niedergesäß, KOK«, stand darauf, gefolgt von seiner Dienst-E-Mail-Adresse und einer Telefonnummer mit Durchwahl.

»Karl«, wiederholte sie nachdenklich, dann verstaute sie die Karte in ihrem Portemonnaie und schüttelte ihre Verwunderung ab.

Jetzt musste sie an die Arbeit gehen. Sie zog ihr Handy aus der Tasche und rief Mala an.

Zweiter Teil

Mala

Also, Harriet war erst ein Rätsel, und dann war sie keines, und dann plötzlich präsentierte sie mir ihren verrückten Entschluss, Edmund Fenshaw vor der bösen deutschen Polizei zu retten. Nicht, dass Harriet das mit der Polizei in so vielen Worten gesagt hätte. Ihr war wahrscheinlich nicht mal selbst klar, was sie da dachte, nämlich dass Edmund und sie hier im fremden Land waren und im Zweifelsfall auf niemanden zählen konnten. Ha!, dachte ich mir. Probier's mal damit aus, schwarz zu sein und nachts zur falschen Zeit am falschen Bahnsteig zu stehen wie mein Bruder letztes Jahr. Dann weißt du, dass du im fremden Land bist und schon deswegen erst mal beweisen musst, dass du kein Verbrecher bist.

Sie hat sich wirklich Sorgen um Edmund gemacht. Irgendwie hat sie mich damit an Bord geholt. Außerdem hatte sie mit einer Sache auf jeden Fall recht: dass es wichtig war, die Wahrheit herauszufinden. Weil diese Szene zwischen Edmund und Dominik Renatus Kern ja nur ein Teil vom Ganzen war. Ich war eigentlich von Anfang an überzeugt, dass Edmund nicht der Einzige war, der mit Renatus (so wollte er genannt werden, aber nur Edmund hat das auch konsequent gemacht, aus Abscheu, nicht aus Höflichkeit) – also, Edmund war nicht der Einzige, der ihm am liebsten eins überziehen wollte. Und Kern war auch nicht der Einzige, der mit einer eigenen, geheimen Agenda auf den Mauerhof gekommen war. Ich konnte mir bloß noch nicht vorstellen, was das für Geheimnisse waren, und das war die andere Sache: Ich wollte herausfinden, worum es den Leuten wirklich ging.

Ja, und deswegen brachte ich den Vormittag damit zu, Sachen zusammenzuschreiben und mich an alles zu erinnern, was ich selbst gehört und gesehen hatte, und Gesprächen zuzuhören und mit den Leuten zu reden und generell möglichst viel mitzukriegen. Währenddessen ist Harriet in die Stadt gefahren, um mit der Polizei zu sprechen.

Ich hatte relativ schnell wenigstens ein paar Sachen beisammen, die mir vielversprechend vorkamen, aber dass Harriet mit ihrer Mission erfolgreich sein würde, hatte ich eher nicht erwartet. Dabei war das gar nicht so überraschend, wie ich zuerst dachte. Schon deshalb nicht, weil Harriet trotz allem ja nicht doof ist. Ich kann mir vorstellen, dass Schüler, die sie nicht kennen, sie krass unterschätzen und dann sehr schnell checken, dass man ihr nichts vormachen kann. Außer da, wo sie sich selbst was vormacht, natürlich. Harriet war genauso überrascht wie ich, dass der Typ ihr zuhörte und ihr Anliegen ernst nahm. Und dass er dann noch kam mit: *Wenn Sie was erfahren, geben Sie mir Bescheid.* Zuerst war ich mir sicher, dass er das nur gemacht hat, um sie ruhigzustellen. Kennt man ja.

Das war's aber nicht, dazu hätte es nicht so ein langes Gespräch gebraucht. Vor allem hätte es nicht die Sache mit dem Zettel aus dem Campingbus erklärt. Nein, es lag einfach daran, dass es Harriet war, die vor diesem Polizisten saß. Wenn ich versucht hätte, diese Show abzuziehen, hätte das niemals funktioniert. Nicht mal, wenn ich weiß wäre. Weil Harriet so ein wandelndes Klischee ist – die englische Lady, aber nicht aus dem großen Herrenhaus, sondern eine echte Dame, ein bisschen spröde, aber so … bah, mir rollen sich gerade die Zehennägel ein! Eigentlich müsste man die Frau hassen. Sie ist so privilegiert, so gebildet, so scheißsicher in ihrem Bewusstsein darüber, wer sie ist und was die Welt ihr schuldet, dass die Welt nicht mal auf den *Gedanken* kommt, ihr den Mittelfinger zu zeigen, wie sie es mit uns allen macht (die Welt, meine ich. Harriet würde das nie tun, weil es sich einfach nicht gehört). Der Witz an der Sache ist, dass ich es auch nicht gemacht habe. Heute Morgen in der Küche? Hab ich vielleicht gesagt, sie kann mich mal, und die ganze Sache geht mich schließlich nichts an? Natürlich nicht. Ich habe versprochen, ihr zu helfen. Und warum? Weil sie so komplett authentisch ist in ihrer Rolle, dass man es einfach nicht schafft, sie zu hassen. Und unter dieser leicht unterkühlten Anständigkeit, die ja manche an sich schon geil finden, hat sie auch noch so was … wie kann man das ausdrücken? Wenn sie ein Hund wäre, würde ich sagen: »So cute!«; und das gibt den Leuten dann den Rest. Der arme Typ von der Kripo hatte keine Chance. Und Mann, wäre ich bei dem Gespräch gerne dabei gewesen – nur, dass es dann natürlich nicht mehr so stattgefunden hätte. *Natürlich* wollte der Mann ihr helfen und sie beruhigt nach Hause schicken.

Und ich werde mich jetzt mit ihr hinsetzen und versuchen, den Geheimnissen vom Mauerhof auf die Spur zu kommen, weil ich auch nicht anders kann.

Brief von Christa Dannhauser an Erika Eschberg, 23.1.1950

Meine liebe Erika,

ich hoffe, Du hast Deine Hochzeitsreise genossen! Nach Wien! Wie ungewöhnlich! Wir konnten uns vor zwei Jahren glücklich schätzen, daß wir zwei Nächte in einem Gasthaus verbringen konnten, ohne daß uns *seine* Familie auf die Füße trat. Du mußt erschöpft sein von der langen Reise, von allen anderen möglichen Gründen für Erschöpfung mal gar nicht zu sprechen. Willkommen zurück, kann ich nur sagen. Ich hoffe, wir werden nun endlich die geplante Tradition eines wöchentlichen

Damenkränzchens in die Tat umsetzen können. Natürlich werde ich Ingrid ebenfalls dazu einladen. Die Arme hat da draußen in diesem einsamen Haus viel zu wenig Gesellschaft, und ich befürchte, daß sie sich schrecklich langweilt. Gestern besuchte ich sie, und sie gab sich sehr tapfer und betont fröhlich, um mir zu zeigen, wie sehr sie es genießt, endlich ihren eigenen Hausstand zu haben, und wie glücklich sie ist. Es war eine Liebesheirat, sagt sie, und das mag stimmen, aber der Mann ist trotz allem ein Fremder hier. Angeblich spricht er fehlerfreies Deutsch, aber ich kann das aus eigener Anschauung nicht bestätigen, weil er zu mir nicht mehr als drei Worte sagte, und auch die nur widerwillig. Ein Fremder *und* dazu noch über fünfzehn Jahre älter als Ingrid! Ich weiß wahrhaftig nicht, was sie sich dabei gedacht haben mag. Wenigstens hat er nicht beschlossen, sie mit nach England zu nehmen, auch wenn mir nicht klar ist, warum er sich ausgerechnet hier niederlassen will. Aus Liebe zu ihr, sagt Ingrid. Nun, wir werden sehen! Daß er kein fröhlicher Mensch ist, war schon daran zu erkennen, daß er neben der Eingangstür im Ern ein melancholisches Wandbild von einem Soldaten gemalt hat – als hätten wir nicht alle genug vom Krieg gesehen! Wie soll eine Frau guter Dinge sein, wenn sie täglich mit einer solchen Erinnerung konfrontiert wird? Männer hängen immer in der Vergangenheit fest, aber wir Frauen haben Arbeit für die Zukunft zu tun.

Ich grüße Dich sehr herzlich,

Deine Christa

Harriet

»Womit fangen wir an?«

Der Tag war bereits zu warm geworden, um sich länger draußen in der Sonne aufzuhalten als unbedingt nötig. Die Küche wäre der naheliegende Ort gewesen, um sich zu unterhalten und vielleicht sogar zu arbeiten, aber Harriet und Mala wollten nicht gestört werden. Sie hatten sich schließlich einen Platz im Garten auserkoren – im Schatten der Mauer und in einiger Entfernung vom Camper und dem Ort, wo Kern gelegen hatte. Die Stelle war von der Polizei mit rot-weißen Bändern markiert worden, und ein uniformierter Beamter war immer noch da, aber ansonsten war dem Garten auf den ersten Blick nicht viel von dem anzusehen, was sich dort abgespielt hatte. Das Gras war an einigen Stellen niedergetrampelt, und eine Statue war umgekippt, als die Sanitäter Liege und Ausrüstung nach hinten geschleppt hatten, doch das trug nur zum allgemeinen Eindruck von Verlassenheit und Stille bei. Ein paar Grillen zirpten im Gras. Was auch immer die Männer in Weiß im Garten getan hatten, sie waren spät in der Nacht damit fertig geworden.

»Haben sie den Campingbus eigentlich durchsucht?«, fragte Harriet.

Mala schüttelte den Kopf. »Können sie ja nicht ohne einen Durchsuchungsbefehl. Melanie hat ihnen erlaubt, sich umzusehen, aber sie hat ihnen gesagt, dass Edmunds Sachen da drin sind, und die haben sie nicht angerührt. Ich denke, das Hauptargument, das gegen Edmund spricht, ist sowieso die Tatsache, dass er verschwunden ist.«

Harriet ließ sich das durch den Kopf gehen. »Also fangen wir mit Edmund an?«

Mala breitete verschiedene Zettel auf dem Tisch aus und beschwerte sie mit Trinkgläsern, Steinen und ihrem Handy. »Oder wir fragen, was wir wissen und was wir wissen wollen.« Sie reichte Harriet ein leeres Blatt und zog ein anderes zu sich heran. »Schreib auf, was du denkst, dann vergleichen wir und machen eine gemeinsame Liste.«

Liste von Harriet Fenshaw und Mala Ngomane, noch im Prozess

Was wir wissen:

Sonntag, 18.6. gegen 17.10 Uhr: Siegfried Gruber findet Dominik Kern im Garten zwischen Mauer, Haus und Campingbus, aber näher am Bus als an der Mauer oder dem Haus. Kern ist bewusstlos und hat eine schlimme Kopfwunde, die nicht so aussieht, als könnte sie durch einen Sturz verursacht worden sein. Die Polizei scheint ebenfalls von Fremdverschulden auszugehen.

{~~Dominik Kern ist ein~~ Dominik Kern sollte die Laudatio bei der Vernissage halten. ~~Kern ist ein~~ Harriet ~~sieht das Problem nicht~~ glaubt, niemand könnte einen Grund gehabt haben, ihm etwas Böses zu wollen. Mala ~~ist realistischer~~ findet, dass Harriet viel zu ~~naiv~~ ~~gutgläubig~~ ~~blind~~} **Punkt streichen!**

Kern wurde nach augenblicklichem Kenntnisstand zuletzt am Sonntag gegen 13.30 Uhr gesehen → fraglicher Zeitraum zwischen 13.40 Uhr und 17.10 Uhr.

In diesem Zeitraum auf dem Mauerhof anwesend:

- Melanie Gruber (Besitzerin, Künstlerin)
- Samuel Falk-Steynmaier (Jugendfreund)
- Siegfried Gruber (Exehemann)
- Claire Seegruber (~~trauernde~~ ~~traumatisierte~~ ~~vielleicht fremdgehende~~ Ehefrau von Professor Kern)
- Mala Ngomane (Künstlerin, lebt zeitweise auf dem Hof)
- Harriet Fenshaw (~~nervige Engländerin~~ Nichte von Edmund Fenshaw)
- Edmund Fenshaw (Exfreund, Onkel von Harriet Fenshaw, momentaner Aufenthaltsort unbekannt, Anwesenheit während des genannten Zeitraums nicht geklärt)

Harriet starrte entmutigt auf die Liste, die sie gemeinsam unter vielen Streichungen und Diskussionen erstellt hatten. »Ich weiß nicht, wie wir das machen sollen«, gestand sie. »Wir können uns ja noch nicht mal darüber einig werden, was wir wissen.«

Mala verdrehte die Augen. »Ich habe von Anfang an gesagt, dass das alles eine bescheuerte Idee ist. Aber jetzt, wo du mich schon in die Sache reingezogen hast, lass dir was einfallen.« Sie hatte, wie fast immer, wenn sie nichts anderes zu tun hatte, ein Blatt genommen und gezeichnet. Harriet warf einen Blick darauf. Ranken, geometrische Figuren, Comictiere, und in der Ecke eine etwas größere, mit wenigen Strichen hingeworfene Karikatur: Harriet als Johanna von Orléans, deren Gesicht manische Entschlossenheit ausdrückte, in der Hand ein Banner, auf dem stand: »Free Edmund!« Wie so oft bei Mala wusste sie nicht, ob sie lachen oder sich leicht gekränkt fühlen sollte, und tat schließlich so, als ob sie die Zeichnung nicht bemerkt hätte. Der Anblick half ihr aber, sich am Riemen zu reißen. »Also schön«, sagte sie. »Es gibt zwei mögliche Aktionslinien, denen wir folgen können. Wir können herausfinden, was Edmund gemacht hat, und ihn so entlasten, oder wir konzentrieren uns auf die anderen, um den oder die tatsächlich Schuldige zu finden. Letzteres wäre gründlicher, aber auch schwieriger.«

Mala ergänzte die Liste ihrer Fragen um einen weiteren Punkt: »Wann und warum ist Edmund verschwunden?«

»Szenario eins: gestern, vielleicht sogar erst, nachdem Professor Kern verwundet wurde«, erwiderte Harriet. »Das ist das, was die Polizei zu denken scheint. Szenario zwei: wahrscheinlich schon Samstagnacht, jedenfalls lange vorher.«

Mala runzelte die Stirn. »Selbst wenn Edmund gestern lange geschlafen haben sollte – wie wahrscheinlich ist es, dass ihn bis Mittag, wo er nach dem ersten Szenario zumindest kurz das Haus betreten haben müsste, niemand gesehen hat? Ich sehe drei Möglichkeiten: Entweder war er nicht hier, oder er hat sich bewusst verborgen gehalten, zum Beispiel, weil er Kern umbringen wollte, oder jemand hat ihn gesehen, der Polizei gegenüber aber gelogen.« Sie sah Harriet aus zusammengekniffenen Augen an. »Warum denkst du, dass Edmund schon Samstagnacht verschwunden ist? Er könnte früh am Morgen weggegangen sein, so wie am Samstag, da ist er ja ins Dorf gegangen.«

Harriet fuhr mit dem Finger über die beiden Spalten, während sie nachdachte. Sie vertraute Mala, aber ihre Priorität war Edmund. Und nichts, was ihn in ein noch fragwürdigeres Licht rücken konnte, war ihrer Sache dienlich. »Zu viele Fragezeichen«, murmelte sie anstelle einer Antwort. Ihre Finger klopften unruhig auf die Tischplatte, ehe sie sich an Mala wandte. »Du hast die Tatsache ausgelassen, dass das Essen im Campingbus eben nicht Edmunds Mittagessen war. Aber trotzdem haben wir hier zu viele Unbekannte. Ich glaube nicht, dass wir die Frage beantworten können, welches Szenario der Wahrheit am nächsten kommt, wenn wir nicht in Betracht ziehen, was Samstagabend am Lagerfeuer wirklich vorgefallen ist.«

Mala grinste. »Ich dachte schon, du würdest dich nie trauen, danach zu fragen«, antwortete sie.

Brief von Simone Herrenreuter an Ingrid Pascoe, Mai 1969

Liebe Ingrid,

meine Mutter hat mir nie genau sagen können, in welchem Verwandtschaftsverhältnis wir stehen – gibt es eine Tante zweiten Grades? Oder muß das Großcousine heißen? Ich kann Dir allerdings versichern, daß wir Deine Post zu Weihnachten immer Heiligabend in der Familie geöffnet und gelesen haben. Daher habe ich auch erfahren, daß Du im vergangenen Jahr Besuch von diesem aufstrebenden Essayisten hattest und sogar eine Künstlerin in Deinem Haus eine kleine Matinee gegeben hat. Meine Mutter hat es immer so klingen lassen, als ob Du mit Deinem Mann einsam und abgeschieden lebtest, als eine Art moderner Einsiedlerin, aber offenbar ist das keineswegs der Fall.

Ich würde jetzt gerne sagen können, daß es reine Neugier ist, die mich dazu treibt, Dir zu schreiben, und die Art von Menschen, die ihr um euch zu versammeln scheint, würde ich auch wirklich gerne kennen lernen, aber der eigentliche Grund meines Briefes ist ernsterer Natur: Ich brauche einen Ort, an den ich mich für ein paar Wochen zurückziehen kann, um mir über verschiedene Dinge in meinem Leben klar zu werden. Mit anderen Worten: Ich habe vor, meinem Ehemann zu entfliehen, weil ich – nun ja, sagen wir, es ist sehr offensichtlich, daß ich einen Fehler gemacht habe, und ich bin im Augenblick nicht imstande, die Dinge zu Hause vernünftig zu durchdenken. Meine Tochter – anbei ein Bild von der kleinen Melanie – ist jetzt ein Jahr alt, und …

Es ist eine große Bitte, aber ich weiß sonst niemanden, an den ich mich wenden könnte: Würdest Du mich und das Kind aufnehmen, bis ich weiß, wie es mit meinem Leben weitergehen soll?

Deine Großnichte oder Cousine oder anderweitige Verwandte 2. Grades,

Simone

Brief von Ingrid Pascoe an Simone Herrenreuter, Mai 1969

Liebe Simone,

komm, wann immer Du möchtest. Auf dem Mauerhof, wie sie ihn hier mittlerweile nennen, ist Platz genug, und es wird immer Platz sein für jemanden aus der Familie.

Deine Ingrid

Szene am Lagerfeuer, aus der Erinnerung rekonstruiert von Mala Ngomane

Ort: Feuerstelle auf dem Mauerhof, neben der Scheune, **Zeit:** ab 21 Uhr am Samstag nach dem Abendessen. Siehe auch beiliegende Skizze. Zu dem Zeitpunkt, an dem die Rekonstruktion einsetzt, war es schon weitgehend dunkel, und es waren bereits andere Gesprächsthemen behandelt worden, die aber nichts zur Sache tun (hoffe ich).

Samuel: Ich bin wirklich gespannt auf die Ausstellung, Melanie. Wenn du morgen noch Hilfe brauchst, sag mir Bescheid. Was für eine Bewandtnis hat es eigentlich mit dem Titel der Vernissage?

Melanie *(abwesend)*: Ich hab dazu mal ein Interview gegeben, es ist …

Sigi Gruber *(mit mäßigem Interesse)*: Wie heißt die Ausstellung denn?

Melanie: »Schuld und Stühle«.

Edmund *(lacht)*: Exzellent!

Stimme *(aus der Dunkelheit hinter Edmund)*: Das ist ein saublöder Titel.

Alle sehen sich um. Claire Seegruber tritt näher und blickt in die Runde. Sie hat eine Handtasche über die Schulter gehängt, sonst aber nichts bei sich. Wenn sie mit dem Auto gekommen ist, haben wir den Wagen nicht kommen hören. (Kerns Auto, ein heruntergekommener Vintage-Mercedes, fällt uns erst später auf. Er steht am Rand der freien Fläche vor dem Haus und bildet einen interessanten Kontrast zu Sigis Tesla, der daneben geparkt ist. Ungefähr so stelle ich es mir vor, wenn Berlin und München sich treffen.)

Melanie *(sieht auf, kneift die Augen gegen das Licht der Flammen zusammen, um die Neuangekommene zu betrachten)*: Claire Seegruber?

Claire *(lässt den Blick langsam über die Anwesenden schweifen, von Melanie zu Samuel, weiter zu Edmund, zu mir, dann zu Sigi und wieder zu Melanie zurück)*: Ja.

Melanie: Ich finde, »Schuld und Stühle« trifft sowohl die Kunst als auch das Leben ziemlich genau.

Samuel: Vielleicht hast du dich noch nicht mit der Ausstellung beschäftigt, Claire, aber Melanie arbeitet viel mit Stühlen, sowohl als Werkstoff wie auch als Sujet.

Sigi: Ich kann mit diesen modernen Installationen nichts anfangen, muss ich zugeben. Bilder sind okay, wenn sie gut gemalt sind und man verstehen kann, worum es geht, aber heute versuchen ja alle, möglichst kryptisch zu sein, als ob das ein Qualitätsmerkmal wäre. *(An Melanie gewandt:)* Ich weiß natürlich, dass du dir bei deinen Kunstwerken viele Gedanken machst.

Claire (*sieht Melanie an, sieht Samuel an, sieht Sigi an und setzt sich zwischen mich und Edmund, der aussieht, als ob sein Geburtstag früher gekommen ist)*: Es ist absurd, zu glauben, dass man sich auf so einem Wege sinnvoll mit dem Thema auseinandersetzen oder das Problem der Schuld lösen kann.

Samuel: Vielleicht muss die Schuld erst einmal sichtbar werden. Das wäre doch zumindest ein erster Schritt zur Bewältigung. *(Zu Melanie:)* Wobei dein Titel ja doch auch eher spielerisch zu verstehen ist, nicht wahr?

Edmund: Ich finde, Samuel hat das großartig auf den Punkt gebracht, und um zurück zum spielerischen Aspekt dieses Abends zu kommen: Bier, Wein oder Wasser, Claire? Wobei Wasser die spielverderberische Antwort ist, muss ich dich warnen.

Claire *(mit todernster Stimme)*: Wasser, bitte. *(Sie zwinkert mir verschwörerisch zu; Edmund fängt den Blick auf, lächelt selbstzufrieden und reicht ihr eine Flasche Bier.)*

Die anderen stellen sich Claire kurz vor. Sie selbst sagt nicht mehr über sich als ihren Namen. Die folgenden zehn, fünfzehn Minuten findet kein allgemeines Gespräch statt, stellenweise sitzen die Leute auch schweigend da, trinken was und schauen ins Feuer. Deshalb hier nur ein paar Gesprächsfetzen, die mir im Gedächtnis geblieben sind.

Claire: … fast zwanzig Jahre her, ich habe damals Musik studiert …

Edmund: Isabella Wilhelmsen, sie ist eine unglaubliche Sängerin … Musikzimmer, hast du Lust, uns morgen etwas vorzuspielen … nein, leider nur als Hobby … *Shakespeare in Love* ist natürlich künstlerisch gesehen … trotzdem sehr viel Spaß gemacht.

Claire: Ja, Musik ist für mich auch nur noch ein Hobby … man kann nicht mehr zurück … früher hatten wir alle so große Pläne, was wir alles anfangen würden mit unserem Leben …

Mala: … weniger jammern, einfach machen!

Melanie: Das sagt sich leichter, wenn man so jung ist wie du.

Vielleicht *ist* es auch leichter, wenn man jung ist. Aber manchmal haut einem das Leben einen Klotz zwischen die Beine …

Edmund: Stagnation ist schlimmer, denkst du nicht? Wenn man sich mit etwas zufriedengibt, was einen nicht zufrieden machen kann? Dann ist es doch besser, man tut etwas, selbst wenn es vielleicht ein Fehler ist.

Claire: Man muss nur bereit sein, den Preis dafür zu zahlen.

Samuel: … womit wir wieder bei »Schuld und Stühle« wären.

Mala: Bitte schläfert mich rechtzeitig ein, bevor ich so werde wie ihr.

Edmund: Ich fürchte, so lange werden wir nicht mehr leben, Mala. Das dauert bei dir doch mindestens noch sechzig oder siebzig Jahre … Abenteuer erleben … apropos Abenteuer … heute Morgen … ein riesenhaftes Vieh, ich hätte beinahe einen Herzstillstand bekommen …

Sigi: Meinst du die Statue von dem Hund oben an der Straße? … von jemandem mit einem sehr fraglichen Sinn für Humor platziert worden … hochgefährlich …

Melanie: Das muss dieses grässliche Tier vom Eschberg sein, das streunt jenseits vom Hof herum … Denen werde ich die Meinung sagen ...

Edmund: … Joe Pascoe, hat der alte Mann gesagt, und ich habe … Zeitungsartikel über den Vorfall …

Sigi: … Dackel gehabt, als ich klein war. Ich hätte gerne wieder einen Hund, aber …

Edmund: … nach dem Krieg. Die ganze Geschichte interessiert mich, weil …

Und dann irgendwann kniet Edmund vor Claire und deklamiert ein Liebessonett von Shakespeare – wir haben das in der Schule auswendig lernen müssen, auf Englisch!

Edmund: Let me not to the marriage of true minds. Admit impediments. Love is not love …

Stimme *(aus der Dunkelheit; ja, schon wieder, und so unterschiedlich Dominik Kern und Claire sind, sie haben es beide geschafft, einen dramatischen Auftritt hinzulegen)*: Claire! Ich suche dich schon die ganze Zeit, und du sitzt hier mit einer Bierflasche in der Hand?

Kern tritt heran, die Gespräche fransen langsam aus, nur Edmund deklamiert munter weiter. Claire wirft Edmund einen Blick zu, der sagt, dass er bitte aufhören soll, sie in Verlegenheit zu bringen, aber sie bleibt sitzen.

Edmund *(wechselt plötzlich zu einem anderen Sonett)*: Rough winds do shake the darling buds of May, and summer's lease hath all too short a date.

Kern *(ignoriert Edmund)*: Guten Abend. Ich bin Professor Dominik Renatus Kern. Nennen Sie mich Renatus. Claire, komm zu mir. *(An Melanie gewandt:)* Ich freue mich sehr, Sie endlich kennenzulernen. Ich habe mir erlaubt, meine Frau mitzubringen.

Samuel *(ein letzter Gesprächsfetzen, bevor sich alle Aufmerksamkeit auf Kern und Edmund richtet)*: Denn alle Schuld rächt sich auf Erden.

Edmund *(mit einem Blick zu Samuel, der sich vorher genau über diese Formulierung bei Sigi aufgeregt hat, aber da war es für Edmund nur etwas, worüber er sich amüsierte)*: Nun, da Claire eine halbe Stunde vor Ihnen hier angekommen ist, kann man kaum sagen, dass Sie sie mitgebracht haben.

Claire *(in einem Tonfall, als ob sie von der Spannung, die plötzlich zu spüren ist, nichts mitkriegen würde)*: Renatus, ich habe mich schon gefragt, wo du bleibst. Du hast den besten Teil versäumt, ich habe mich so amüsiert.

Kern: Claire, ich glaube, du hast genug getrunken. Du weißt, wie wenig du verträgst. *(Zu Melanie:)* Ich war bereits im Haus und habe meine Sachen hineingebracht. Wenn es Ihnen nichts ausmacht, quartieren wir uns im rechten Zimmer im oberen Stockwerk ein, dort habe ich schon bei früheren Gelegenheiten übernachtet.

Melanie *(fängt sich nach einem Moment der Überraschung schnell)*: Ja, natürlich. Schön, dass Sie es heute schon hierhergeschafft haben. Ich habe Sie erst morgen erwartet. Setzen Sie sich doch zu uns.

Kern *(zu Claire, die immer noch sitzt)*: Ich nehme an, du möchtest lieber zu Bett gehen, Liebste. Du musst müde sein.

Claire: Wir können doch beide noch ein bisschen bleiben. Es ist eine so nette Runde. *(Sie schaut sich um, sieht alle an außer Edmund.)* Da drüben ist Siegfried Gruber, er ist der Ehemann und Manager der Sängerin Isabella Wilhelmsen, stell dir das vor. Ich weiß, wie sehr du sie schätzt.

Kern: Ist recht, Claire, Liebste. Lass uns den Abend genießen. *(Er nimmt ihre Hand und führt sie auf die andere Seite des Feuers, wo Samuel und Sigi sitzen. Samuel sagt kein Wort. Sigi macht Anstalten, eine joviale Unterhaltung zu beginnen.)*

Edmund *(nicht mehr nüchtern, aber auch nicht völlig wasted; er weiß, was er sagt)*: Vergiss nicht, dass du uns morgen etwas vorspielen willst, Claire. Ich freue mich darauf, unser Gespräch weiterzuführen.

Kern: Ich glaube kaum. Claire, Liebste, wenn du den Alkohol wieder aus deinem System hast, wirst du merken, dass du diese Unterhaltung gewiss nicht fortsetzen möchtest.

Edmund: Das ist eine Abfuhr, die ich jederzeit akzeptieren werde – wenn Sie von Ihrer Frau kommt anstatt von Ihnen, Renatus.

Edmund ist offensichtlich enttäuscht festzustellen, dass Claire verheiratet ist. Würde er was mit ihr anfangen wollen, wenn sie frei wäre? Aber hallo, so viel ist offensichtlich! Aber ich glaube, wütend ist er vor allem, weil er Kern vom ersten Satz an nicht leiden kann.

Kern: Sie verstehen das nicht, junger Mann. Meine Frau hat ein viel zu weiches Herz, um jemanden mit der Verachtung zu behandeln, die … *(Ich krieg seinen Wortlaut nicht hin. Der Typ war unglaublich artikuliert, voller Nebensätze und so – hypotaktisch heißt das –, aber es lief ungefähr darauf hinaus, dass Edmund ein Schurke ist und Claire ein Opfer, und dass er das nicht zulassen würde.)*

Edmund: Fuck you, Renatus. Wenn jemand eine zwanzig Jahre jüngere Frau heiratet, muss er sich nicht wundern, wenn sie seine Abwesenheit nutzt, um sich mit einem anderen Mann zu unterhalten. Ich wette, die letzte halbe Stunde war der *Höhepunkt* ihres Tages.

Edmund ab, die anderen sitzen stumm herum, Samuel sieht aus, als ob er gleich kotzen müsste, Melanie nicht viel besser. Kern seufzt nachsichtig etwas über die Folgen von zu viel Alkohol, und dass man da ja wohl nichts anderes erwarten könnte. Sigi, der ja sonst nicht gerade feinfühlig ist, versucht die Situation zu retten und zieht Kern in ein Gespräch, aber was soll ich sagen? Die Lagerfeuerromantik war von dem Augenblick an weg.

Skizze zur Szene am Lagerfeuer von Mala Ngomane

Im Vordergrund ist das Feuer zu sehen, um das mehrere Menschen sitzen, die nur grob ausgeführt sind. Im Hintergrund ist eine weitere Person herangetreten, auf der der Fokus liegt.

Notiz von Mala: Ich musste Claire zeichnen, weil ich die ganze Zeit das Gefühl hatte, ihr Gesicht schon einmal gesehen zu haben. Hab ich aber nicht, soweit ich weiß. Jedenfalls bin ich ihr vorher noch nie begegnet. Die ganze Szenerie hat in meiner Erinnerung jetzt etwas Dramatisches, aber auch was Unwirkliches. Als ob Claire in dem Moment aus einer anderen Welt hereintreten würde. Vielleicht wie eine Elbenfürstin. Wahrscheinlich erinnert sie mich an jemanden, ich weiß aber nicht, an wen.

Harriet

Mala sah Harriet spöttisch an. »Nicht, was du erwartet hast?«, fragte sie.

Harriet schüttelte langsam den Kopf. Bevor Mala gestern in die Küche gekommen war, waren alle anderen ihren Fragen über Edmund ausgewichen. Dann hatte sie von dem Streit erfahren und daraus geschlossen, dass ihr Onkel sich in einem solchen Maße danebenbenommen hatte, dass es allen zu peinlich gewesen war, mit ihr darüber zu sprechen. Aber offensichtlich war das nur ein Teil der Wahrheit.

»Wo war Claire?«, fragte sie unvermittelt.

Mala, die sich gerade etwas Wasser eingeschenkt hatte, sah sie an. »Wie? Was meinst du?«

»Nachdem Ed die Szene verlassen hatte. Du sagst, Sigi hat mit Professor Kern gesprochen. Aber wo war Kerns Frau?«

Mala tauchte einen Finger in ihr Wasser und fuhr dann mit ihm über den Rand ihres Glases, bis ein dünner, hoher Ton entstand. »Ich bin mir nicht sicher«, gestand sie. »Keiner ist nach Edmunds Abgang noch lange geblieben, aber so genau habe ich die Einzelheiten nicht mitbekommen. Ich weiß, dass nicht alle gleich ins Bett sind. Da war immer noch eine Menge Hin und

Her in der Nacht. Im Campingbus war noch ne Weile Licht an, aber auch in der Scheune und in der Küche. Warum fragst du?«

Harriet antwortete nicht direkt. »Claire und Professor Kern waren gestern früh auf. Wir haben in der Küche gesessen und uns unterhalten. Die zwei sind ein ungewöhnliches Paar, aber –« Sie runzelte die Stirn. »Er kam mir sehr angenehm vor, auch im Umgang mit Claire, und er war sehr unterhaltsam. Ganz anders als …«

»Ich bin sicher, dass er sehr charmant und angenehm sein kann. Er ist der Typ. Klar, dass du nur diese Seite von ihm gesehen hast.«

»Was soll das bitte heißen?«, fragte Harriet pikiert.

Mala verschluckte ein Lachen, sagte dann aber leichthin: »Warum hätte er dir eine andere Seite von sich zeigen sollen? Natürlich war er auf einen guten Eindruck aus.«

Harriet überflog Malas Notizen über den Abend am Lagerfeuer. Die Künstlerin hatte scharf beobachtet, aber gewiss waren ihre Erinnerungen an einigen Stellen fragmentiert. Zweifellos waren sie auch subjektiv eingefärbt. »Du kannst ihn nicht leiden.« Es war keine Frage, und Mala antwortete nur mit einem Schulterzucken. »Und Ed auch nicht«, fuhr Harriet fort. »Was ist mit den anderen? Hier ist eine Menge, was mir zu denken gibt.«

»Leg los.«

Dinge, die Harriet zu denken geben

1. »Schuld und Stühle« – Edmund versteht den Witz sofort, aber für ihn ist es nur ein Spaß, Sigi macht deutlich, dass ihm Melanies Kunst nichts sagt, Samuel nimmt den Titel ernst und verteidigt ihn, Claire nimmt ihn ebenfalls ernst, lehnt ihn aber ab. Was sagt uns das?

2. Edmunds Interesse für die Geschichte des Mauerhofs, insbesondere für Joe Pascoe und dessen Konflikt mit eben derselben Familie, mit der Melanie noch immer einen Rechtsstreit hat.
3. Samuel – er lügt seine Frau an, die glaubt, er sei im Taunus. Warum? Er schweigt zu allem, was Professor Kern sagt, obwohl dessen Äußerungen Claire gegenüber ihm ernsthaft gegen den Strich gehen sollten.
4. Claire und ihr Ehemann. Was ist das für eine Dynamik? Was ist Claires Geschichte? Warum geht Kern zuerst ins Haus, anstatt die Gastgeberin zu begrüßen? Warum tritt Claire Melanie gegenüber offen bis zur Unhöflichkeit auf, unterhält sich angeregt mit Edmund, verstummt aber fast völlig, sobald ihr Mann auftaucht? Was ist das für eine Frau?

Brief von Christa Dannhauser an Ingrid Pascoe, Juli 1969

Meine liebe Ingrid,

was höre ich nicht alles über euch auf dem Mauerhof! Es tut mir sehr leid, daß wir uns jetzt schon mehrere Wochen nicht sehen konnten, und wie es aussieht, wird sich das so bald auch nicht ändern. Mein Rudi plant unaufhörlich Geschäftsessen und Geschäftsreisen und was nicht noch alles, und als gute Hausfrau bin natürlich ich diejenige, die das alles organisieren muss.

Ich erinnere mich neblig an eine Zeit, in der ich noch etwas anderes war als die unbezahlte Sekretärin und Organisatorin meines Mannes und seines Haushalts. Vermutlich bin ich nicht die einzige Frau, die sich gelegentlich fragt, warum sie sich die Sache mit der Ehe eigentlich angetan hat. Insofern kann ich gut verstehen, daß Du begonnen hast, Dir auf dem Mauerhof Deine eigenen Freiräume zu schaffen. Was höre ich da von Zeitungsmenschen, die bei euch preisverdächtige Texte verfassen, und von Künstlerinnen, die Veranstaltungen abhalten? Das muß dieses einsame alte Haus neu beleben, zumal Dein Mann ja mit den Jahren auch nicht gesprächiger geworden ist. Manchmal frage ich mich doch sehr, was ihn in Deutschland hält, wenn es ihm so wenig gefällt und er sich keinerlei Mühe gibt, mit den Menschen in seiner Umgebung auf gutem Fuß zu stehen. Allerdings wäre es für Dich sicherlich eine schreckliche Umstellung, nach England zu ziehen, wo es immer regnen soll und niemand kochen kann, so daß es vielleicht doch besser ist, ihr bleibt hier.

Zumindest hast Du jetzt ein bißchen Gesellschaft. Sei bitte ein wenig vorsichtig! Die Zeiten haben sich geändert, aber doch wieder nicht so sehr, daß Du in einem kleinen Ort wie dem unseren nicht in Verruf geraten kannst. Der Essayist und die Künstlerin sind das eine, aber wenn Du nicht sehr wählerisch bist, werden diese Leute ganz schnell Künstlertypen anziehen, die wer weiß was für radikale Einstellungen haben, und das würde Deiner Reputation nicht guttun. Es ist ja schon schlimm genug, daß Dein Mann sich ständig mit Wolfgang Eschberg und seiner Familie streitet und niemanden vergessen läßt, daß er uns Deutschen moralisch überlegen ist. Männer! Warum können sie nicht einfach mal praktisch denken, anstatt den Krieg immer weiterzuführen? Man muß sich ja nur dieses Bild ansehen, das Dein Joe gemalt hat! Als ob er die Uniform nie ausgezogen hätte! (Und der Wolfgang Eschberg ist nicht besser. Wenn der die Zeit zurückdrehen könnte, würde er uns eher heute als morgen in den nächsten Krieg führen!) Und was ist zum Beispiel mit der jungen Mutter, die bei euch eingezogen ist? Gibt es zu dem Kind überhaupt einen Vater? Ich weiß, daß die junge Simone eine Verwandte von Dir ist, also kannst Du sie schwerlich vor die Tür setzen.

Weißt Du was? Vielleicht kann ich nächste Woche doch Zeit finden, unser übliches Kaffeekränzchen wieder einmal abzuhalten. Soll Rudi doch versuchen, seine Socken ohne mich zu finden; so schwer kann es nicht sein!

Ich hoffe, es macht Dir nichts aus, wenn ich Erika Eschberg ebenfalls einlade. Ich weiß, daß Dein Mann mit der Familie im Zwist liegt, aber Erika hat mit der ganzen Sache nichts zu tun, und sie kann eine Auszeit von Wolfgang sicher ebenso gut gebrauchen wie Du eine von Pascoe. Was hätten wir für eine Welt, wenn die Männer nicht wären! Kaffeekränzchen statt Kriege und praktische Lösungen statt Prinzipien, die ja doch meist nur für neue Kriege sorgen.

Mit den herzlichsten Grüßen,

Deine Christa

Melanie

Wir waren alle im Schock gewesen, das war ja klar. Zuerst dachten wir nur an den armen Mann und an Claire und daran, was sie durchmachte. Und vielleicht auch jeder an sich selbst. Ich weiß nicht mal, ob es mir leidtat, dass die Eröffnung von »Schuld und Stühle« ins Wasser fiel. Weil es ja im Grunde überhaupt nicht um die Veranstaltung ging – die Reden, das ganze Gewäsch der angeblichen Kunstkenner und Ästheten, die Häppchen, die Gespräche, bei denen es entweder darum geht, sich zu präsentieren oder zu positionieren. In Wirklichkeit war mir das alles egal. Aber manche Sachen muss man eben durchziehen, wenn man etwas erreichen will. Ich meine, sich von einem selbsterklärten Genie wie Kern die Laudatio halten zu lassen, grenzt eigentlich schon an Prostitution. Manchmal heiligt der Zweck aber eben die Mittel.

Es war sehr schnell klar: Die Polizei bezweifelte, dass es sich bei der Sache um einen Unfall handelte. Spätestens, als der Mann von der Kripo dazukam, war das offensichtlich. Aber zuerst waren wir nur schockiert und vielleicht auch verängstigt, weil Menschen insgeheim überzeugt sind, dass schreckliche Dinge immer den anderen und woanders passieren, weil wir ja die Guten sind. Die Nacht hindurch waren wir noch alle in Betroffenheit vereint, aber am nächsten Tag zeigten sich dann die Verwerfungen, und gegen Mittag ging es los mit dem Misstrauen und den subtilen Andeutungen und den offenen Verdächtigungen.

Harriet

Aus dem Musikzimmer drang Klaviermusik, aber es war nicht Schubert, sondern etwas Harsches, Wütendes voller Dissonanzen und Brüche. Die Tür mit der gemalten Landschaft stand halb offen, und Harriet ging unwillkürlich darauf zu, von einem seltsamen Déjà-vu-Gefühl erfasst. Wie am Tag zuvor brach die Musik abrupt ab, aber diesmal war der Raum nicht leer, als Harriet hineinblickte. Das Zimmer war dunkel getäfelt und roch unbewohnt und staubig, und in den Sonnenstrahlen, die durch die beiden kleinen Fenster hereinfielen, erschien der Rest des Raumes noch düsterer. Claire saß am Flügel im Gegenlicht, das einen hellen Schein um ihre Haare bildete, aber ihr Gesicht lag im Schatten. Die Szene war wie ein Zitat des Bildes vom einsamen Soldaten draußen neben dem Eingang.

»Entschuldigung, ich wollte nicht stören«, murmelte Harriet, obwohl Claire bereits aufgehört hatte zu spielen, bevor sie eingetreten war. »Es tut mir schrecklich leid, was passiert ist.« Die Worte klangen fürchterlich unzureichend, aber Harriet war in Verlegenheit. Sie räusperte sich. »Mala hat mir von der Szene am Lagerfeuer erzählt«, sagte sie steif. »Das tut mir auch leid; es muss eine unangenehme Situation gewesen sein.«

Harriets Augen hatten sich inzwischen an die Lichtverhältnisse gewöhnt, und sie konnte sehen, dass Claires Gesicht durchscheinend war. Unter ihren Augen lagen tiefe Schatten. Sie sah die Engländerin beinahe feindselig an. »Edmund war sehr freundlich zu mir«, erwiderte sie mit etwas heiserer Stimme, und es war unmöglich zu sagen, was sich hinter den Worten verbarg – bloße Höflichkeit, Missbilligung, Dankbarkeit, Verlegenheit?

»Nun, ja, das haben wir alle mitbekommen«, fiel eine andere Stimme ein. Beide Frauen fuhren herum. Sigi stand in der Tür, die Arme über dem Brustkorb verschränkt. »Männer sind manchmal solche Idioten«, erklärte er. »Vor allem, wenn sie etwas getrunken haben. Aber eine Frau, die verheiratet ist, sollte es besser wissen, als auf so was einzugehen.« Er sah Claire kopfschüttelnd an. »Hat dir noch niemand gesagt, dass es Männer gibt, die auf diese ganze Masche mit der Zerbrechlichkeit und Hilflosigkeit so abfahren, dass sie sich zum Beschützer aufspielen müssen? Und man sieht ja, wie das dann endet.«

Harriet starrte Sigi ungläubig an.

Claire taxierte ihn mit leicht zusammengekniffenen Augen. In ihrem Kiefer zuckte ein Muskel, aber ihr Gesichtsausdruck hatte nichts Zerbrechliches oder Hilfloses, fand Harriet. Die wütenden, dissonanten Töne des Musikstücks schienen sich in ihren Zügen widerzuspiegeln. Trotzdem sagte sie nichts. Vielleicht hatte es ihr die Sprache verschlagen.

Harriet zwang sich dazu, den Mund aufzumachen. »Was genau versuchst du zu sagen? Was meinst du damit: ›Man sieht ja, wie das dann endet‹?«

Ihre Worte schienen den Bann gebrochen zu haben, denn Claire fragte kalt: »Was meinst du mit ›auf so etwas eingehen‹? Bist du auch der Meinung, eine Frau darf sich nicht mal mit einem anderen Mann unterhalten, nur damit ihr Partner keine voreiligen Schlüsse zieht?«

Harriet registrierte das *Auch*. Auch wie *die Männer* allgemein oder wie *ihr* Mann?

Sigi schnaubte. »Ich bin mit einer berühmten Künstlerin verheiratet. Wenn ich jedes Mal austicken würde, wenn Isabella mit einem Mann redet, hätte ich längst einen Herzinfarkt bekommen. Aber wenn sie sich heimlich mit ihm treffen und ihrem Mann – also mir – nichts davon sagen würde, das würde mich beunruhigen.« Sein Blick wanderte scheinbar unwillkürlich zu Harriet. »Und wenn dann der Ehemann kurz darauf bewusstlos aufgefunden wird und der andere Mann spurlos verschwindet, weiß man ja wohl, was man denken soll.«

»Vielleicht, wenn man nicht weiter denken kann als bis zu seiner gekränkten männlichen Eitelkeit«, schoss Claire zurück. »Du findest also, ich bin für Dominiks Zustand verantwortlich, weil ich Edmund dazu verführt habe, ihm den Schädel einzuschlagen. Ist es das, worauf du hinauswillst?«

Harriet sog unwillkürlich scharf die Luft ein. Es war das erste Mal, dass jemand so deutlich ausgesprochen hatte, was wahrscheinlich alle dachten. Ihre Hände ballten sich unwillkürlich zu Fäusten.

Sigi schob den Unterkiefer kämpferisch nach vorn. »Hast du ihn überhaupt ins Krankenhaus begleitet? Bist du an seiner Seite gewesen? Nach liebender Ehefrau sieht das jedenfalls nicht aus.«

»Das reicht.« Claires Stimme war sehr leise, fast ein Flüstern. Sie klang, als ob sie sich nur mühsam zusammenhalten konnte.

Sigi wandte sich halb um, dann drehte er sich noch einmal zu ihr, um sie anzuschauen. »Ich habe dich gehört«, sagte er. »Nach dem Lagerfeuer. Hinter der Scheune. Ich frage mich, was dein Mann dazu sagen wird, wenn er wieder aufwacht.«

Harriets Blick fiel gerade noch rechtzeitig auf Claire, um zu bemerken, dass sie schneeweiß geworden war. Sie streckte die Hände aus, um sie zu stützen, als Claires Knie nachgaben.

Sigi, der gerade noch angriffslustig und vorwurfsvoll ausgesehen hatte, biss sich auf die Lippen und wirkte plötzlich peinlich berührt. *Zerbrechlichkeit und Hilflosigkeit, in der Tat,* dachte Harriet mit ungewohntem Zynismus. *Die Masche funktioniert wirklich.* Nur: War es eine Masche, die Claire einsetzte, oder war die Zerbrechlichkeit echt, und Männer wie Sigi – und Edmund, da hatte Sigi schon recht gehabt – fuhren darauf ab, weil sie ihren Vorstellungen von Männlichkeit und Ritterlichkeit oder was auch immer entgegenkam?

»Hilf mir, sie aufs Sofa zu setzen«, befahl Harriet Sigi, der sofort vortrat und die Hand nach Claires Arm ausstreckte.

Claire zuckte vor seiner Berührung zurück wie vor einer Drohung.

Textnachricht von Ivy Payne an Harriet Fenshaw, Montag, 19.6.

Hi Harriet, sorry, ich bin's noch mal. Ich kann Edmund immer noch nicht erreichen. Stimmt es, dass er nach Deutschland gereist ist? Weißt du, warum? Falls du mit ihm sprichst, kannst du ihm sagen, er soll mich bitte anrufen? Es ist wichtig. Danke. Ich hoffe, du genießt deine Ferien. xx

Nachricht auf dem Anrufbeantworter von Andreas Eschberg, Montag, 19.6.

Melanie Gruber hier. Ja, ich habe das letzte Schreiben Ihres Anwalts erhalten, keine Sorge. Wir sehen uns dann wieder einmal vor Gericht, denn nein, es kommt nicht infrage, dass ich auf Ihre absurde Forderung eingehe, fünfhundert Quadratmeter von *meinem* Grundstück an Sie abzutreten, um endlich Ruhe vor Ihnen zu haben. Wenn Sie aber nicht wollen, dass ich Sie meinerseits verklage, dann sehen Sie zu, dass Ihr Monster von einem Hund auf *Ihrem* Grundstück bleibt, anstatt herumzustreunen und meine Gäste zu terrorisieren. Der Pfad ins Dorf hinter der Mauer ist öffentlich, und es ist ja wohl das Mindeste, dass man den entlanggehen kann, ohne zu Tode erschreckt zu werden.

Notizen der Künstlerin Emmeline Ewald, 1969/70

4. Febr. Ingrid redet, Pascoe schweigt. Die Ehe als solche ist ein Mysterium, die Ehe der beiden erst recht. Krieg macht die Menschen kaputt. Sein Bild fasziniert mich. Pascoe ist kein großer Künstler, aber er hat etwas eingefangen, das berührt: die Einsamkeit; die Unmöglichkeit, heimzukehren.

14. März: Nachbar unangenehmer Zeitgenosse. Seine Frau stammt von hier, er hat eingeheiratet, hat sich aber auf Pascoe eingeschossen. Gestern Konflikt zwischen den beiden wegen der Mauer. Pascoe weigert sich, sie abzureißen. Ingrid ist in die Stadt zu ihrem Damenkränzchen geflüchtet und hat mich mitgenommen. Ich glaube, sie sieht nicht, daß sie längst nicht mehr in die Runde paßt. Das einzige, was diese Frauen noch zusammenhält, ist weibliche Solidarität. Und Kuchen.

21.6. Zurück auf dem Mauerhof, Ingrid hat mich wieder eingeladen, diesmal junge Frau mit kleinem Kind hier. Interessantes Gespräch über Kunst und die Frauenbewegung geführt, aber das Mädchen tut mir leid. Manche Frauen sollten keine Kinder bekommen. Ingrid kümmert sich mit Hingabe um die Kleine. Sie und Pascoe … ob die Dinge zwischen den beiden anders verlaufen wären, wenn sie Kinder hätten?

13. Oktober. Was für eine schreckliche Szene! Ich weiß nicht, warum Männer so sind! Der Streit zwischen Pascoe und den Nachbarn ist zu einem veritablen Krieg geworden, seit Pascoes Hund Andreas Eschberg gebissen hat. Die Wunde mußte genäht werden. Der Bursche ist aber auch nicht ohne, nur Muskeln und Instinkte, kein Iota Vernunft.

14. Okt. Wolfgang Eschberg hat Pascoes Hund erschossen.

23. November: Simone und ihre Tochter immer noch hier. Ich bezweifle, daß sie je zu ihrem Mann zurückkehrt. Süße Freiheit! Meine Skizzen kommen voran. Ingrid hat Kontakte geknüpft zu Kritikern und Journalisten und hat mir angeboten, hier eine Vernissage abzuhalten. Pascoe schweigt. Seit der Hund weg ist, noch lauter als vorher.

7. Februar 70: Sieben großformatige Bilder auf den Mauerhof transportiert. Pläne für die Ausstellung im Werden. Simone wird definitiv nicht zu ihrem Mann zurückkehren. Letzte Woche ist hier »Toto« Haberer aufgetaucht, seines Zeichens Kulturjournalist, Fotograf und der attraktivste häßliche Mann, den ich je gesehen habe. Ich HOFFE nur, daß Simone zwischenzeitlich gelernt hat, wie man verhütet, denn das ist die Art von großer Liebe, in der ein Kind keinen Platz hat. Manchmal weiß ich nicht, ob ich sie bewundern oder schütteln soll.

12. Feb. Streit zwischen Pascoe und Eschberg, Streit zwischen Pascoe und Ingrid (falls man das Streit nennen kann, wenn einer sich weigert zu reden), Streit zwischen Ingrid und Simone wegen Simones Tochter. Streit zwischen mir und Berlach, weil ich zu viel Zeit hier verbringe. Streit zwischen den Großmächten. Ich flüchte mich zu Farbe und Pinseln, die schreien wenigstens nicht rum.

3. März: Bin zu Berlach zurück, weil der sonst den Schlußstrich gezogen hätte. Haben uns ausgesprochen, aber ich habe ihm deutlich gemacht, daß Ingrid, Simone und der Mauerhof ein wichtiger Teil meines Lebens geworden sind. Vielleicht kommt er das nächste Mal mit. Ingrid schreibt mir: Jenseits der Mauer (dem Bassgers Wall, nicht der in Berlin) hat Andreas Eschberg das Haus übernommen, nachdem sein Vater unerwartet gestorben ist. Mein Mitgefühl hält sich in Grenzen: Wolfgang Eschberg war ein Altnazi, wenn ich je einen gesehen habe. Sein Sohn ist ein ziemlicher Heißsporn, aber wenigstens etwas progressiver.

7. Mai: Stippvisite auf dem Hof. Pascoe hat angefangen, eine neue Scheune zu bauen. Ich glaube, jede Gelegenheit, Ingrid und ihren Gästen aus dem Weg zu gehen, ist ihm recht. Toto Haberer hat noch zwei Künstlerfreunde mitgebracht, und abends am Lagerfeuer geht es hoch her. Andreas Eschberg hat sich beschwert. Dabei kann unser Gitarrenspiel bei denen drüben kaum mehr zu hören sein. Schon gar nicht durch die Mauer hindurch.

Harriet

Harriet befand sich in einer Zwickmühle. Edmund sollte ihre Priorität sein, und sie hatte genau einen Anhaltspunkt, um ihn zu finden, aber sie konnte ihre Theorie nicht mit Mala besprechen. Sie bereute es schon, dem Polizisten gegenüber darauf bestanden zu haben, dass sie Edmund Samstagnacht in Rothenburg gesehen hatte. Zum Glück schien Niedergesäß diese Äußerung nicht sehr ernst genommen zu haben. Wenn er sie direkt fragen sollte, würde sie ihm natürlich davon erzählen. Sofern es ihr nicht gelang, sich bis dahin überzeugend einzureden, dass sie sich getäuscht hatte. Sie musste sich getäuscht haben. Was hätte Edmund mitten in der Nacht mit einer Frau vor einem Hoteleingang in Rothenburg zu schaffen gehabt, wenn er doch eine Schlafgelegenheit auf dem Mauerhof hatte? Wenn doch die Frau, für die er Interesse gezeigt hatte, sich ebenfalls in Melanie Grubers Haus aufhielt?

»Dein Onkel ist per Handy immer noch nicht zu erreichen?«, fragte Mala, als sie in der Küche zusammensaßen. Sie hatten Hunger, und momentan war niemand anderes anwesend.

Harriet nickte. »Ich verstehe das nicht. Edmund hat sein Telefon im Normalfall dabei und eingeschaltet und meldet sich irgendwann, auch wenn er mal nicht gleich antwortet. Aber es ist definitiv aus, und das seit gestern. Vielleicht seit vorgestern.« Sie sah, was Mala dachte, und stellte die Salatschüssel mit mehr Wucht als nötig auf den Tisch. »Ihr jungen Leute glaubt, Tod oder Flucht vor der Polizei sind die einzigen möglichen Gründe, warum jemand sein Telefon ausschalten würde, aber manche Menschen haben auch noch andere Freunde als ihr Smartphone. Manche schalten es sogar nachts aus, um Energie zu sparen, nur dass die meisten meiner Schüler diese Funktion anscheinend nicht kennen.«

Mala zog ihr Handy aus der Tasche und drehte es mit großen Augen in ihren Händen. »Fuck, ernsthaft?«, fragte sie. »Die Dinger haben einen Aus-Knopf?«

Harriet biss die Zähne zusammen und ignorierte die Provokation.

»Okay«, fuhr Mala fort. »Sigi macht Claire Vorwürfe und verdächtigt Edmund. Das ist nicht überraschend. Edmund hatte einen Konflikt mit Kern, und keiner von uns weiß, wie weit die Sache mit Claire wirklich gegangen ist. Aber die meisten Konflikte enden nicht damit, dass einer den anderen totschlagen will, schon gar nicht, wenn die zwei sich vorher gar nicht gekannt haben und es nicht schon eine Vorgeschichte gibt.«

»Hm.« Harriet runzelte die Stirn. »Aber die Sache ist die: Keiner hier hat Kern vorher gekannt – außer Claire.«

»Dann war es vielleicht Claire«, sagte Mala. »Übrigens waren Claire und Kern die Einzigen, die nicht wussten, dass Edmund Vegetarier ist, weil sie nicht beim Abendessen dabei waren. Wenn also jemand das Gulasch in den Wohnwagen gestellt hat, dann wahrscheinlich einer von den beiden.«

»Aber warum? Das ergibt keinen Sinn.«

Mala zeichnete mit ihrem Messer die Rillen des alten Holztischs nach. »Nichts macht Sinn in der Sache. Warum sind Edmund und die anderen hierhergekommen? Warum hat Melanie sie wirklich eingeladen?«

Harriet sah Mala überrascht an. »Das weißt du auch nicht?«

Die junge Frau studierte die Kratzer im Holz. »Nein. Weiß ich auch nicht.«

Sigi Gruber

Was für eine abscheuliche Sache, eine Frau so bloßzustellen! Ich wollte das nicht. Einen Moment lang dachte ich, Claire würde einfach umkippen – sie war nur noch Augen in einem weißen Gesicht. Aber Ehebruch ist auch eine abscheuliche Sache, und Mord erst recht.

Und die junge Engländerin schaute nicht viel besser aus. Harriet oder wie sie heißt. Altmodischer Name. Klein und adrett. Wirkt, als ob sie zu nichts imstande wäre, als dir noch eine Tasse dünnen Tee einzugießen und übers Wetter zu reden, aber wehe, wenn sie sich was in den Kopf gesetzt hat. Und sie hatte sich was in den Kopf gesetzt, nämlich, dass sie ihren Onkel retten musste. Was der ganz sicher nicht verdient.

Was soll man von einem Typen halten, der eine Frau jahrelang hinhält? Fernbeziehung, was für ein absoluter Quark. Wohl eher Unfähigkeit, sich zu binden.

Über Kern will ich nichts sagen, der war – ist – ein komischer Kauz, keine Frage. Aber dass er nicht eben entzückt war, als er einen Fremden vor seiner Frau knien sah, selbst wenn der nur Gedichte aufgesagt hat, ist ja wohl verständlich.

Es war jedenfalls keine schöne Szene, aber ich habe schon Schlimmeres gesehen. Was im Klassikbereich manchmal hinter den Kulissen – und das meine ich ganz wörtlich: hinter den Kulissen, im Souffleurkasten oder auf den Toiletten im Konzertsaal – vorgeht, das geht auf keine Kuhhaut.

Das alles wäre nicht passiert, wenn Melanie nicht auf diese hanebüchene Idee gekommen wäre, den Engländer einzuladen. Der hat Kern erst mal provoziert und beleidigt, dann ist er abgezogen – aber nicht für lange. Ich bin nämlich selbst noch kurz am Feuer geblieben, und dann bin ich zum Tesla und habe mich reingesetzt und wollte losfahren, aber da hat Isabella angerufen. Danach saß ich noch kurz da, aber ich konnte den Wagen um mich in dem Moment nicht ertragen. Nein, das ist was Persönliches. Manchmal ist es nicht so leicht, mit einer Frau verheiratet zu sein, die … also, Karriere und Frauen, das ist nicht immer einfach. Manchmal denke ich mir, wie viel unkomplizierter alles wäre, wenn ich eine Frau hätte, die zu Hause ist und nebenbei vielleicht noch ein bisschen arbeitet, aber ansonsten … also Familie, denke ich. Ein oder zwei Kinder, bevor ich zu alt bin, um sie aufwachsen zu sehen, und vielleicht einen Hund. Aber das hat nichts mit der Sache hier zu tun, sondern erklärt nur, warum ich erst ins Auto und dann wieder ausgestiegen bin. Ich bin also anschließend Richtung Haus gegangen, dann weiter zur Mauer und in den Garten hinten. Im Campingbus brannte Licht, und ich hatte absolut nicht die Absicht, mich mit dem Engländer auseinanderzusetzen, deshalb hielt ich mich fern. Dann hat mich Kern aufgespürt, wie am nächsten Tag auch noch mal. Zum Glück hat er nicht über die Szene am Feuer geredet, aber ich hatte den

Eindruck, dass ihn das eigentlich eh nicht berührt hat. Vielleicht deshalb, weil er ja die bessere Figur abgegeben hatte. Edmund war abgehauen, er war geblieben. Edmund war betrunken und wütend, er war nüchtern und beherrscht. Punktsieg für den Ehemann, könnte man sagen.

Bis auf die Bemerkung mit dem Höhepunkt. Kann mir nicht vorstellen, dass Kern die gern gehört hat. Aber er ließ sich nichts anmerken, hat nur über den Hof geredet und über seine Arbeit und über Beuys – von dem Typen ist er besessen, keine Ahnung warum. Er denkt, er ist zweimal so genial wie Beuys und dreimal so gut wie seine Kollegen an der Akademie. Also, ich wollte nicht mit dem Engländer reden, dafür hatte ich dann den Künstler am Hals. Hab ihn abgewimmelt – »meine Frau wartet auf meinen Anruf«, das geht immer, und ist ja nicht seine Sache, dass ich gerade erst mit Isabella gesprochen hatte.

Ja, und da war ich also auf dem Weg zurück zu meinem Auto, als ich hinter der Scheune jemanden hab reden hören. Und das war der Grund, warum ich Claire konfrontiert habe. Sie war nicht ins Haus gegangen und nicht mit ihrem Mann zusammen, sondern mit jemand anderem – mit *zusammen* meine ich, dass sie und die andere Person zusammen hinter der Scheune waren. Ob sie irgendwas getan haben oder nur geredet, weiß ich nicht, aber ich weiß, dass es keine harmlose Unterhaltung war. Weil Claire nämlich plötzlich ziemlich laut und mit Nachdruck und so was wie Verzweiflung sagte: »Lass mich gehen. Ich kann das nicht ausdiskutieren mit dir. Wenn mein Mann merkt, dass ich nicht in unserem Zimmer bin, geht er an die Decke. Ja, ja, ich glaube dir, dass es dir leidtut. Aber deine Entschuldigung bringt mir nichts. Ich will nicht länger darüber reden. Morgen. Wir können morgen reden, aber Dominik darf nichts davon erfahren.«

Und jetzt liegt Dominik Kern mit kaputter Schädeldecke auf der Intensivstation, und niemand weiß, ob er wieder aufwachen und sich an irgendwas erinnern wird, aber wenn doch: Wetten, dass er und der Engländer nach der Sache am Lagerfeuer noch mal Streit hatten?

Harriet

»Warum fragst du sie nicht einfach?«

Das Messer war wieder in Malas Hand. Sie starrte konzentriert auf das Holz des schweren Eichentisches, das voll von Flecken und Wasserrändern war und unzählige Kratzer aufwies, die ganz sicher nicht von einer einzigen Person stammten. Zum ersten Mal fragte Harriet sich, wo eigentlich Mala in der ganzen Sache stand. Sie kam aus dem Dorf, hatte aber ihr eigenes Zimmer im Haus und verbrachte offenbar einen nicht unbedeutenden Teil ihrer Zeit hier. Und anders als in den Siebzigern war das Haus nicht ständig so voll mit Gästen wie gerade. Die meiste Zeit mussten sich Mala und Melanie hier alleine aufhalten. Wie viel von ihrem Leben teilte Melanie mit ihr? Und wie viel bekam Mala mit? Sah die ältere Frau sie als eine Art Tochter? Sah sie sich als Mentorin, als Freundin oder als Muttersatz?

»Was ist los?«, fragte Harriet.

»Wahrscheinlich ist es nichts«, wich Mala aus.

»Komm, Mala, wir haben gesagt, dass wir die Wahrheit herausfinden wollen. Da können wir nicht davor zurückschrecken, erst mal ehrlich alles auszusprechen, was wir wissen.« *Ja,* fügte sie in Gedanken hinzu, *und dann sag das noch mal und schau dabei in den Spiegel, du Heuchlerin.* Aber ihre Worte wirkten.

»Okay, schön«, sagte Mala entschlossen. »Warum hält Melanie die Tatsache geheim, dass sie und Claire sich von früher kennen?«

»Bist du sicher? Woher weißt du das?«

»Ich hatte es zuerst vergessen, aber am Lagerfeuer hat Claire von ihrem Studium erzählt.«

»Ja, sie hat Musik studiert, nicht wahr?«

Mala nickte. »Aber sie hat auch von einer Kunstveranstaltung gesprochen, von der ich weiß, dass Melanie die organisiert hatte.« Sie strich jetzt mit der flachen Klinge über ihren Unterarm, und Harriet nahm ihr das Messer weg. Die junge Frau hatte keine Narben an den Armen, anders als zu viele ihrer Schülerinnen, und sie wollte, dass das so blieb.

»Selbst wenn sie auf derselben Veranstaltung waren, heißt das nicht unbedingt, dass sie sich gekannt haben«, gab Harriet zu bedenken. »Und es scheint ja auch schon eine ganze Weile her zu sein.«

»Aber als Claire das sagte, hat sie Melanie angeschaut. Und die hat sie angeschaut, und ich sage dir, sie hat sich erinnert. Aber keine von beiden hat etwas darüber gesagt.«

Mala sah gekränkt aus, weil sie nicht eingeweiht worden war, und das war der Grund, weshalb Harriet skeptisch war: »Vielleicht hast du recht, aber das heißt nicht, dass es ein großes Geheimnis gibt.«

»Du warst nicht dabei«, murrte Mala. »Du hast den Blick zwischen den beiden nicht gesehen. Ich sage dir, da ist was. Und ich will wissen, was.«

Harriet merkte eine Sekunde zu spät, dass ihr Lächeln eine Spur zu nachsichtig war – wie einem Kind gegenüber, das man beruhigen will. Mala bemerkte es sofort und starrte sie finster an. »Ich sage dir, ich habe recht«, beharrte sie.

Harriet lächelte noch einmal und achtete darauf, dass es diesmal selbstironisch wirkte. »Nun, wenn du recht hast und die beiden sich von früher kennen, würde das zumindest erklären, warum das Erste, was Claire sagte, eine unhöfliche Bemerkung über Melanies Ausstellungstitel war.«

Mala stieß ein kehliges Lachen hervor. »War ja irgendwie klar, dass das unsere Engländerin am tiefsten beeindruckt«, spottete sie. »Was sind schon Lügen, unerklärtes Verschwinden und gewalttätige Auseinandersetzungen gegen schlechtes Benehmen in Gesellschaft?«

»Ach, fuck off, Mala«, antwortete Harriet lässig. Sie wusste, dass sie sich den Rest des Tages schlecht fühlen würde, etwas so Unangemessenes gesagt zu haben, aber Malas schockierter Gesichtsausdruck war es beinahe wert.

Samuel

Dass Mala und Harriet Fenshaw zusammen in der Küche saßen wie Verschwörerinnen, machte mich nervös. Zugegeben, zu dem Zeitpunkt gehörte nicht viel dazu, mich nervös zu machen. Gewalt vergiftet das Klima, und je mehr Stunden verstrichen, seit sie Kern auf einer Bahre in den Rettungswagen geschoben hatten, umso toxischer wurde die ohnehin schon spannungsgeladene Atmosphäre.

Ich fragte mich, was die beiden bewogen hatte, sich zusammenzutun. Denn so war es, man konnte es sehen. Sie unterhielten sich nicht nur oder saßen zufällig zusammen, sondern sie hatten eine gemeinsame Agenda. Oder zumindest waren sie überzeugt davon. Aber Hatties Loyalität galt ihrem Onkel, so viel war klar. Und Malas? Die offensichtliche Antwort war: Melanie. Melanie war so etwas wie ihre Mentorin, ihr Vorbild, und sie hatte ihr das gegeben, was in ihrem Elternhaus fehlte: Unterstützung für das, was sie war, als Künstlerin, als Frau, als Person.

Wenn ich Mala ansah, sah ich Bianca. Ich weiß, das klingt verrückt, aber die beiden verbindet so vieles, auch wenn sie sich nie begegnet sind: Beide sind talentiert, beide sind Frauen, die kämpfen mussten, um sein zu können, was sie sind, beide haben sowohl eine unglaubliche Stärke als auch eine Verwundbarkeit, die sie in Gefahr bringt. Und weil ich das alles in Mala sah, hatte ich das seltsame Gefühl, ihr etwas schuldig zu sein. Aber was mit Kern passiert war, hatte mich schockiert. Natürlich denkt jeder mal, dass es um eine Person nicht schade wäre, oder man kann jemanden nicht leiden und stellt sich vor, wie es wäre … nur dass man sich so etwas besser nicht vorstellt, denn wenn im echten Leben, vor Ort, quasi vor den eigenen Augen, Gewalt geschieht, wenn man mit ihrem Anblick und ihren Auswirkungen direkt konfrontiert wird … die ganze Sache beunruhigte mich zutiefst.

Als ich in die Küche kam, verstummten die beiden – ich glaube nicht, dass sie über mich gesprochen hatten, aber sie wollten eindeutig nicht, dass jemand sie hörte. »Habt ihr Neuigkeiten?«, fragte ich, weil ich nicht wusste, was ich sonst sagen sollte. »Oder weiß man schon etwas von … über seinen Zustand?« Ich konnte Dominik Kerns Namen nicht aussprechen.

»Hat Melanie dir einen Grund dafür genannt, dass sie dich eingeladen hat?«, fragte Hattie, ohne auf meine Frage einzugehen. »Oder dir?« Sigi war ebenfalls aufgetaucht. Er zuckte die Schultern. »Nicht wirklich«, sagte er, aber es klang auch nicht so, als ob ihn das sehr beschäftigen würde. »Ich habe Isabella gefragt, was sie denkt, denn natürlich musste ich zuerst sichergehen, dass sie nichts dagegen hat, wenn ich hierherkomme.« Seine Worte beunruhigten mich. Sie klangen fast wie ein Vorwurf, als ob Sigi ein besserer Ehemann wäre als ich.

»Und, was hat sie gesagt?«, fragte ich, um nicht darüber nachdenken zu müssen.

»Isabella meint, wahrscheinlich braucht Melanie Geld oder Hilfe bei einer Gerichtssache und wollte auf diesem Weg mal vorfühlen, ob ich bereit wäre, etwas für sie zu tun. In finanzieller Hinsicht oder mit meinen Kontakten. Ich kenne eine Menge

Männer, die sich mit Finanzen und mit dem ganzen juristischen Kram auskennen.«

»Und hat Melanie irgendetwas Derartiges zu dir gesagt?«, fragte Hattie.

»Nichts Konkretes. Aber man muss sich ja nur mal das Dach anschauen, dann sieht man, dass das Haus Renovierungen braucht, für die kein Geld da ist.«

Mala sah ihn wütend an. »Das heißt noch lange nicht, dass Melanie betteln würde. Bloß weil du reich bist, glaubst du, dass alle nur an ihren eigenen Vorteil denken.« Sie kam offensichtlich nicht damit klar, wenn jemand Meli auch nur ansatzweise kritisierte – wie man gleich darauf merkte, als sie sich auf mich einschoss.

Hattie legte den Kopf schief. Anders als Mala sah sie nicht empört aus. »Ich wundere mich, warum du gekommen bist, wenn du denkst, dass sie Geld von dir will.«

Sigi zuckte wieder die Schultern. »Ich kann ja Nein sagen, wenn es mir nicht passt«, erwiderte er. »Aber wieso sollte sie es nicht versuchen? Wir sind keine Feinde. Ich hab mir gedacht, ich schau mir mal an, was sie so gemacht hat mit ihrem Leben, nachdem sie mich losgeworden war.« Er ging in den Nebenraum, wo das Bier im Kühlschrank wartete.

»Und du?«, wandte sich Hattie an mich. »Warum bist du gekommen?« Sie schien zu merken, dass ihre Frage ziemlich persönlich war, denn sie lächelte plötzlich schief. »Wir haben uns nur gewundert – du doch sicher auch. Seit Edmund mir von der Einladung erzählt hat, frage ich mich, was ihn bewogen hat, sie anzunehmen.« Dann wurde sie rot, schaute weg und begann, Teller zusammenzustellen, weil ihr Onkel ein Thema war, das wir alle spätestens seit gestern sorgsam vermieden hatten. Ich hätte sie schmoren lassen sollen, aber irgendwie tat sie mir leid.

»Ich dachte mir, es könnte nur einen Grund geben, warum Melanie die wichtigen Menschen aus ihrem Leben zusammen einlud«, sagte ich. »Ich dachte mir, dass sie schwer krank sein muss und ...«

Mala sog scharf die Luft ein, was ich als Bestätigung betrachtete. Ich war mir sicher, dass sie Bescheid wusste. Aber was sie sagte, war: »Unsinn. Das ist ganz bestimmt nicht der Grund.« Jetzt sah sie mich an, als ob ich ihr Feind wäre, wofür ich ihr nun wirklich keine Veranlassung gegeben hatte. »Und das ist ganz sicher nicht der Grund, warum du gekommen bist«, fuhr sie scharf fort. »Du bist so was von scheinheilig! Redest ununterbrochen über Frauenrechte und darüber, dass man sich auf Augenhöhe begegnet und ...«

»Mala!«, versuchte Harriet sie zu unterbrechen, aber Mala war in voller Fahrt.

»Sogar Sigi hat mit Isabella über die Einladung geredet. Was hast du deiner Frau erzählt, wo du bist, hä? Bei Verwandten? Auf Geschäftsreise? Jedenfalls nicht in Bettenfeld auf dem Hof deiner Jugendliebe. Warum hast du Bianca angelogen, wenn deine Gründe so nobel sind, wie du uns alle glauben machen willst?«

Ich konnte spüren, wie mir die Farbe aus dem Gesicht wich.

»Wenn man Geheimnisse hat, sollte man seine Sprachnachrichten nicht am Fenster abhören und beantworten«, setzte sie beißend hinzu.

Harriet sah aus, als ob sie am liebsten im Erdboden versunken wäre. Jemanden zu verdächtigen und jemanden mit einem Verdacht zu konfrontieren, sind zwei sehr unterschiedliche Paar Schuhe, das wurde ihr in dem Moment offensichtlich klar. Und mir auch, aber Mala ließ mir keine andere Wahl. Bianca durfte niemals erfahren, dass ich hier war. Auch wenn ich Mala dazu unter die Räder des fahrenden Busses werfen musste.

»Ich weiß nicht, wovon du redest«, behauptete ich kalt. Ich ließ die Lüge so stehen, ehe ich eine Wahrheit nachschob, die ich lieber nicht ausgesprochen hätte, wenn ich einen anderen

Ausweg gesehen hätte. Ich wandte mich an Hattie. »Du willst versuchen, deinen Onkel aus der Sache rauszuhalten, aber du solltest dir deine Verbündeten sorgfältiger auswählen. Hat Mala dir erzählt, dass sie Dominik Kern gehasst hat? Dass sie einen heftigen Streit mit ihm hatte? Dass er …« Ich musste schlucken. Die Wahrheit. Die Wahrheit. Sie war so schwer auszusprechen wie sein Name. »Dass Kern ihrer Meinung nach verdient hat, was er bekommen hat?«

Jetzt war es Harriet, der die Farbe aus dem Gesicht wich, aber sie sagte nur würdevoll: »Nein, das hat sie noch nicht erzählt«, ehe sie ihr Handy nahm und die Küche verließ.

Mala sah wütend aus. Sigi, den wir alle vergessen hatten, stand am Kühlschrank nebenan und starrte zu uns herüber.

In diesem Moment begann Claire im Musikzimmer Klavier zu spielen. Es war eine feine, zarte, liebliche Melodie, die nicht zu dem Tumult in meinen Gedanken passte.

Chatverlauf zwischen Harriet Fenshaw und Hayley Greensward, Montag, 19.6.

Harriet
Ich war überzeugt davon, dass alle Edmund verdächtigen würden, aber es ist noch viel komplizierter. Jeder verdächtigt jeden. Und ich weiß nicht mehr, ob ich Mala trauen kann. Wenn Samuel die Wahrheit sagt, hatte sie auch einen Zusammenstoß mit Professor Kern. Allerdings war sie gestern ab Mittag die meiste Zeit mit mir unterwegs. Nur genau in der entscheidenden Zeit eben nicht. **13.52**

Hayley
Sorry, Finn hat Terror gemacht, weil sein Feuerwehrauto nicht zu finden war! Wenn ich mir das so anschaue, war dieser Typ ziemlich auf Krawall gebürstet. Hat er sich mit jemandem nicht gestritten? **14.20**

Harriet
Mit mir zum Beispiel. Und angeblich waren er und Claire unzertrennlich, aber wer weiß? Die Frau ist mir ein Rätsel. **14.22**

Hayley
Wie ist Kern eigentlich verletzt worden? Es muss woanders passiert sein als da, wo man ihn gefunden hat. **14.31**

Harriet
Nicht, wenn die Person ihn – ich weiß nicht, gegen den Kopf getreten hätte oder so. Wobei das bestimmt jemand gehört hätte, es war ja fast immer jemand in der Nähe. Vielleicht hast du recht. **14.33**

Harriet
Ich habe eine Mail an Edmund bekommen, bei der ich in CC gesetzt war. Anscheinend hat Edmund versucht, sich mit jemandem in Verbindung zu setzen, der mit dem alten Besitzer des Hauses verwandt war. **14.40**

Hayley
Und das hast du natürlich der Polizei weitergegeben? **14.46**

Harriet
Ed hat nichts zu tun mit dem, was Professor Kern passiert ist. Und was für Licht sollte diese Mail in die Sache bringen? Die sollen erst mal herausfinden, was hier geschehen ist. **14.53**

Hayley
Klingt, als ob du dich einfach zurücklehnen und die Polizei ihre Arbeit machen lassen solltest. **14.58**

Harriet
Mach ich doch! Ich halte nur nebenbei die Ohren offen. **15.00**

Harriet
Was ist das für ein Krach? Klingt, als ob ... ich schau mal lieber nach, worüber die sich gerade streiten. **15.04**

Claire Seegruber

Die Musik ist schon immer die letzte Bastion gewesen, wenn alles andere um mich herum zerfiel. Ich weiß, es gab Erwachsene, als ich zehn, zwölf, fünfzehn war, die der Meinung waren, meine Mutter sollte mir die vielen Stunden kürzen, in denen ich am Klavier saß und übte, übte, übte. Dass ich auch mal Freizeit brauchte, Freiheit. Dabei war ich meiner Mutter dankbar für ihren Ehrgeiz in dieser einen Hinsicht. Meine Übungsstunden *waren* meine Freiheit.

Als wir am Samstag vor dem Mauerhof anhielten, fühlte es sich fremd und vertraut zugleich an. Ich kannte die Geschichten – von der Küche ohne Kühlschrank und Elektroherd, wie sie früher war, von den Mäusen auf dem Dachboden, von dem verrückten Brandstifter, den irgendwann die Polizei abgeholt hat, von Beuys' Besuch natürlich und von Joe Pascoe, der die Mauer gebaut hat, weil er den offenen Blick auf das Feld und das Grundstück daneben nicht ertrug, und der den einsamen Soldaten neben dem Eingang gemalt hat. Wenn man das über ihn weiß, dann weiß man eigentlich genug. Das war *seine* Freiheit, und wahrscheinlich hat er davon nicht mehr gehabt als ich. Ich wäre niemals hierhergekommen, wenn ich eine andere Option gehabt hätte. Renatus war fest entschlossen, und ich hatte kein überzeugendes Argument, warum wir nicht fahren sollten – ganz sicher keines, über das ich mit ihm hätte reden können. Er hingegen hat mir genau auseinandergesetzt, warum er die Einladung unbedingt annehmen wollte, aber das waren natürlich nicht die eigentlichen Gründe. Wie in einem guten Musikstück ist das, was man bei ihm als Erstes hört, nie das eigentliche Thema. In der Einladung, die Melanie ihm geschickt hat, standen ein, zwei beiläufige Sätze, die scheinbar nur dazu dienen sollten, dem Ganzen ein bisschen Leben und Farbe zu geben. Ob sie gewusst hat, dass sich darin ein unwiderstehlicher Anreiz für Renatus verbarg? Ich denke schon. Sie wollte unbedingt sichergehen, dass er kommen würde – und gewiss nicht wegen der Laudatio –, und sie wird nicht geahnt haben, dass er sich die Gelegenheit sowieso nicht hätte entgehen lassen. Er hat hier noch eine Rechnung offen. Wobei Renatus' Rechenwege manchmal eher kreativ als mathematisch korrekt sind. Aber das ist eine Sache, aus der ich mich raushalte.

Am liebsten würde ich mich aus *allem* raushalten. Die Tür zum Musikzimmer schließen und spielen, spielen, spielen. Die Musik ist die letzte Bastion, doch auch sie kann mir nur einen Quadratmeter Freiheit verschaffen; alles jenseits davon sind anklagende Blicke und mitleidige Blicke und besorgte Blicke. Melanies Exmann hält mich für eine Ehebrecherin oder zumindest für eine, die mit dem Gedanken getändelt hat. Die Engländerin macht mich für Edmunds Verschwinden verantwortlich. Samuel – schwer zu sagen, was Samuel denkt. Das ist kurios, weil er zu denen gehört, die ununterbrochen sagen, was sie denken und was andere denken sollen. Aber er ist wie ein Musikstück, bei dem man erst nach dem letzten Ton weiß, was man eigentlich gehört hat. Und ob es überhaupt ein Ganzes bildet. Ich vermute, dass da irgendwo ein Bruch ist, an einer Stelle, die man nicht sehen, aber auch nicht flicken kann. Mit Teilen, die man nicht zusammensetzen kann, kenne ich mich aus. Deshalb ist »Schuld und Stühle« auch so verlogen. Als ob man nur etwas Leim und ein bisschen neues Holz und etwas Geschicklichkeit und Zeit braucht, um das zerschlagene Mobiliar wieder aufzustellen, damit sich dann alle gemeinsam an den Tisch setzen können. Dass das niemals funktioniert, hat sich ja vorhin wieder gezeigt. Mala beschuldigt Samuel, Samuel beschuldigt Mala, Harriet sieht aus, als ob sie das Vertrauen in die ganze Menschheit verloren hat. Vielleicht ist es gut, dass Edmund nicht hier ist, das würde die gegenseitigen Verdächtigungen nur noch weiter anheizen. Die andere Person, die so gut wie verschwunden war, ist Melanie, aber vorhin ist sie wieder aus ihrer Scheune aufgetaucht, und dann kam das nächste Drama.

Es fing damit an, dass Sigi auf einer der Treppenstufen im Eingangsbereich ausrutschte. Das hätte grundsätzlich jedem passieren können, weil die Stufen alt, ausgetreten und stellenweise glatt sind, aber Siegfried Gruber ist überzeugt davon, dass Stufen nicht glatt und ausgetreten zu sein haben. Er hatte sich mehrmals über den Zustand des Hauses ausgelassen. Genau das ist der springende Punkt: Er ist ausgerutscht, weil man auf Treppenstufen wie denen im Mauerhof ausrutschen *muss*, weil sie, ich zitiere aus dem Gedächtnis, »Todesfallen sind, die kein verantwortungsbewusster Hausbesitzer sich erlauben kann«. Melanie – und das machte es nicht besser – half ihm auf, und das beleidigte ihn, auch wenn er das nie zugegeben hätte. Jedenfalls war es von »Todesfalle« für ihn ein sehr kleiner Schritt zu Renatus, der plötzlich mit kaputtem Schädel im Gras gelegen hat, und er meinte: »Wahrscheinlich hat überhaupt niemand ihm eins übergezogen, sondern er ist über eine verdammte Statue gestürzt oder in ein Loch gestolpert und blöd aufgeschlagen, und das alles nur, weil

Melanie es nicht schafft, ihren Besitz in Ordnung zu halten.« So wie sich das eben in seiner Welt gehört, in der man eine Patek Philippe am Handgelenk trägt.

Ich war aus dem Musikzimmer gekommen, und als sie mich sah, fing Melanie an, Sigi Vorwürfe zu machen. »Unsensibel«, »Tragödie« und »nicht mal ein Rest Anstand« kamen in ihrer Rede vor, woraufhin er erwiderte, dass sie aus selbstsüchtigen Gründen an diesem Wochenende eine Situation geschaffen hätte, in der man sich über einen Gewaltausbruch wahrhaftig nicht wundern müsste, und ein kleiner Teil von mir musste ihm zustimmen. Aber dann sah er mich an und wiederholte ein bisschen von dem, was er schon gesagt hatte, nämlich, dass ich kein hilfloses Opfer sei und mit meinem Verhalten dazu beigetragen hätte, dass diese »Tragödie« passieren konnte.

Daraufhin ging Melanie an die Decke und warf ihm alles an den Kopf, was ihr einfiel, und das war eine Menge (wie gesagt, die zwei hatten Übung in Sachen Ehestreit, und das ist wie Radfahren, das verlernt man nicht, nur weil man ein paar Jahre lang nicht mehr verheiratet ist). Am Ende warf sie ihm vor, mit ihren »Feinden«, wie sie es ausdrückte, unter einer Decke zu stecken, und ihnen dabei helfen zu wollen, sie aus ihrem Haus und Grundstück zu klagen. Das war so kurios, dass nicht nur ich, sondern auch Sigi völlig baff dastand, ehe er fragte, was zum Teufel das heißen sollte und ob sie völlig den Verstand verloren hätte; er habe sie immer fair behandelt, und wenn er ihr etwas hätte »reinwürgen« wollen, dann wäre der richtige Zeitpunkt dafür bei ihrer Scheidung gewesen, aber sicher nicht heute.

»Was hast du dann in meinem Büro gesucht?«, fragte sie schneidend. »Jemand war da drin und hat sich nicht besonders bemüht, seine Spuren zu verbergen, und ich weiß, dass du das warst, weil du als Einziger zurück zum Haus gegangen bist. Und –« Sie hatte sich so in Rage geredet, dass ihre Anschuldigungen nicht mehr notwendigerweise zusammenhingen oder eine logische Ordnung hatten. »Und was wolltest du eigentlich mit Kern, du hast ja mehrmals mit ihm gesprochen, und am Ende hast du ihn im Garten gefunden, der angeblich so eine Todesfalle ist, nur war da in der Nähe keine Statue, über die er hätte fallen können!«

Zu dem Zeitpunkt waren auch alle anderen von dem Geschrei angelockt worden, und Mala stand da, als ob sie Sigi erwürgen würde, sobald er zugab, auch nur in der Nähe von Melanies Büro gewesen zu sein. Samuel äußerte etwas Beruhigendes, aber ich stand da und sah ein Musikstück, das sich an den Rändern auflöste und in dem sich Brüche und Dissonanzen häuften, und ich wusste, dass kein Meister dieser Welt das wieder in Ordnung bringen würde.

»Was hätte ich bitte schön von Kerns Tod gehabt? Ich hatte mit dem Mann nichts zu schaffen«, sagte Sigi, und dann sah er mir direkt in die Augen. »Vielleicht solltest du die Schuldigen da suchen, wo sie am wahrscheinlichsten zu finden sind.«

Harriet kam auf mich zu, mit einem Ausdruck von Mitgefühl in den Augen, der unerträglich war. Auch wenn sie mich nicht mag, ist sie der Typ, der es nicht ertragen kann, wenn andere leiden. Man konnte sehen, was sie dachte: dass Sigi der Frau Vorwürfe machte, die von den Ereignissen am schlimmsten betroffen war.

Ich ließ sie nicht mal in meine Nähe kommen. Ich tat das, was ich immer tue, wenn die Dinge unerträglich werden: Ich wandte mich um und flüchtete ins Musikzimmer. Hörte so intensiv auf die Töne, die ich spielte, dass ich die Stimmen vor der Tür ausblenden konnte. Ich wusste, dass sie Sigi Vorwürfe machen würden, weil er mich verdächtigt hatte. Aber das Schlimmste, was er sagen konnte, hatte er bereits zuvor gesagt: *Ich frage mich, was dein Mann dazu sagen wird, wenn er wieder aufwacht.*

Brief von Christa Dannhauser an Erika Eschberg, November 1970

Liebe Erika,

ein Skandal jagt den nächsten! Hast Du gehört, daß nach all den gegenteiligen Gerüchten Peter Hausmann nun doch Brigitte Müller heiraten wird? »Muß«, behaupten manche, aber heutzutage »muß« ja keiner mehr heiraten, nur weil alle wissen, was zwei junge Menschen so miteinander getrieben haben, während ihre Familien außer Haus waren. Man sollte annehmen, daß eine Frau sich nicht auch noch in die Sache hineinstürzt. Als ob es nicht schlimm genug wäre, sich den Rest seines Lebens mit den Marotten und Unzulänglichkeiten eines Mannes herumschlagen zu müssen, auch ohne daß der immer behaupten kann, er hätte einem den Ruf gerettet. Wenn ich mir vorstelle, ich müßte meinem Rudi auch noch dankbar sein, daß er mich nachts gelegentlich betatschen darf, wenn ihn mal wieder der Drang überkommt! Wenn ich es recht bedenke, stimmt auch die Sache mit dem »Rest des Lebens« heutzutage nicht mehr. Als ich damals mit Rudi vor den Altar getreten bin, war das auch nicht die ganz große Liebe, aber wir haben das zumindest noch ernst genommen mit »bis daß der Tod euch scheidet«. Heutzutage reichen Treue, Liebe und Verantwortung ja meist nur noch bis zum ersten Schnupfen, oder bis einem der beiden was Besseres über den Weg läuft. Nicht, daß ich Pascoe verdächtige, Ingrid wegen einer anderen sitzen gelassen zu haben. Der Mann ist in den letzten Jahren viel zu eigenbrötlerisch geworden, als daß er sich noch einmal mit einer Frau würde belasten wollen, schon gar nicht mit einer jüngeren, die entsprechende Ansprüche hat. Und von Deutschland hatte er schließlich längst die Nase voll. Der ist sicher nicht zurückgegangen, um in London einem aufregenden Leben zu frönen, sondern sitzt irgendwo im englischen Hinterland in einem Haus herum, wo er möglichst mit niemandem reden muß.

Insofern kann sich Ingrid glücklich schätzen, daß sie ihn los ist, auch wenn sie beteuert, daß sie ihn immer noch liebt und an ihm hängt. Mag ja alles sein, aber du kannst mir nicht erzählen, daß das Leben mit diesem mißtrauischen Miesepeter ein Zuckerschlecken gewesen ist. Wenn sie sich erst mal an den Gedanken gewöhnt hat, wird sie froh sein, endlich wieder ein richtiges Leben in der Gemeinschaft führen zu können, ohne sich ständig für den Mann entschuldigen zu müssen. Ich hoffe sehr, daß er wenigstens anständig genug war, sie gut versorgt zurückzulassen, wobei Pascoe nun auch nicht eben im Geld zu schwimmen schien. Wenn es hart auf hart kommt, hat sie ja immer noch den Hof. Soweit ich weiß, hat Dein Mann angeboten, ihr einen guten Preis zu machen, und dann wäre das Ganze doch wenigstens zu etwas gut gewesen und dieser elendige Nachbarschaftszwist endlich vorbei.

Und vielleicht wird Pascoe in seinem Heimatland glücklicher. Diese ganze Auswanderei in Länder, wo man nicht hingehört, geht ja nie gut aus. Jeder in seinem Land und an seinem Platz, dann weiß man, woran man ist.

Ich freue mich schon sehr auf unser nächstes Kaffeekränzchen. Ingrid wird viel zu erzählen haben, aber wir wollen das Thema Scheidung nicht ansprechen. Je weniger Worte man um solche Dinge macht, umso besser.

Herzliche Grüße,

Deine Christa

Mala

Scheiß-Samuel! Wenn der nicht ein Geheimnis hat, fress ich mein iPad. Ja, stimmt, ich hatte nichts über meinen persönlichen Showdown mit Kern gesagt. Nicht zur Polizei und auch nicht zu Harriet, was die offenbar viel schlimmer fand. Dabei hat sie ihre eigenen kleinen Geheimnisse, die sie auch mir nicht verraten hat. Warum nicht? Weil sie denkt, es könnte ihren Onkel noch verdächtiger erscheinen lassen, vermute ich. Trotzdem ist sie zutiefst erschüttert zu erfahren, dass ich ihr auch nicht alles erzählt habe. Doppelmoral, Miss Nice-White-Girl? Ich glaube immerhin nicht, dass sie wirklich denkt, ich hätte Kern auf dem Gewissen. Im Ernst, ich wüsste nicht, wann und wie ich das hätte machen sollen. Der Mann war – ist mindestens einen Kopf größer als ich. Aus demselben Grund glaube ich auch eher nicht, dass es Claire war. Tatsächlich spricht immer noch am meisten für Edmund – nicht, dass ich das zu Hattie sagen würde.

Das heißt nicht, dass ich nicht selbst kurz überlegt habe, ob ich Kern verschwinden lassen und es wie einen Unfall aussehen lassen könnte.

Hm. Die Formulierung gerade – wissen Sie, was das ist? Selbstschutz. Weil: Wer sagt denn so etwas? Eine Ehefrau, deren Mann schon wieder vergessen hat, den Müll rauszubringen. Oder eine Mutter, die einen anstrengenden Teenager auf dem Sofa kleben hat. Der Satz ist nie ernst gemeint, denn wenn er ernst gemeint wäre, würde man ihn nicht offen aussprechen. Der Satz sagt aus: Ich bin ein bisschen angepisst und will es mitteilen, aber ich benutze eine ironische Übertreibung, damit ganz klar ist, dass ich keine echten Aggressionen gegen die Person habe.

Der Satz passt kein bisschen auf das, was ich über Kern sagen will. Weil das, was er getan hat, nicht lustig ist.

Wenn das alles jetzt klingt, als ob ich vermeiden wollte, zum Punkt zu kommen, liegt das daran: Über manche Sachen will man nicht reden. Man muss einen inneren Widerstand überwinden, bevor sie sich aussprechen lassen. Nein, nein, es ist nicht so, als ob Kern mir etwas angetan hätte. Nicht das, was man darunter versteht. Es ist banal, und es ist ein Vergehen, beides zugleich.

Wenn ich auf dem Mauerhof wohne (und in den letzten Monaten war das die meiste Zeit der Fall, weil das einfach weniger Stress bedeutet als bei meiner Familie), habe ich das kleine Zimmer im ersten Stock, links vom Treppenabsatz. Blick auf das Stück Garten links vom Haus (na ja, auf den Holzschuppen und das alte Plumpsklo, das da zum Glück nur noch als Relikt aus alten Zeiten steht) und weiter auf Bäume und Sträucher. Weil es das typische Gästezimmer ist, hat es ein Regal, in dem zerfledderte Taschenbücher stehen, die Leute im Lauf der Zeit mal hier vergessen haben, und natürlich auch Kunstwerke (im weitesten Sinne … manches würde ich eher als Altpapier oder Sperrmüll bezeichnen). Nach der Sache am Lagerfeuer hatte ich genug von Melanies Gästen und bin ins Bett gegangen. Keine Ahnung, was die anderen gemacht haben, war mir zu dem Zeitpunkt auch egal, weil ja niemand wissen konnte, dass es mal wichtig werden könnte. Was ich jetzt erzähle, ärgert mich selbst unglaublich, weil es was ist, das ich in Filmen gesehen und immer für eine Männerfantasie gehalten habe. Aber ich habe wirklich so tief geschlafen, dass ich nichts von dem mitgekriegt habe, was um mich herum vorging. Als ich aufwachte, war es Morgen – also, sehr früher Morgen, sechs oder so, und im Zimmer war es hell, weil ich den Vorhang hier nie zuziehe. Jedenfalls stand er in meinem Schlafzimmer. Dominik Kern. Nicht an meinem Bett, sondern an dem Regal, und er hatte eine Mappe mit Zeichnungen in der Hand, aber trotzdem: Fuck! Der Mann ist in mein Zimmer gekommen, während ich geschlafen habe! Gibt es auf so etwas eine korrekte Reaktion? Eine, wo man sich hinterher nicht denkt: *Warum habe ich nicht …?* Na ja, ein Tritt in die Eier klingt ziemlich angemessen, aber dazu war ich im ersten Augenblick leider nicht fähig, und eine Minute später, nachdem man schon gefragt hat: »Was soll der Scheiß, was machen Sie hier?«, braucht man damit auch nicht mehr anzukommen.

Was das Schlimmste an der Sache ist? Dass so eine Grenzüberschreitung dich klein macht. Vielleicht gibt es Frauen, die das mit dem entschlossenen Tritt in den Stromkasten hinkriegen, aber ich glaube, die meisten von uns stehen erst mal da, als ob *sie* den Tritt bekommen hätten. Und Kern war … dieses Arschloch! Er hat ganz höflich »Guten Morgen« gesagt und dass er leider nicht gewusst hatte, dass jemand in dem Zimmer schläft. Und hat erklärt, dass er sich überall umschauen wollte, weil: großartiges altes Haus, Kunst, Geschichte, Blabla. Als ob das eine fucking Entschuldigung wäre! Nein, keine Entschuldigung, das war das Schlimmste: Kern hat so getan, als ob eine Entschuldigung überhaupt nicht nötig wäre. Kann schließlich mal passieren, dass man morgens um sechs in ein fremdes Zimmer geht, um sich umzuschauen, und da schläft jemand.

Wenigstens habe ich es geschafft, ihn anzuschreien und rauszuwerfen, aber eins ist mir klar: dass Kern ebenso ohne jegliches Schuldbewusstsein zur Tür raus ist, wie er reingekommen war.

Und da stand ich und habe gezittert. Vor Wut, aber auch vor Schock. Darüber, dass es solche Männer gibt, die Grenzen nicht einfach missachten, sondern nicht mal kapieren, dass es welche gibt. Und weil ich mich trotz allem, was ich von der Welt weiß, bis zu einem gewissen Grad immer auf diese Grenzen verlassen habe.

Wie gesagt, ich hatte Kern ziemlich laut angeschrien, und natürlich hat das jemand gehört. Claire muss es gehört haben – ihr und Kerns Schlafzimmer ist auf der anderen Seite des Treppenabsatzes. Aber sie hat sich nicht gerührt. Kein Ton.

Bei Melanie weiß ich es nicht. Ich denke, wenn sie was mitbekommen hätte, wäre sie dazugekommen, und ich hoffe, dass sie Kern rausgeworfen hätte, wie er es verdient hat. Aber sie schläft oft schlecht, und dann steht sie superfrüh auf und geht rüber in die Scheune, um zu arbeiten, also war sie wahrscheinlich nicht im Haus. Edmund war im Campingbus. Vermutlich. Wenn er nicht da schon verschwunden war. Aber Samuel schlief oben in der Kammer im Dachboden, und der kam runter und fragte mich, was los war. Ich hab ihm alles erzählt. Und er ist ganz still geworden, als ob er eingefroren wäre. Überrascht schien er nicht. Doch da war diese Stille. Zumindest war er aber da und hat zugehört und mir ein bisschen von meiner Verunsicherung genommen.

Und dann geht dieser Arsch hin und nutzt das Gespräch, das ich mit ihm hatte, um mir eins reinzuwürgen. Danke, Samuel! So viel zum Thema Solidarität.

Aber das war nicht einfach ein Verrat. Es war ein Gegenschlag aus einer Position der Schwäche heraus. Weil er ein Geheimnis hat, dem niemand zu nahe kommen darf. Nur welches?

Harriet

»Niemand« – Harriets Stimme zitterte leicht – »absolut niemand hat das Recht, sich so aufzuführen!« Sie starrte mit einem verkniffenen, wütenden Gesichtsausdruck aus dem Fenster, dann wandte sie sich an Mala. »Geht es dir gut?«

Die junge Frau sah sie an, als ob diese starke Reaktion sie überrascht hätte. »Passt schon«, gab sie zurück. Natürlich gab sie sich taff. Harriet hätte an ihrer Stelle vielleicht nicht anders reagiert. Trotzdem legte sie Mala kurz die Hand auf den Arm und drückte ihn, bevor sie beide so taten, als ob dieser Moment nie stattgefunden hätte.

»Ich habe diese Mappe mit den Zeichnungen sogar gesehen«, sagte Harriet nach einer Minute des Schweigens. »Er hatte sie in der Küche dabei und hat sich die Arbeiten darin angeschaut. Wir haben uns sogar darüber unterhalten.«

Sie saßen auf der Treppe der Scheune; es war ein guter Platz, um zu beobachten, was im Garten vor sich ging, und um diese Nachmittagsstunde lag er nicht mehr in der Sonne.

Harriet ballte die Faust. »Wie kann es sein, dass ich als Einzige nicht gesehen habe, was Kern für ein Mensch sein muss? Bin ich so naiv?«

Mala schien einen ihrer flapsigen Kommentare bringen zu wollen, doch offenbar bemerkte sie in Harriets Gesicht etwas, das sie davon abbrachte. Vielleicht war es die unausgesprochene Angst, an den falschen Mann zu geraten und es nicht zu merken, die fast jede Frau kannte. »Du hast diese ganzen Szenen ja nicht mitbekommen«, antwortete sie. »Du hast nur das eine Mal mit ihm gesprochen. Da hat er wahrscheinlich seine andere Seite gezeigt.«

»Hm, ja«, murmelte Harriet. »Trotzdem. Der Typ hat mir Wolle über die Augen gezogen.«

»Er hat was?«, lachte Mala.

»Pulled wool over my eyes?«, wiederholte sie auf Englisch. »Mich getäuscht? Ich habe gedacht, dass er ein freundlicher, sehr gebildeter Mann ist, wenn auch etwas überzeugt von sich. Ich täusche mich nicht gerne so in einem Menschen.«

Jetzt tätschelte Mala ihr den Arm. »So was kommt vor. Sei froh, dass es Kern war und nicht jemand, den du gedated hast.« Sie sah plötzlich auf. »Bist du eigentlich verheiratet oder so?«

Harriet dachte an Jacob Hickinbottom, bei dem sie zum Glück rechtzeitig gemerkt hatte, dass er nicht der Richtige war, und an Thomas Gotobed, der entschieden hatte, dass sie nicht die Richtige war. Statt einer Antwort bemerkte sie kopfschüttelnd: »Ich weiß nicht, warum ich immer an die Männer mit den komischen Nachnamen gerate.« Dann dachte sie an Karl Niedergesäß und wurde rot, ehe sie sich daran erinnerte, dass es sich bei dem nicht um einen Mann, sondern um einen Polizeibeamten handelte.

»Wieso?«, wollte Mala wissen. »Warst du vielleicht mal mit jemandem zusammen, der mit Nachnamen Angstwurm hieß?«

»Was? Nein. Du etwa?«

Mala schüttelte den Kopf. »Nö, aber das ist der verrückteste Name, den *ich* je gehört habe. Meine Lehrerin in der Oberstufe hatte ein Faible für komische Namen und Wörter.« Sie nahm entschlossen ein Blatt zur Hand. »Also los jetzt, schreiben wir unsere Überlegungen zu den Fragen zusammen, die wir hatten.«

Liste von Mala Ngomane und Harriet Fenshaw

Warum hat Melanie die Männer eingeladen, und warum sind sie gekommen?

Fakt:
Melanie Gruber hat drei* Männer eingeladen, mit denen sie mal zusammen war, zum Teil aber schon sehr lange keinen Kontakt hatte.

Warum?

- Sie leidet unter einer unheilbaren Krankheit und will mit der Vergangenheit abschließen, indem sie ihre früheren Lieben noch einmal um sich versammelt.
  (Samuels Vermutung, die von Mala abgelehnt wurde. ~~Ist als Motiv aber plausibel.~~ ~~Nein, ist es nicht!~~ Als Motiv plausibel. Nachprüfen**, ob das sein kann!***)

---

* Mala: Vier, wenn man Dominik Kern dazurechnet!!! Mit dem war sie allerdings nicht zusammen.

** Mala: Verschiedene Arztbesuche von Melanie in den letzten Monaten, sie war beunruhigt, weil ihre Mutter an Krebs gestorben ist, der Arzt hat aber Entwarnung gegeben. Das hat sie mir erzählt.

*** Harriet: Die bloße Befürchtung, sie könnte etwas Ernstes haben, könnte sie bewogen haben, ihre verflossenen Liebsten wiederzusehen.

- Sie wollte eine oder mehrere der Personen aus einem bestimmten Grund auf den Mauerhof holen ~~{die anderen sind eingeladen worden, weil … keine Ahnung, vielleicht, damit es nicht so auffällig ist …}~~

Was könnte sie sich von der Anwesenheit der jeweiligen Gäste versprechen?

Samuel:
- Als »Lockvogel« (siehe Sigi)*
- Beziehungen: Sie will ihre Jugendliebe zurückgewinnen.**

Sigi:
- Geld: Er ist reich, sie hat Geldprobleme. Vielleicht will sie versuchen, ihn dazu zu bewegen, ihr auszuhelfen.***
- Sonstige Hilfe, z. B. bei ihrem Rechtsstreit mit den Nachbarn, weil er mehr Erfahrung / den nötigen Kampfgeist**** / Beziehungen hat.

---

* Mala: Bloß wissen wir bei Samuel nicht, wen er angelockt haben sollte.

** Harriet: Samuel erscheint mir recht unergiebig. Vielleicht wollte sie ihn wirklich bloß mal wiedersehen.
Mala: Wenn mich irgendwas von der »todkrank«-Theorie überzeugen kann, dann das. Warum sollte sie den lahmen Typen sonst wiedersehen wollen?
Harriet: Zynismus steht dir nicht, Mala!

*** Mala: Ihr Ex-Mann? Das wäre total krank!
Harriet: Sigi selbst ist der Meinung, dass das der Grund sein könnte.
Mala: Ja, und er hat nichts davon gesagt, dass sie ihn um Geld angehauen hat!

**** Mala: Klar, weil es Melanie ja sooo an Kampfgeist mangelt!
Harriet: Können wir hier einen open mind bewahren? Wir wollen alle Optionen in Betracht ziehen.

- Als »Lockvogel«, weil sie sichergehen will, dass einer der anderen Gäste auf jeden Fall kommt, wenn er erfährt, dass Sigi dort ist. Mögliche Gründe: Geld, Beziehungen (Siegfried Gruber ist mit einer berühmten Sängerin verheiratet. Außerdem ist er ein sehr erfolgreicher Manager im Kulturbereich*.)
- Beziehungen: Vielleicht braucht Melanie selbst einen Manager, um größeren Erfolg zu erzielen.
- Beziehungen: Melanie will Sigi für sich zurückgewinnen.

Edmund:

Siehe oben: Beziehung, sie will ihn zurückgewinnen.**

Dominik Renatus Kern:

- Relativ bekannter und angesehener Künstler: Eine Laudatio von ihm birgt ein gewisses Prestige und könnte für ihre Karriere gut sein.***
- Nicht er, sondern seine Frau Claire Seegruber ist das eigentliche Ziel der Einladung****.

---

* Mala: Das deutet auf Dominik Kern hin. Er ist Künstler und vielleicht auf der Suche nach besserer Vermarktung.
Harriet: Oder Samuel – seine Frau hat einen erfolgreichen Blog, aber vielleicht will sie mehr erreichen.

** Mala: Bei ihm ergibt das noch am meisten Sinn: Die Beziehung liegt am wenigsten lange zurück, und Edmund ist zumindest ansatzweise sexy. Also, für einen alten weißen Mann.
Harriet: !

*** Mala: Melanie ist aber eher uninteressiert an den Mechanismen des Kunstbetriebs, und ihre Kunstauffassung hat wenig mit der von Kern gemeinsam.

**** Harriet: Es ist immer wieder betont worden, dass das Ehepaar überall gemeinsam hingeht. Wer Kern einlädt, kann damit rechnen, dass Claire mitkommen wird.

- Geschichte: Kern hat den Mauerhof schon früher besucht. Vielleicht liegt der Grund, warum Melanie ihn eingeladen hat, in der Vergangenheit*.

Claire Seegruber:
Dem Anschein nach kennen sich die beiden Frauen nicht, aber sie müssen sich zumindest begegnet sein, weil Claire von einer Kunstveranstaltung erzählt hat, bei der Melanie ganz sicher auch war.

Harriet

»Wirklich, Mala, vielleicht sollte ich das Schreiben übernehmen«, sagte Harriet kopfschüttelnd, »wenn du dir deine schlauen Kommentare nicht verkneifen kannst.«

Die junge Künstlerin grinste und strich eine ihrer Randbemerkungen durch. »Wieso? Ist doch nicht so, als ob außer uns beiden irgendjemand unser Geschmier zu Gesicht bekommt.«

»Doch, natürlich. Ich gebe das alles morgen früh dem Polizeibeamten. Er hat gesagt, wenn ich Informationen habe, soll ich sie ihm bringen.«

Die beiden Frauen starrten einander an.

---

* Harriet: Das ist so vage, das können wir erst mal streichen.
Mala: Vielleicht hat er bei einem seiner früheren Besuche plötzlich bei jemandem im Schlafzimmer gestanden oder etwas noch Unverzeihlicheres getan. Dann könnte Rache Melanies Motiv sein, ihn nicht nur einzuladen, sondern auch umzubringen.
Harriet: Aber Melanie war nach allem, was wir gehört haben, nie zur gleichen Zeit auf dem Mauerhof wie er.
Mala: Aber vielleicht jemand, der Melanie nahestand?

»Du bist verrückt«, erklärte Mala dann. »Du glaubst doch nicht im Ernst, dass das die Polizei interessiert oder ihr weiterhilft, das Verbrechen aufzuklären!«

Harriet runzelte unzufrieden die Stirn. »Was meinst du, warum wir das hier tun?«

»Na, jedenfalls nicht, um uns lächerlich zu machen.«

Harriet rieb sich nervös die Hände und blickte am Haus vorbei. Von ihrem Platz aus konnte man den Campingbus nicht sehen, nur das Haus, den Grünstreifen rechts davon und die Mauer, die hinter dem Haus noch etwa fünfzig Meter weiterging und dann einfach aufhörte. An einigen Stellen war sie niedriger als an anderen, weil Steine herausgebrochen waren, und manche Quader waren mit Moos bedeckt, das nach der langen Trockenperiode ausgebleicht war. »Bitte, Mala«, sagte sie, nachdem sie eine Weile geschwiegen hatten. »Ich beginne, mir ernsthafte Sorgen um Ed zu machen. Er ist seit über vierundzwanzig Stunden verschwunden, sein Handy ist nicht an, und zuletzt wurde er an einem Ort gesehen, an dem kurz darauf jemand mit schwerer Kopfverletzung abtransportiert wurde. Es ist mir egal, ob der Kriminalbeamte mich auslacht. Wenn es die Chance gibt, dass wir irgendetwas beitragen können, werde ich sie nutzen. Und wenn es sonst nichts bringt, gibt es mir zumindest etwas zu tun. Ich kann nicht einfach nur herumsitzen und mich fragen, ob ihm etwas zugestoßen ist.«

Mala seufzte tief. »Wenn wir das gescheit machen wollen, sind wir die halbe Nacht beschäftigt. Aber okay, von mir aus. Wir müssen aber dann auch versuchen, Antworten aus den anderen rauszukriegen. Sehen, was wir noch an echten Informationen finden können. Und …« Sie musste bemerkt haben, dass sie trotz ihrer Proteste ziemlich eifrig klang, denn sie unterbrach sich, verschränkte die Arme vor der Brust und sah Harriet fordernd an. »Na schön, ich bin dabei, aber dann machen wir es richtig. Und fangen damit an, ehrlich zueinander zu sein – und zu uns selbst.

Warum bist du wirklich nach Deutschland gekommen, Hattie?« Als Harriet sie verständnislos ansah, fuhr sie fort: »Ich meine, ja, du hast dir Sorgen um Edmund gemacht. Aber warum? Er ist ein erwachsener Mann. Selbst, wenn er vorgehabt hätte, mit Melanie wieder was anzufangen – was geht es dich an?«

Harriet öffnete den Mund, schloss ihn wieder und versuchte, sich über ihre eigenen Motive klar zu werden. »Er war erratisch in letzter Zeit«, sagte sie langsam. »Wir wohnen in derselben Stadt, sehen uns oft und kommunizieren fast täglich. Ed ist mehr wie ein Bruder als wie ein Onkel. Er ist immer ein bisschen … ich weiß nicht … ein Freigeist gewesen, einer, der nicht so ganz ins System passt. Aber jetzt trinkt er mehr als sonst, beantwortet Nachrichten nicht, und ich habe das Gefühl, dass er ein ›loose cannon‹ ist – kennst du den Ausdruck? Einer, der wie ein Feuerwerk in irgendeine Richtung losgehen könnte, und man weiß nicht, wann oder wie?«

Mala verzog den Mund. »Das beantwortet zumindest die Frage, warum Edmund zum Mauerhof gekommen ist. Es ist eine seiner erratischen Entscheidungen, die alles Mögliche oder gar nichts bedeuten könnten.« Sie warf Harriet einen sehr scharfen Blick zu. »Denkst du, dass er ein Alkoholproblem hat?«

Harriet zuckte die Schultern. »Nicht unbedingt. Ich denke, solange er mit sich selbst halbwegs im Reinen ist, hat er das auch im Griff. Nur – wenn er sich nicht wieder fängt, könnte es zu einem Problem werden.«

»Das schließt natürlich nicht aus, dass er gegen Kern gewalttätig geworden ist«, sagte Mala.

In der Tat, dachte Harriet grimmig. Es würde sogar plausibler klingen, falls jemand sich auf Edmund als Täter einschoss: ein plötzlicher Gewaltausbruch gegen den Ehemann einer attraktiven Frau, die von ihm – noch dazu vor Zeugen – schlecht behandelt worden war.

Mala beobachtete sie und sagte dann: »Und jetzt erzähle mir, was du noch über die Ereignisse gestern weißt. Ich weiß, dass du mir etwas verschwiegen hast. Vermutlich etwas, das Edmund noch verdächtiger erscheinen lässt.«

Harriet blickte um sich, um einen Moment Zeit zu gewinnen. Der Himmel hatte sich zugezogen – waren das Regenwolken? Es war nicht mehr ganz so warm wie zuvor, dafür aber drückender. »Ich glaube, es wird ein Gewitter geben«, murmelte sie.

»Höchste Zeit für Regen«, erwiderte Mala. »Ich checke nicht, wie die Leute immer noch von einem tollen Sommer schwadronieren können, während hier alles vertrocknet.« Sie richtete ihren Blick wieder auf Harriet. »Also?«

»Ich hatte es tatsächlich erst vergessen«, sagte Harriet. »Und ja, als es mir mitten in der Nacht wieder eingefallen ist, bin ich so erschrocken, was für Schlüsse die Leute daraus ziehen könnten, dass ich es nicht erzählt habe. Du weißt, dass ich gestern irgendwann nach dem Mittagessen, bevor wir beide ins Dorf gegangen sind, zum Klavierzimmer bin? Claire hat dort gespielt, dann brach die Musik ab. Und als ich reinkam, war der Raum leer, aber das Fenster war offen, und es war ganz klar, dass sie da rausgestiegen war. Ich bin zum Fenster, aber das geht ja nach links raus; da ist nicht viel zu sehen außer dem Holzschuppen. Also bin ich noch mal ums Haus rum, weil ich mich gefragt habe, wo sie hingegangen sein könnte, doch sie war nicht zu entdecken. Aber Kern lief durch den Garten, Richtung Campingbus.«

Mala starrte sie an. »Und das kam dir nicht komisch vor?«

Harriet zuckte die Schultern. »Zu dem Zeitpunkt wusste ich noch nicht, dass es von Interesse sein könnte, was Kern machte. Und wir beide waren kurz vorher im Camper gewesen, also war mir klar, dass Edmund nicht dort war. Kern lief ja schon den ganzen Tag umher und steckte seine Nase überall rein, da dachte ich mir nicht allzu viel dabei.« Als sie Malas starres Gesicht sah, legte sie ihr die Hand auf den Arm. »Oh nein, tut mir leid! Ich hatte einen Moment vergessen, dass … was du mir vorhin erzählt hast. Ich wollte dich nicht wieder daran erinnern.«

»Nein, nein, lass mal«, antwortete Mala abwesend. »Das ist jetzt gerade egal. Oder vielmehr passt alles zusammen: Kern hat überall herumgeschnüffelt, in meinem Zimmer, im Rest des Hauses, klar ist der auch zum Campingbus gegangen.«

»Dann muss er die Schüssel mit dem Gulasch dort auf den Tisch gestellt haben«, sinnierte Harriet. »Er war eine von zwei Personen, die nicht wussten, dass Ed Vegetarier ist. Aber warum wollte er ihm etwas zu essen bringen? Als Friedensgeste nach dem Streit?«

»Als Friedensgeste? Kern?!«, prustete Mala. »Hattie, ich dachte, du hättest den Mann mittlerweile durchschaut. Nein, das Mittagessen war eine ganz andere Art von Entschuldigung – nämlich eine Erklärung, warum er zum Bus ging, für den Fall, dass Edmund sich wider Erwarten doch darin aufhielt. Kern schaut sich offenbar nicht einfach nur um. Er sucht etwas.«

Harriet riss die Augen auf. »Hast du gehört, was Melanie Sigi vorhin vorgeworfen hat? Dass er in ihrem Büro war? Aber wann soll das gewesen sein? Wenn aufgefallen ist, dass sich Sigi im Haus aufhielt, während alle anderen woanders waren, muss das am Samstagabend am Lagerfeuer gewesen sein. Aber da …«

»Ja, das war zu der Zeit, als Claire auftauchte. Kern kam erst eine gute halbe Stunde später. Er hat sogar gesagt, dass er ihre Sachen ins Haus gebracht hat.«

»Aber was kann Sigi dort gesucht haben?«, fragte sich Harriet.

Mala dachte nach, und dann stützte sie plötzlich den Kopf in die Hände. »Oh mein Gott, ich glaube, ich weiß es! Ich denke, dass Kern nach dem legendären Beuys gesucht hat.«

Verschiedene Beiträge aus dem Gästebuch des Mauerhofs, 1972–1974

Gestern Abend Fete mit sieben, acht anderen Kunststudenten um die Feuerstelle herum. W hatte seine Klampfe dabei, und es wurde gesungen – und gebechert. Was Hannes und Gerald später noch angestellt haben, will ich nicht mal wissen, aber ich habe genug gehört! Jedenfalls danke an Simone und Toto für die Gelegenheit, hier zu wohnen, bis die Alten ein Einsehen haben und mich trotz meiner mannigfaltigen Sünden wieder bei sich aufnehmen – falls das jemals passiert.

Ob ich mich für die trunkene Bemalung der Tür oben entschuldigen soll, weiß ich nicht. Eventuell werde ich eines Tages so berühmt, daß ihr mir dankbar sein werdet, ein Werk von mir im Haus zu haben.

Bernd

Ihr lebt ein echtes Künstlerleben, Moni und Toto, ohne Rücksicht auf verstaubte Konventionen! Danke für eure unkomplizierte Gastfreundschaft. Falls der Verfassungsschutz mal wieder vor der Tür auftauchen sollte, sagt ihnen, wohin sie ihre antiquierten Vorstellungen stecken können.

Auf bald, Sadé

Simone, ich liebe dich! Mach dich doch endlich mal ganz frei von der bourgeoisen Gehirnwäsche! Du hast schon den Vater deines Kindes verlassen, jetzt gib dem lahmen Toto auch noch den Laufpaß und komm zu mir! Liebe ohne Gewalt gibt es nur unter Frauen! Wenn du ihn aber noch für irgendwas brauchst, soll es mir recht sein; notfalls nehme ich euch auch beide.

Am besten laß ihn aber auf dem krümelnden Mauerhof sitzen und komm mit mir in die echte Welt hinaus. Du könntest dich ja mal ein bißchen anstrengen, das Bild zu finden, das Beuys hier zurückgelassen haben soll! Mit dem Geld dafür könnten wir wer weiß wie weit kommen. Komm komm komm komm zu mir, Simone! Ansonsten sehen wir uns nächstes Jahr wieder in der Küche.

So, hier Fritzi Gestner noch mal zum Abschied: Während alle hier in die Zukunft blicken, habe ich bei euch einen Blick zurück geworfen. Was ihr mir über den Urheber des Wandbilds erzählt habt, hat mich sehr berührt. Dieser Mann hätte ein Künstler sein können, stattdessen hat ihn der Krieg kaputtgemacht. Und dann gleich der nächste Krieg mit den Nachbarn. Kein Wunder, daß er zurück nach England gegangen ist. Falls ihr eine Adresse oder Telefonnummer von ihm habt oder auftreiben könnt, gebt sie mir bitte weiter. In der Zwischenzeit habe ich mir überlegt, Pascoes Hund ein Denkmal zu setzen. Was haltet ihr davon – vielleicht eine lebensgroße Statue für die Stelle an der Straße oben, wo man über die Kuppe kommt?

Dazu bräuchte ich aber noch mal eure Scheune, wenn die wieder frei zum Arbeiten ist. Ihr könnt also demnächst wieder mit mir rechnen.

Gestern stundenlang über die Welt (ohne Gott) diskutiert. Großartige Leute hier, danke, Toto! Allerdings bin ich mir nicht sicher, ob der schweigsame Typ, der im Zimmer oben wohnt, ganz richtig im Kopf ist. Gestern war er in der Küche und hat den Herd eingeschürt und ausnahmsweise mal geredet, aber leider nur darüber, wie wunderbar es wäre, ein richtiges Feuer zu machen. Wenn du meine Meinung hören willst, gib ihm keinen Alkohol und erst recht kein Feuerzeug in die Hand. Und wenn doch, dann schick ihn damit in Richtung der Nachbarn, ich bin sicher, der alte Eschberg hat eine tiefbraune Nazi-Vergangenheit, über die natürlich niemand in der Gegend spricht. Klaus.

kunst lebt von der provokation. werft die ganzen konkreten selbsternannten künstler raus und badet in ihrem blut. übermalt wenigstens das unbeschreiblich kitschige wandbild neben dem eingang. was taugt die verherrlichung des militärischen und heroischen in einer zeit in der nur radikaler pazifismus und radikaler individualismus zählen? ich komme wieder und werde euch ein wandbild machen an dem niemand vorbeikommt.

eRamBaniO

Erambanio, was für ein alter Heuchler! Gestern hat er/sie mir erst erzählt, was er/sie alles kaufen würde, wenn er/sie zufällig den legendären Beuys finden würde. Aber ich glaube, das Bild ist nur eine pädagogische Mär, die ihr erzählt, wenn eure Gäste drohen, zu zerstörerisch zu werden. Was lenkt besser ab als eine Schatzsuche? Leider muß ich weiterziehen und schnödes Geld verdienen. Laßt bloß keinen anderen in der Zwischenzeit den Beuys finden, Pascoes Wandbild zerstören oder euch den halben Garten wegklagen! Der Nachbar hat schon wieder behauptet, daß wir hier was angezündet haben, und gedroht, die Polizei zu rufen.

Der Hund ist übrigens fast fertig! Ich vermache ihn dem Mauerhof als Wächter für alle Zeiten! Schade, daß ihr nichts Aktuelles über den alten Pascoe wißt.

Fritzi

Danke für eure Gastfreundschaft, und alles Gute für den Prozeß nächste Woche. Die haben doch keine Chance! Der Hof gehört euch, und ihr könnt auf eurem Grundstück machen, was ihr wollt.

Wobei ich die Mauer stehen lassen würde – wer will schon freie Sicht auf Nachbarn wie die haben?

Eure Tini

Habe eine neue Theorie darüber, wo Beuys das Bild versteckt hat: Ich glaube, er hat es in das Bild vom einsamen Soldaten integriert. Ist euch aufgefallen, daß der Hintergrund an einer Stelle eine andere Farbe hat? Ich bin sicher: Wenn ihr den Pascoe entfernt, werdet ihr den Beuys finden.

Ich komme wieder, wenn Fritzi den Hund aufstellt, gebt mir Bescheid, wenn ihr das genaue Datum wißt! Apropos: Bitte, BITTE laßt Emanuel bei der Gelegenheit nicht wieder den »Hund« auf der Geige spielen. Er mag es moderne Musik nennen, ich halte es für eine Foltermethode!

Bye, bye, Rafi

Textnachricht von Charlotte Seegruber an ihre Schwester Claire Seegruber, 19.6. um 16.34

Hallo Claire, ich wollte mich nur vergewissern, dass es dir gut geht. Wie ist es gelaufen? Bitte sag mir, dass du bei deinem Entschluss geblieben bist und die Sache durchgezogen hast. Schreib mir, wenn du kannst.

x

E-Mail von Geraldine Brown-Gardiner an Edmund Fenshaw, cc. Harriet Fenshaw, 19.6.

Lieber Mr. Fenshaw,

ich war sehr überrascht über Ihre Mail. Wie interessant, dass Sie in Deutschland auf die Spuren von Joe Pascoe gestoßen sind. Ich musste meine Mutter nach ihm fragen, weil ich selbst nichts über ihn wusste als seinen Namen. Meine Mutter ist diejenige, die all die alten Familiengeschichten kennt und bewahrt, aber sie ist eine große Geschichtenerzählerin, folglich sollten Sie nicht davon ausgehen, dass jede Einzelheit korrekt ist. Nicht, dass Sie jetzt denken, meine Mutter sei geistig nicht mehr gut genug beieinander, um etwas Nützliches beizutragen; sie schmückt nur gerne einmal die Dinge aus, wenn sie ihr sonst zu trocken erscheinen.

Aber machen Sie sich selbst ein Bild. Allzu viele Ausschmückungen gibt es freilich in dieser Geschichte nicht, weil selbst meine Mutter nicht so viel über Joe Pascoe weiß wie über andere Mitglieder der Familie. Wahrscheinlich auch deshalb, weil er eben in Deutschland lebte – mittlerweile muss er natürlich gestorben sein, er ist 1910 geboren, wie wir gerade eruiert haben. Er kämpfte im Zweiten Weltkrieg gegen die Deutschen, aber nach dem Krieg blieb er – erst unfreiwillig, weil er eine Verwundung ausheilen musste, dann freiwillig. In der ersten Zeit hatte er noch regelmäßigen Kontakt zu seiner Familie in England. Nach einigen Jahren heiratete er eine Deutsche und ließ sich mit ihr in Bayern nieder. Es war wohl keine sehr glückliche Ehe. Er hatte den Krieg erlebt, und was er dort gesehen und vielleicht getan hatte, hatte ihn sehr eigen werden lassen. Er sprach nicht viel, weder über seine Erfahrungen noch über sein Leben, und er zog sich stark zurück. Meine Mutter war damals noch sehr jung; sie kannte ihn nur aus Erzählungen und der gelegentlichen Karte oder dem ein oder anderen Anruf an Weihnachten oder am Geburtstag. Sie sagt, dass er ihr einmal, als sie vielleicht zwölf oder dreizehn war, eine Zeichnung von seinem Haus und Garten geschickt hat. Aber ansonsten war er ein eigenbrötlerischer Onkel, der weit weg war und mit dem sie nichts zu tun hatte. Ja, und das ist eigentlich schon alles, was ich Ihnen erzählen kann, denn viel mehr wusste auch meine Mutter nicht.

Sie haben sie allerdings jetzt in Gang gesetzt, und sie hat sich bereits eine Schachtel mit alten Briefen und Karten herausgekramt in der Hoffnung, noch etwas zu erfahren. Vielleicht findet sie ja sogar die Zeichnung wieder; was Sie von dem Wandgemälde in dem alten Haus erzählt haben, hat sie berührt.

Ich setze Ihre Nichte in cc, wie Sie gebeten haben. Interessiert sie sich ebenfalls für die Geschichte des Hauses?

Schreiben Sie mir ruhig wieder, wenn Sie noch etwas Wissenswertes erfahren. Ansonsten verbleibe ich

mit freundlichen Grüßen

Geraldine Brown-Gardiner

Mala

Also, Melanies Sachen zu durchstöbern war natürlich nicht die feine englische Art, und ich hätte es auch auf jeden Fall vermieden, wenn Harriet mich nicht dazu gebracht hätte, mit ihr zusammen diesen Bericht zu schreiben, und wenn wir nicht so viele Fragen gehabt hätten, die unbedingt beantwortet werden wollten. Ich gebe hundertprozentig ihr die Schuld. Wohl habe ich mich dabei nicht gefühlt. Okay, ich habe eh eine Menge von Melanie mitbekommen, vielleicht auch Sachen, von denen sie gar nicht unbedingt wollte, dass ich sie mitkriege. Das kommt vor, wenn man viel Zeit im selben Haus verbringt. Zum Beispiel habe ich gehört, was der Arzt auf den Anrufbeantworter gesprochen hat, und dadurch wusste ich überhaupt erst, dass Melanie sich Sorgen um ihre Gesundheit gemacht hatte. Ich habe sie darauf angesprochen, aber sie hat gesagt, dass es sich als falscher Alarm herausgestellt hat. Und ich hatte ja nicht vor, ihre ganz privaten Sachen zu durchwühlen – dass es am Ende dazu kam, war echt nicht geplant gewesen –, sondern die halbprivaten Sachen. Denn davon gibt es viele auf dem Mauerhof. Die alten Gästebücher, die eine Art antikes Facebook sind: voller Statusmeldungen und

Kommentare. Man erfährt ne Menge darüber, wie die damals gelebt haben. Manche haben auch was reingezeichnet, Karikaturen hinterlassen. Der Streit mit den Nachbarn zieht sich durch – erst Pascoe, dann Melanies Mutter, und von der hat Melanie dann den ganzen Stress geerbt. Ich frage mich, ob Kern auch in eines der Gästebücher geschrieben hat, aber noch habe ich nichts entdeckt.

Dafür habe ich was anderes gefunden, und das war nicht in den Büchern: Claire.

Ich hatte die ganze Zeit das Gefühl, dass ich ihr Gesicht kenne, aber ich kam nicht drauf, woher. Ich dachte, sie würde mich an jemanden erinnern, eine Schauspielerin oder YouTuberin vielleicht. Und dann bin ich über sie gestolpert, und zwar wortwörtlich. Ich war nämlich in Melanies Büro – das war kein Vertrauensbruch, Melanie erlaubt mir, da reinzugehen, und manchmal helfe ich ihr mit dem Papierkram, als Dank, dass ich hier wohnen kann. Ganz hinten gibt es einen Ordner, in dem der Streit mit der Familie Eschberg dokumentiert ist, und da wollte ich reinschauen, als ich plötzlich über etwas stolperte, was da noch nicht lange stand, nämlich ein gerahmtes Bild. Mit der Vorderseite zur Wand. Sobald ich einen Blick darauf geworfen hatte, wusste ich, warum mir Claires Gesicht bekannt vorgekommen war. Weil sie auf dem Bild ist und ich das Bild schon ungefähr hundert Mal gesehen hatte. Bis vor Kurzem hat es in der Scheune gehangen. Es ist eine von Melanies älteren Arbeiten, ihr Stil ist erkennbar, aber doch etwas anders als heute. Ich habe es nie richtig registriert, es ist nichts Besonderes, einfach eines von vielen, vielen Bildern hier, aber wenn man sie einmal gesehen hat, erkennt man, dass es Claire ist. Man sieht ihr Gesicht umrahmt von einem Steinbogen, vielleicht einem Fenster in einem Schloss oder einem Turm, und davor ein paar Zweige und rankende Blumen. Sehr traditionell, sehr schlicht. Nichts, was Melanie in ihrer Ausstellung zeigen würde. Aber deshalb hat sie es nicht abgenommen und mit der Vorderseite zur Wand in ihrem Büro versteckt. In der Scheune hängen andere Bilder, die auch älter sind; manche sind nicht mal von ihr, und die hat sie nicht entfernt.

Dann beschloss ich etwas ziemlich Dummes, nämlich herauszufinden, woher Melanie Claire kannte und warum sie nicht wollte, dass jemand etwas davon wusste.

Und dann wollte ich Harriet triumphierend beweisen, dass ich recht gehabt hatte.

Was ich tatsächlich erreichte, war auf der Skala möglicher Desaster ungefähr auf einer Stufe mit einem Zwischenfall im Atomreaktor. Also, natürlich nicht auf globaler Ebene, aber auf meiner persönlichen.

Anruf auf dem Festnetztelefon des Mauerhofs am 19.6. um 18.22

Melanie: Mauerhof, guten Tag.

Anruferin: Hallo, ist das der Anschluss von Melanie Gruber?

Melanie: Ja, ich bin Melanie Gruber. Worum geht es?

Anruferin: Ich interessiere mich für die Ausstellung. »Schuld und Stühle«, richtig? Die ist doch am Wochenende eröffnet worden, nicht wahr?

Melanie: Das war der Plan, aber die Eröffnung musste verschoben werden. Sobald es einen neuen Termin gibt, mache ich das auf meiner Website bekannt.

Anruferin: Oh. Das ist aber schade. Ich hatte so viel Interessantes darüber gelesen. Es muss für Sie auch enttäuschend gewesen sein, dass Ihre Gäste nicht kommen konnten. Was ist denn dazwischengekommen?

Melanie: Sagen Sie, sind Sie von der Presse? Was gehen Sie meine Gäste an? Ich habe Ihnen nichts zu sagen.
Anruferin: Bitte, können Sie mir nur sagen, ob …
Melanie: Nein, kann ich nicht. Guten Tag!

Harriet

Es war seltsam, E-Mails zu lesen, die an Edmund gerichtet waren, der seinerseits nicht zu erreichen war. Warum hatte er sie ins cc setzen lassen, ohne ihr etwas davon zu sagen? Was hatte ihn an der Pascoe-Geschichte so interessiert, dass er sich die Mühe gemacht hatte, Verwandte von ihm ausfindig zu machen? Und warum war er wie vom Erdboden verschluckt? Hätte die Polizei ihn nicht mittlerweile ausfindig machen müssen, ausgeschaltetes Handy hin oder her? Am Morgen hatte Niedergesäß ihr noch zu verstehen gegeben, dass er Edmund finden wollte, aber seither schien nichts geschehen zu sein. War das die berühmte Effizienz der deutschen Beamten? Mittlerweile wäre sie beinahe froh gewesen, wenn die Polizisten Edmund in Handschellen vorgeführt hätten. Seine Unschuld konnten sie dann immer noch beweisen, und zumindest hätte sie so gewusst, wo er war und dass es ihm gut ging. Nun, wünschen würde sie nicht weiterbringen, und vor dem nächsten Tag konnte sie auch nichts weiter unternehmen, also beschloss sie, Edmunds Frage nach der Geschichte des Hauses weiterzuverfolgen. Spuren fanden sich überall – in den alten Gästebüchern, in Wandkästen hinter Glas, in gerahmten Fotos und natürlich in Gemälden an den Wänden und Türen. Es hatte eine Weile gedauert, bis sie ein Bild von Pascoe gefunden hatte, aber schließlich entdeckte sie eines, bei dem sie sicher war, dass es sich um den Engländer handelte, denn es zeigte ihn in Uniform vor dem Mauerhof, der zu dem Zeitpunkt noch keine Mauer gehabt hatte.

»Was machst du da?« Claire war die Treppe in den ersten Stock heraufgekommen und hatte Harriet, die den Bilderrahmen mit den Fotos und Textausschnitten von der Wand genommen hatte, im Schneidersitz auf dem Dielenboden hockend vorgefunden.

»Einen Blick in die Vergangenheit werfen«, antwortete Harriet. »Hier, schau, das ist Joe Pascoe irgendwann in den späten Vierzigern oder frühen Fünfzigern.«

Claire musterte das Gesicht des Offiziers. »Verschlossen«, kommentierte sie. »Er sieht aus, als ob er nichts preisgibt von sich. Aber ich hatte gedacht, dass er viel verbitterter aussah.«

»Da sind noch mehr Fotos. Irgendjemand hat sich viel Mühe gemacht, alte Bilder und Texte zu sammeln und hier im Haus zu präsentieren. Sogar im Badezimmer. Geordnet sind sie allerdings nicht. Aber hier ist Pascoe wieder – jetzt, wo ich weiß, wie er aussah, ist es natürlich leichter, ihn zu erkennen. Und das muss der Hund sein, den er später immer um sich hatte.«

»Ein Wachhund, eine Mauer, ein unversöhnlicher Streit mit den Nachbarn – ich frage mich, was ihn dazu gebracht hat, sich von allen abzuschotten.« Claire sah selbst verschlossen aus, während sie das sagte – verschlossen und distanziert.

»Hast du Nachrichten von den Ärzten?«, fragte Harriet abrupt. »Wie geht es deinem Mann?« Claires Miene wurde, sofern das überhaupt möglich war, noch unzugänglicher. »Nichts Neues«, antwortete sie tonlos. »Er atmet. Er lebt. Keiner scheint zu wissen, was zu erwarten ist. Aber die nächsten achtundvierzig Stunden werden entscheidend sein.«

»Du musst dir wünschen, nie hierhergekommen zu sein«, vermutete Harriet. »All das wäre nicht passiert, wenn …« Sie wusste nicht, was sie noch sagen sollte. »Die Ärzte heute können so viel bewirken«, sagte sie schließlich. »Vielleicht wird alles gut werden.«

Claire sah sie mit einem vernichtenden Blick an. »Etwas Besseres fällt dir nicht ein? Mein Mann kämpft um sein Leben, weil jemand ihm einen Stein oder was auch immer auf den Kopf gehauen hat, mit so viel Kraft, dass ihm die Schädeldecke eingeschlagen wurde. Hier verdächtigt jeder jeden des Mordes oder versuchten Mordes, es herrschen Misstrauen und Ungewissheit, und alles, was dir einfällt, ist, dass schon alles gut werden wird?«

Harriet hätte sich gerne verteidigt, aber sie wusste, dass Claire recht hatte. »Tut mir leid«, sagte sie zerknirscht. »Es ist sehr schwer, das Richtige zu sagen. Das heißt nicht, dass ich nicht mit dir mitfühle. Mir fehlen nur die passenden Worte.« Ihr Blick fiel auf das zweite Bild von Joe Pascoe. Es war ebenfalls vor dem Mauerhof aufgenommen worden, aber Pascoe trug nun zivile Kleidung, und neben ihm stand ein großer, schwerer Hund, der konzentriert und wachsam in die Kamera zu schauen schien. Im Hintergrund war die Mauer zu sehen, die er zwischen sich und seine Nachbarn gebaut hatte, weil er ihre Nähe nicht ertragen konnte. Es war derselbe Mann, der seiner Nichte eine Zeichnung vom Hof geschickt und das Bild vom einsamen Soldaten an die Hauswand gemalt hatte. Es war ein Mann, der ein Rätsel blieb.

Claire sah Harriet mit einem kalten, klaren Blick an. »Du kannst mitfühlen mit mir? Wirklich? Du glaubst, du weißt, wie sich das anfühlt, einen Mann zu haben, der im Koma liegt und vielleicht nie wieder aufwacht?«

»Ich glaube, ich weiß, wie es sich anfühlt, wenn man Angst hat, einen Menschen zu verlieren, den man liebt.«

Claire nahm ihr das Foto aus der Hand. »Glaubst du, dass Pascoes Frau ihn geliebt hat? Und er sie? Oder konnte er nicht mehr lieben, nach allem, was er im Krieg erlebt hatte? Wann zerstören die Erfahrungen, die wir machen, unsere Fähigkeit, jemanden zu lieben?«

Harriet war sich nicht sicher, worauf Claire hinauswollte oder ob sie lediglich das Thema zu wechseln versuchte. »Fürchtest du, dass dein Mann, wenn er aufwacht, nicht mehr …« Ihre eigenen

Gedanken blieben an der Vorstellung hängen. Schädel-Hirn-Trauma. Koma. Bleibende Schäden. Eine gebrochene oder verminderte Persönlichkeit. Ängste aus der untersten Albtraumkiste.

Claire stand abrupt auf und rieb sich an ihrer Hose den Staub des alten Bildes von den Händen. Sie sah Harriet nicht an, als sie antwortete: »Ob ich fürchte, dass er nicht mehr er selbst ist? So weit habe ich noch nicht gedacht.« Sie verschränkte die Arme vor der Brust. »Ich liebe Renatus«, sagte sie sehr leise. »Aber ich will nicht, dass er je wieder aufwacht.«

Samuel

Meine Frau Bianca hatte nichts von ihrem Termin bei Tina erzählt, und ich wusste nicht, ob das ein gutes oder ein schlechtes Zeichen war. Immerhin war sie hingegangen, so viel hatte sie am Telefon erwähnt. Aber eben auch, dass ihre Kopfschmerzen schlimmer geworden waren, und das beunruhigte mich, auch wenn es mir wenigstens ermöglichte, das Gespräch kurz zu halten. Ich versprach zurückzukommen, falls es ihr schlechter gehen sollte; ansonsten würde ich noch die Gespräche über das gemeinsame Projekt mit Thomas und Eike weiterführen, bis wir die Details in trockenen Tüchern hätten.

Ich war froh, als sie sich verabschiedete und auflegte.

Bianca und ich kennen uns seit sechzehn Jahren. Wir waren damals beide Mitte dreißig und arbeiteten für Fischer und Co, sie im Kreativbereich, ich in der Kundenakquise, als wir zusammenkamen. Ich habe sie vom ersten Tag an bewundert, aber da war immer dieses Fragile in ihr, die Migräneattacken, die Phasen, in denen sie so entmutigt und niedergeschlagen war, dass sie an allem zweifelte, und »alles« schloss mich und unsere Beziehung ein. Es gab, glaube ich, kein Projekt und keinen Kunden, für die ich so gekämpft habe wie für Bianca. Weil ich von Anfang an wusste, dass sie es wert war.

Natürlich hatte ich früher einmal geglaubt, dass Melanie diejenige sei, mit der ich mein Leben verbringen würde. Und sie wäre es auch wert gewesen, sie ist eine großartige Frau. Damals, als wir zusammen waren, ganz am Ende unserer Schulzeit und in den ersten Jahren unseres Studiums, erschien sie mir so stark, als ob nichts sie aus der Bahn werfen könnte. Männer, die ihr mit ihren überholten Vorstellungen von Männlichkeit im Weg standen, hat sie nicht einmal bekämpft; sie hat sie einfach umgepflügt. Dass sie später Sigi geheiratet hat, da war sie auch schon über dreißig, habe ich nie wirklich verstanden, aber wir haben in der Zeit auch nicht viel Kontakt gehabt, und man muss sich ja nur mal umsehen: Bei der Hälfte aller Paare, die ich kenne, frage ich mich, was sie jemals zusammengebracht hat. Doch soweit ich das beurteilen kann, hat diese Ehe bei ihr erstaunlich wenig Spuren hinterlassen. Als ob die zehn Jahre mit ihm eine Episode gewesen wären, die nichts an dem geändert hat, was Melanie ist. Aber jetzt, auf dem Mauerhof, mit den Menschen, die sie eingeladen hat, und mit der Tragödie, die hier passiert ist, kommt es mir vor, als ob sie auch etwas Zerbrechliches herumträgt – oder etwas, das zerbrochen ist. Ist es etwas, was das Leben mit ihr gemacht hat, oder war es schon immer da, und ich habe es nicht gesehen?

»Darf ich dich was fragen?«, sagte sie, als sie vorhin aus der Scheune kam und mich im Garten sah.

»Sicher«, antwortete ich.

»Was hast du von Kern gehalten?«

Ich zuckte vor der Frage zurück. »Was soll ich sagen, Melanie? Du warst dabei: Er war – ist – ein … die Art und Weise, wie er mit seiner Frau gesprochen hat. Er ist …«

»Ein Arschloch?«, fragte sie derb zurück.

»Melanie! Er ist Opfer eines Verbrechens geworden. Spielt es eine Rolle, was er war?«

Sie hatte einen langen Grashalm abgerissen und drehte ihn in den Fingern. Das Licht, das über die Felder fiel, war weich und bronzefarben. Selbst der längste Junitag geht irgendwann zu Ende. »Natürlich spielt es eine Rolle«, antwortete sie rau. »Schon allein, um zu verstehen, warum das jemand getan haben könnte.«

Ich fragte mich, ob sie an Edmund dachte. Und ob er mit dieser Fragilität zu tun hatte, die ich bei Melanie von früher nicht kannte.

»Darf ich dich auch etwas fragen?«, erkundigte ich mich vorsichtig.

Sie zog die Brauen hoch, was ich als *Ja* interpretierte.

»Bist du krank? Hast du uns deshalb eingeladen? Um noch einmal mit den Menschen aus deiner Vergangenheit zu reden und vielleicht ins Reine zu kommen, wo es nötig ist?«

Sie setzte sich Richtung Haus in Bewegung und bedeutete mir zu folgen, schwieg aber so lange, dass ich schon keine Antwort mehr erwartete.

»Ja«, sagte sie dann unvermittelt. »Ja, das ist der Grund.« Früher, als wir noch zusammen gewesen waren, hätte ich gewusst, ob sie die Wahrheit sagte, aber jetzt war ich mir nicht sicher. »Komm mit in die Küche, ich mach dir einen Drink«, sagte sie, während wir die Stufen zum Eingang hinaufstiegen. Ihr Blick schweifte über die Türen im Erdgeschoss: die zur Küche direkt vor uns war wie immer offen, die zum Klavierzimmer, wo Claire am Nachmittag gespielt hatte, war geschlossen, und die Tür, die zu ihrem kleinen Büro führte, stand halb offen. Ich musste daran denken, was sie Sigi zuvor an den Kopf geworfen hatte: dass er ihre Sachen durchsucht hätte. Ihre Gedanken schienen in eine ähnliche Richtung zu gehen, denn eine tiefe Falte erschien auf ihrer Stirn, und sie blieb einen Moment lang lauschend stehen.

Wir hörten das Geräusch beide: Jemand bewegte sich in dem Büro.

Melanie nahm die Steinstufen in zwei großen Schritten und riss die Tür ganz auf. Ich sah nur ihren Rücken, aber sogar der war steif vor Überraschung und Wut.

»Was zum Teufel machst du da?«, schrie sie und trat in das Büro.

Ich folgte ihr und sah Mala, die in einem Wust von Papieren auf dem Boden saß und erschreckt aufblickte wie ein Kind, das bei etwas Verbotenem erwischt worden ist. Melanie bebte vor Zorn. »Das sind meine privaten Sachen! Wie kommst du …«

Mala stand sehr vorsichtig auf. Ich konnte verstehen, warum. Ich hatte Melanie erst ein- oder zweimal so außer sich vor Wut erlebt. Die junge Frau legte ein kleines Bündel Papiere, das sie in der Hand gehalten hatte, auf den Schreibtisch, langsam, als strecke sie einem halbwilden Tier die Finger hin. »Ich wollte nur – ich habe mich gefragt …« Ihr Blick glitt in die Ecke, wo ein gerahmtes Bild stand, doch Melanie trat einen Schritt vor, sodass ich es nicht genauer sehen konnte.

Ihr Gesicht war weiß.

Einen Moment lang standen wir alle drei da. Dann blickte Melanie auf und sah Mala direkt in die Augen.

»Du gehst jetzt besser«, sagte sie kalt. »Geh nach Hause zu deinen Eltern und komm nicht wieder.«

Mala machte einen Schritt nach vorn, ohne etwas zu sagen, aber als sie direkt vor Melanie stand, sah sie sie an und fragte leise: »Soll ich nie wieder kommen?«

Ich weiß nicht, was für eine Antwort Mala in ihrem Gesicht sah. Für mich war sehr deutlich, dass Melanie die Antwort selbst nicht wusste. Aber sie sagte nichts, sondern trat zur Seite, um die Tür freizugeben.

Mala ging langsam hinaus.

Aus dem Obergeschoss waren eilige Schritte zu hören: Harriet, gefolgt von Claire. Die beiden hatten die Auseinandersetzung offensichtlich mitbekommen.

»Ich hole nur ein paar Sachen«, sagte Mala. »*Meine* Sachen«, fügte sie erklärend hinzu. »Ich bin gleich weg.« Sie ging langsam zur Treppe, als ob sie halb erwartete, dass Melanie sie zurückrufen und ihr sagen würde, dass sie es sich anders überlegt hatte, aber die wandte sich ab. Mit verschränkten Armen ging sie in die Ecke ihres Büros und ergriff das Bild, das dort an der Wand lehnte. Sie hob es auf und legte es mit der Vorderseite nach unten auf ihren Schreibtisch. Dann bückte sie sich, um die Papiere aufzuheben, die Mala um sich herum verteilt hatte.

Als sie sich wieder aufrichtete, traf ihr Blick Claire, die sie forschend musterte.

»Niemand hat das Recht, in meinem Privatleben herumzustochern«, sagte sie heftig, wie in Antwort auf etwas, das niemand gesagt hatte.

Claire lachte bitter auf.

Brief von Melanie Gruber an Claire Seegruber, Dezember 1999

Claire,

ich weiß, dass ich alles falsch gemacht habe, was in dieser Situation falsch zu machen war. Ich weiß, dass es keine Entschuldigung gibt. Ich hätte da sein und alles tun müssen, um Dir zu helfen, und jetzt bist Du weg, und ich kann Dich nicht erreichen und weiß nicht einmal, ob Du Dich selbst gerettet hast. Ich muss es hoffen. Oder dass jemand anderes da war, um Dich zu erlösen. Ich weiß, das sind starke Worte, als ob ich Dich für eine Prinzessin in einem Turm halten würde, die einen Prinzen oder eine

Amazone braucht, um sie da rauszuholen. Aber genauso fühlt es sich an. Du warst so verzweifelt einsam und in Not, und ich habe Dich im Stich gelassen. Jetzt ist es zu spät, jetzt hast Du Dich entweder befreit oder … an das »Oder« will ich nicht denken. Bitte, sag mir, ~~dass es Dir gut~~ dass Du nicht mehr in diesem verdammten Turm sitzt ~~und dass Du Dich nicht aus dem metaphorischen Fenster gestürzt hast~~,

Keine Entschuldigung, wie ich schon sagte. Es gibt keine. Aber ein Wort, damit ich weiß … Das ist kein richtiger Brief, aber ich kann ihn nicht noch einmal schreiben, weil er dann auch nicht besser aussähe. Weil ich nichts sagen kann, das es besser machen würde. Aber ~~wenn Dir unsere Freundschaft jemals etwas bedeutet hat,~~ jetzt sitze ich im Turm, solange ich nicht weiß, dass Du da heil rausgekommen bist. Ein Wort. Nicht mehr.

Mel

Harriet

Mala ging wie blind an ihr vorbei und die Stufen hinauf zu ihrem Zimmer. Harriet folgte ihr langsam und beunruhigt. »Darf ich reinkommen?«, fragte sie.

Mala drehte sich nicht zu ihr um, zuckte aber die Schultern. »Von mir aus«, murmelte sie.

»Es tut mir leid«, sagte Harriet. »Das ist alles meine Schuld. Wenn ich nicht darauf bestanden hätte, dass wir Dinge herausfinden, wäre das nicht passiert.«

Ein kleiner Teil von ihr hoffte, dass Mala widersprechen würde, aber natürlich tat sie das nicht. »Ich hätte mich um meinen eigenen Kram kümmern sollen«, stieß die Künstlerin hervor. »Aber nein, ich musste mich auf deine verrückte Idee einlassen.« Sie warf scheinbar wahllos ein paar Sachen in einen großen

Rucksack, schlüpfte in eine Oversized-Strickjacke, in der sie schmal und verloren wirkte, und tastete dann ihre Hosentasche ab. »Shit!«, schimpfte sie und zog einen zusammengefalteten Brief hervor. Einen Moment lang starrte sie darauf, dann streckte sie ihn Harriet hin. »Melanie wird nicht mehr mit mir reden wollen«, sagte sie rau. »Gib du ihr den zurück. Ungeöffnet«, fügte sie warnend hinzu.

Harriet nickte. »Ja. Natürlich.« Sie fragte sich, was Mala sich dabei gedacht hatte, einen fremden Brief einfach einzustecken. Lernten die jungen Menschen heute nicht mehr, dass so etwas nicht ging? »Lass mich dich nach Hause begleiten«, sagte sie unvermittelt. Es war Abend geworden, und der Gedanke, dass die junge Frau allein ins Dorf laufen wollte, beunruhigte sie. »Nach allem, was passiert ist …«

Mala winkte ab. »Du denkst, du kannst besser auf mich aufpassen als ich selbst?« Sie legte den Rucksack an und zurrte einen Riemen fest. Dann drehte sie sich noch einmal um, nahm einen Stift vom Tisch unter dem Fenster und kritzelte ein paar Zahlen auf ein Stück Papier. »Schick mir später eine WhatsApp«, murmelte sie.

Harriet nickte.

Mala polterte die Treppe hinunter und verschwand durch die offene Haustür in die einsetzende Dämmerung.

»Was, denkst du, ist Malas Beziehung zu Melanie?« Claire, die den Abgang ebenfalls verfolgt hatte, trat auf Harriet zu.

»Was meinst du?«

»Genau, was ich sage. Wie stehen die beiden zueinander? Ist Mala ein Projekt? Eine Buße? Eine Art Tochter? Eine Geliebte?«

»Sei nicht albern«, entfuhr es Harriet unwillkürlich.

Claire zuckte die Schultern. »Okay, dann eben: Ist Mala in Melanie verliebt?«

Harriet runzelte die Stirn. Die Frage war nicht so absurd, wie sie gerne geglaubt hätte. Solche Dinge passierten. Manches war harmlos, einseitige Schwärmereien, die sich mit der Zeit verwuchsen. Aber es konnte auch zu unguten Konstellationen kommen. Wie konnte Macht keine Rolle spielen in einer Beziehung, die per se ein Machtgefälle beinhaltete? Es stimmte: Mala hatte empfindlich reagiert, wann immer jemand Melanie ihrer Meinung nach zu nahegetreten war. Eifersucht und Leidenschaft? Vielleicht. Aber Malas hitzige Persönlichkeit genügte möglicherweise, um ihre Reaktion zu erklären. Harriet beschloss, dass die Frage nicht ohne Weiteres zu beantworten war, und hakte stattdessen nach: »Was meinst du damit, Mala könnte eine Buße sein?«

Claire antwortete ihrerseits nicht, sondern deutete auf den Brief in Harriets Hand. »Was hat Mala dir da gegeben?«

»Der gehört Melanie«, erwiderte Harriet und zog ihre Hand zurück. Ihr Gespräch war wie ein Fechtkampf, bei dem keine der jeweils anderen eine offene Flanke präsentieren wollte. Sie glättete den Briefumschlag, den Mala zusammengefaltet hatte, und bemerkte die Adresse. »Oh«, entfuhr es ihr. Sie sah Claire an, überrascht und verwirrt.

Die streckte die Hand aus. »Darf ich sehen?«, fragte sie und fügte hinzu: »Ich mache ihn nicht auf, keine Angst.«

Harriet reichte ihn ihr. »Er ist an dich adressiert.«

Claire nahm den Brief und warf einen Blick darauf, drehte ihn um und gab ihn mit einem Nicken ohne ein Wort zurück.

Harriet sah sie fragend an. »Er ist frankiert, aber nicht geöffnet.«

»Schon gut. Ich weiß, was da drinsteht.«

Brief von Simone Herrenreuter an Ingrid Pascoe, Mai 1971

Liebe Ingrid,

es muß seltsam für Dich sein, Post vom Mauerhof zu bekommen, nachdem Du so lange dort gewohnt hast. Aber ich kann verstehen, warum Du fort wolltest, und was mich betrifft, ich bin Dir sehr dankbar, daß Du mir die Gelegenheit gegeben hast, den Hof zu kaufen und das daraus zu machen, was mir vorschwebt. Eigentlich hast Du mir die Idee dazu gegeben mit Deinen Gästen, die immer interessanter und kreativer wurden. Und jetzt wird der Mauerhof ein Ort der Kunst sein, an dem jeder willkommen ist, und ich hoffe, Toto und ich werden uns nie langweilen.

Der Hauptgrund für meinen Brief: Die Nachbarn scheinen jetzt eine Abneigung gegen Toto und mich gefaßt zu haben. Nicht nur, daß sie sich über unsere Gäste beschweren, sie drohen uns auch mit gerichtlichen Schritten. Sie behaupten, daß Dein Mann die Mauer auf ihrem Grund gebaut hat und daß ihnen der ganze Streifen links davon gehört, was bedeuten würde, daß das Haus an einer Stelle direkt an der Grundstücksgrenze steht. Aber das kann doch nicht sein, oder? Was meinst Du, wie soll ich mit denen umgehen? Kann man mit ihnen reden?

Deine Simone

Brief von Ingrid Pascoe an Simone Herrenreuter, Mai 1971

Liebe Simone,

ich habe Dir den Mauerhof verkauft, weil ich mich nicht mehr damit beschäftigen möchte. Dieses Kapitel meines Lebens ist abgeschlossen. Du wirst schon Deinen eigenen Weg finden, mit den Nachbarn zurecht zu kommen, wie wir das alle tun müssen.

Deine Ingrid

Chatverlauf zwischen Harriet Fenshaw und Mala Ngomane, Montag, 19.6.

Harriet
Bist du sicher nach Hause gekommen?
Ich kann nur noch mal sagen, dass es mir leidtut. **22.03**

Mala
Was hat Melanie gesagt? Hat sie noch was gesagt? **22.04**

Harriet
Sie ist in ihrem Büro, Mala. Ich glaube nicht, dass sie gerade gestört werden möchte. **22.08**

Harriet
Ich gebe ihr den Brief, sobald sie sich blicken lässt. Aber Claire hat ihn auch gesehen. **22.15**

Mala
Geh zu dem Polizisten und gib ihm alles, was wir haben. Morgen früh. Ich schicke dir die Sachen, die ich habe, als Datei. **22.16**

Mala
Ich hab übrigens auf dem Heimweg den Hund gesehen. Den lebenden, nicht den aus Stein. Er streift hinter der Mauer rum. Melanie denkt, dass er Andreas Eschberg gehört und sie ihn extra frei herumlaufen

lassen, damit niemand sich auf den Pfad ins Dorf traut, aber ich glaube, es muss ein Streuner sein. Außer, es ist der Geist von Pascoes Hund. Hast du gewusst, dass sie den erschossen haben? **22.30**

Harriet
Oh mein Gott, ist alles in Ordnung? Ich hätte dich nicht alleine gehen lassen sollen! Das werde ich morgen bei der Polizei auch sagen! **22.32**

Mala
Was, dass der Geist von Pascoes Hund an der Mauer spukt? ☺ Er hat nichts gemacht, nur zweimal gebellt. Ich habe keine Angst vor Hunden. Menschen sind schlimmer. Hast du überhaupt nicht mit Melanie gesprochen? **22.36**

Harriet
Warum schreibst du ihr nicht? **22.54**

Datei zur Internetrecherche von Mala Ngomane mit Notizen zu den Ergebnissen

Samuel Falk-Steynmaier:

- Facebookseite mit Bildern von Urlaubsorten, teilt Artikel und Veranstaltungen von #BlackLivesMatter, LGBTQI-Seiten, Infos über Psychologie und Traumabewältigung, Politik und Bürgerbewegungen für Rad-Entscheide und so Kram. Fehlen nur noch Empfehlungen für vegane Restaurants und Food-Porn-Fotos! Überhaupt – Facebook?! Sooo 2010!
- Profil bei Xing, whatever!
- Smartersolutions.com: Seine Firma, wahnsinnig dynamisches Foto vom Team (nicht!).

- Verlinkte Artikel über Start-ups für intelligente Alltagslösungen, in denen er erwähnt wird oder an denen er mitgeschrieben hat. (Nee, NICHT die Idee mit den pinken Menstruationshandschuhen ☺)

Dominik Kern:

- Seite der Akademie, Rubrik »Professoren«.
- Garten-des-Ich.de: Internetauftritt mit Vita, Werken, Auszeichnungen, Zitaten, das Übliche halt. Kein Wort darüber, morgens um sechs bei fremden Leuten im Schlafzimmer zu stehen und die Sachen zu durchwühlen!
- Radiobeitrag mit Interview, diverse Zeitungsartikel. LANGWEILIG!
- Wtf?! YouTube-Kanal *Kern-der-Kunst* für Studenten der Akademie darüber, wie man Kunst versteht, interpretiert und kreiert. (Geiler Scheiß! Muss ich mir anschauen, schon um zu sehen, ob in Kerns Kunstgeschichte zufällig auch Frauen und PoC vorkommen!)

Edmund Fenshaw:

- Kingsplayers.co.uk: Internetseite der Theatergruppe, in der er spielt. Wahnsinnig dynamisches Foto (diesmal wirklich)
- Facebookseite (Ich dachte immer, Facebook ist tot!) mit Bildern von Aufführungen, Reisen, Cricketspielen, Freunden, Verwandten und Kater Blob. Foto von ihm mit Harriet und einer Freundin bei der Aufführung von *Shakespeare in Love* (aber dem Bild nach zu urteilen ist es mehr »Freundin in Love«!). Postet kuriose Zeitungsmeldungen, Twitterperlen, kommentiert Artikel über Politik, Bücher, »Rings of Power« und Cricket.
- Lifestylekent.co.uk: Magazin, für das er arbeitet. Podcasts und Artikel über Menschen, die in Kent leben oder von dort

stammen. Die sagen da »brolly« zu einem Regenschirm! Und glauben anscheinend, dass nördlich von London die Eisbären durch die arktische Landschaft streifen.

Sigi Gruber und Isabella Wilhelmsen:

- Siegfried-Gruber-Kunstmanagement.net: Grubers Internetauftritt. Nicht so schlecht gemacht, wie ich dachte, solide und halbwegs modern. Isabella Wilhelmsen prominent als seine Topstar-Super-Künstlerin aufgeführt.
- Artikel über ihn und Isabella in Zeitungen, Magazinen etc.
- Facebook- und Insta-Profile von Isabella mit Bildern von Konzerten, Veranstaltungen, Galas, Restaurants, Gärten, alles sehr professionell und wenig privat.
- Zeitungsartikel über einen Prozess gegen Baufirma des gemeinsamen Hauses.

Bianca Steynmaier:

- Fortysomething-reasons.net: Blog von Bianca und zwei anderen Frauen über Feminismus, Familie, Psychologie und Self-Care. Ne Menge Follower.
- Zeitungsartikel über Shitstorm, den ein Beitrag von Bianca ausgelöst hat; Hinweise auf Beleidigungen, Drohungen und Gewaltfantasien – der ganze Scheiß! Diese alten weißen Männer sind so was von zum Kotzen!
- Facebook, Insta, YouTube-Kanal mit halbprivaten Bildern und Inhalten (beim Backen in einer unordentlich-ordentlichen Küche, bei einer Demo gegen Rechts, romantisches, aber keusches Foto mit Samuel an einem Strand).
- Berichterstattung über einen Preis für ihren Blog.

Claire Seegruber:

Nichts. Keinerlei öffentliche Internetpräsenz.

Ich glaube nicht, dass sich die Geschichte wiederholt. Nicht im Großen und auch nicht im privaten Leben. Dazu verändert sich zu viel, die Menschen, die Umstände, die Gesellschaft. Aber es gibt Muster, die immer wieder durchscheinen. Und als ich Mala sah, wie sie in der Küche saß und malte und Melanie verteidigte, egal, ob jemand Melanie angegriffen hatte oder nicht, war es, als ob ich in einem Musikstück ein Thema wieder hören würde, das mir allzu vertraut vorkam. Mala ist so jung, wie ich damals war, und Melanie ist für sie vielleicht auch ... aber das ist Spekulation. Auch Melanie ist eine andere als damals.

Ich kann immer noch nicht fassen, dass sie mich nach *zwanzig* Jahren ausfindig gemacht hat, indem sie den Kontakt zu Renatus hergestellt hat. Ihre Kalkulation war spot-on, besser hätte sie es nicht hinkriegen können, wenn sie Renatus gekannt und gewusst hätte, wie er tickt. Dass er es absolut wörtlich meinte, als er in dem Interview, das sie gelesen hat, sagte, wir würden überall zusammen hingehen. Dass seine Anwesenheit hier auf dem Hof auch meine bedeuten würde, wenn sie ihn dazu bringen konnte zu kommen. Natürlich hat er die Gelegenheit mit beiden Händen ergriffen. Er hat schon immer zurückkehren wollen; der Mauerhof hat ihn seit Langem fasziniert, und er war fest davon überzeugt, dass das legendäre Bild von Beuys, über das sie immer alle spekuliert haben, wirklich existiert, und dass er es finden würde. Warum er gemeint hat, dass ausgerechnet er ein Recht darauf hätte, kann nur für jemanden ein Rätsel sein, der Renatus nicht kennt. Und Melanie, die das mit dem Beuys natürlich nicht ahnen konnte, hat ihm ganz nebenbei mitgeteilt, dass Sigi Gruber an diesem Wochenende anwesend sein würde, und auch das war geradezu hellsichtig. Der Ehemann von Isabella Wilhelmsen *und* ein einflussreicher (und reicher!) Kunstmanager? Renatus war entschlossen, noch ehe er die Einladung zu Ende gelesen hatte. Und ich musste mit, denn so viel ist wahr: Wo er hingeht, da gehe ich auch hin.

Bis jetzt. Denn jetzt liegt er im Krankenhaus, und ich bin nicht an seiner Seite, wo ich hingehöre. Stattdessen beobachte ich, wie sich die Geschichte *nicht* wiederholt, obwohl es so aussieht.

Ich war so alt wie Mala jetzt, als ich Melanie kennenlernte. So jung, sollte ich sagen. Melanie war zehn Jahre älter und hatte zwanzig Jahre mehr Lebenserfahrung. Sie war stark und kreativ und voller Ideen, und sie ließ nichts, wirklich nichts in ihrem Weg stehen. Heute weiß ich, dass sie gleichzeitig auch wütend und verletzt war, aber das habe ich damals nicht gesehen. Sie war wütend auf ihre Mutter. Es war eine Wut und eine Verletztheit, die sie in ihre Kunst umleitete, und das machte sie so echt und lebendig.

Gerade kommt mir der Gedanke, dass wir uns vielleicht viel ähnlicher sind, als mir bewusst war. Melanie lenkte ihre Wut und Verletztheit in ihre Bilder und Installationen, ich in die Musik. Ihre Mutter hatte sie im Stich gelassen – meine hat mich kontrolliert und versucht, mich in ihre Form zu pressen. Verletzt waren wir beide. Nur dass Melanie viel stärker war als ich und einfach nicht zuließ, dass jemand sie verunsicherte oder bedrohte.

Zumindest bis zu dem Moment, in dem ich auftauchte und für die größtmögliche Verunsicherung und Bedrohung sorgte.

Ja, so langsam begreife ich, warum Melanie so spektakulär versagt hat, als ich sie am meisten gebraucht hätte.

Postkarte von Melanie Herrenreuter an Simone Herrenreuter auf dem Mauerhof, Sommer 1975

Liebe Mama,

viele Grüse aus dem Schwartswald. Papa sagt, du kommst ~~unz~~ uns villeicht besuchen, wenn wir wieder zuhause sint, wenn ich sehr ~~brafv~~ bin. Ich spiele hier mit einem ~~Medchen~~ Mädchen, das eine Eisenbahn hat.

Deine Tochter Melanie

Brief von Simone Herrenreuter, Teil des Nachlasses, am 16.10.2013 durch ihren Notar Oliver Müller an ihre Tochter Melanie Gruber übergeben

Liebe Melanie,

ich weiß, dass ich keine gute Mutter war. Ich kann verstehen, dass Du den Kontakt zu mir abgebrochen hast. Wahrscheinlich würdest Du wieder mit mir reden und sogar zu Besuch kommen, wenn ich Dir von meiner Krebserkrankung erzählen würde, aber ich kann mich selbst nicht dazu durchringen, unsere ganze verkorkste Geschichte noch einmal aufzurollen, also wirst Du diesen Brief lesen, wenn ich nicht mehr am Leben bin. Betrachte ihn auch als Entschuldigung für alles, was ich falsch gemacht habe. Die Wahrheit ist, dass ich mich nie mit Deinem Vater hätte einlassen sollen, und noch viel weniger hätte ich so unvorsichtig sein dürfen, mit ihm ein Kind in die Welt zu setzen. Dass ich Dich ihm überlassen habe, klingt vielleicht so, als ob ich Dich hätte loswerden wollen und als ob mir nichts an Dir gelegen wäre, aber glaube mir, ich habe Dir damit einen Gefallen getan. Bernhard war ein guter Vater, ich hingegen wäre eine furchtbare alleinerziehende Mutter gewesen. Und ich habe Toto geliebt. Mit ihm zusammen den Mauerhof zu einem Zentrum für Künstler aufzubauen, war die beste Entscheidung meines Lebens. Ich weiß, dass Du wütend bist, weil ich meine eigenen Wünsche verwirklicht habe, anstatt als gute Ehefrau und Mutter an dem Platz zu bleiben, den die Gesellschaft für mich vorgesehen hatte. Was kurios ist, denn Du hast Dich ja letztlich ebenfalls dafür entschieden, dass Dein Leben vorgeht. Nur dass Du so schlau warst, das zu entscheiden, bevor Du Kinder in die Welt gesetzt hast, die darunter hätten leiden können.

Jedenfalls wollte ich Dich nicht auf dem Mauerhof haben, nicht, nachdem ich Toto kennengelernt und beschlossen hatte, noch einmal ganz neu anzufangen. Das klingt jetzt wieder schrecklich gefühllos, aber ich war nicht aus dem Material, aus dem Mütter sind. Dass Du trotz allem Künstlerin geworden bist, erstaunt mich immer wieder, und ehrlich gesagt macht es mich auch ein bisschen stolz.

Nun, was ich sagen will, ist: Der Mauerhof geht an Dich, wenn ich sterbe, was wahrscheinlich nicht mehr sehr lange dauern wird, sofern die Ärzte recht haben. Mache daraus, was Du willst, aber es ist ein guter Ort, wenn Du bei der Kunst bleiben willst. Vielleicht möchtest Du ihn aber auch lieber verkaufen. Er hat eine Weile leer gestanden, seit wir ausgezogen sind, und es bräuchte sicher etwas Kapital, um das Haus wieder auf Vordermann zu bringen. Nur tu mir bitte den Gefallen und verkaufe nicht an Andreas Eschberg, den Nachbarn, auch wenn der das Haus ganz bestimmt kaufen würde. Ich glaube, das ist seit Jahren sein Plan, jedenfalls hat er immer wieder versucht, gegen mich zu klagen und mir das Leben auch sonst so schwer wie möglich zu machen. Wahrscheinlich wollte er es schon, nachdem der alte Pascoe sich aus dem Staub gemacht hatte, aber Ingrid Pascoe hat das Haus mir verkauft. Sie hat mich damals aufgenommen, als ich Deinen Vater verlassen habe, und nachdem ihr Mann sich abgesetzt hatte, wollte sie auch nicht mehr dort wohnen. Ich glaube, sie war da nie allzu glücklich, obwohl das Haus ihr und nicht ihrem Mann gehörte.

Ich wollte in diesem Brief eigentlich versöhnlich und vernünftig sein und Dich um Verzeihung bitten. Und dann wollte ich Dir ein paar gut gemeinte Ratschläge für die Zukunft mitgeben. Aber ich stelle fest, dass die Zeit kurz nach einer Chemo, die noch dazu wahrscheinlich nichts bringen wird, sich nicht für Vernunft, Milde und Weisheit eignet.

Also kann ich Dir nur sagen: Tut mir leid, dass ich als Mutter so eine Enttäuschung war. Ich hätte das gerne so gut hingekriegt wie andere Frauen, aber ich konnte es nicht. Nimm den Mauerhof und mach damit, was Du willst. Triff Deine eigenen Entscheidungen. Versuche, keinen Tumor zu bekommen, denn das ist etwas, das Deine Entscheidungsfreiheit wirklich einschränkt. Alles andere kannst Du schaffen, wenn Du willst.

Deine Mutter Simone

Chatverlauf zwischen Harriet Fenshaw und Mala Ngomane, Montag, 19.6.

Mala
Du bist ja immer noch online. Hat sich Edmund am Ende endlich gemeldet? **23.15**

Harriet
Immer noch nicht. Was stimmt mit dem Mann nicht? Ich habe Melanie den Brief zurückgegeben. **23.18**

Mala
Hat sie was gesagt? **23.19**

Harriet
Sie war sehr still. Nachdenklich. Ich weiß nicht mal, ob sie mich wirklich wahrgenommen hat. Claire hat mit mir gesprochen. Sie sagte, sie weiß, was in dem Brief steht. **23.28**

Mala
Wie das? Er war verschlossen und frankiert, aber nicht geöffnet. Und er war in Melanies Unterlagen. Er wurde nie abgeschickt. Wie will Claire gewusst haben, was drinsteht? **23.31**

Harriet
Weil Melanie es ihr gesagt hat. Vorgestern Abend, nach der Szene am Lagerfeuer. **23.33**

Mala
Du meinst, das Gespräch, das Sigi gehört hat, war mit Melanie und nicht mit Edmund? In dem sie gesagt hat, dass ihr Mann nichts davon wissen darf? **23.39**

Harriet
Ja. Melanie wollte sich bei Claire entschuldigen, aber Claire wollte nichts davon wissen. Als sie sich gestern aus dem Klavierzimmer geschlichen hat, hat sie noch einmal mit Melanie geredet, und da hat die ihr von dem Brief erzählt. **23.44**

Mala
Wofür wollte sich Melanie entschuldigen? **23.46**

Die Bilder und Installationen der Ausstellung, die nicht eröffnet worden war, waren geschickt beleuchtet, aber dennoch wirkte der Raum mit der Nachtdunkelheit hinter den Scheiben leer und fast ein wenig unheimlich.

Melanie saß noch immer in ihrem Büro. Harriet hatte die Atmosphäre im Haus nicht mehr ertragen, und Claire war ihr gefolgt, als sie zur Scheune hinübergegangen war.

»Da war ein Bild von mir«, erklärte Claire tonlos. »Sie hat es mir gezeigt, am Samstag nach der Sache am Lagerfeuer.« Sie deutete auf einen kahlen Platz an der Wand. »Ich habe ihr gesagt, dass sie es runternehmen muss.«

»Weil du nicht wolltest, dass sie ein Bild von dir hatte, oder weil niemand wissen sollte, dass ihr euch früher gekannt habt?«, fragte Harriet.

»Weil Renatus nicht wissen durfte, dass wir uns früher gekannt haben«, antwortete Claire ebenso unbewegt. »Und weil sie kein Recht hatte auf ein Bild von mir.«

Harriet schwieg. Sie blickte auf das Werk vor sich, einen zerbrochenen Schaukelstuhl, unter dessen Kufe sich eine Blutlache ausbreitete von etwas, das darunter zerquetscht worden war. »Schuld und Stühle«, murmelte sie in plötzlichem Verständnis. »Das Bild von dir gehörte dazu, oder? Es war Teil ihrer Aussage.«

»Ich habe ihr gleich gesagt, dass das ein saublöder Titel ist«, gab Claire beißend zurück. »Als ob man Schuld mit so etwas wiedergutmachen könnte.« Mit der Hand fuhr sie über die Lehne eines anderen Stuhls, auf die ein Gesicht gemalt war. »Außerdem ist das alles zwanzig Jahre her«, sagte sie dann betont sachlich. »Was muss sie sich nach all der Zeit unbedingt entschuldigen?«

Harriet warf ihr einen schnellen Blick zu. »Kommt darauf an, was sie getan hat, vermute ich.«

Claire seufzte. »Es ist wirklich lange her«, sagte sie. »Aber vielleicht ist es der richtige Moment, um davon zu erzählen.« Sie setzte sich kurzerhand auf einen gepolsterten Sessel, der zur Ausstellung gehörte, und sah darauf aus wie eine dunkelhaarige Königin auf einem Thron. Harriet setzte sich auf den Schemel daneben. Sie sah wahrscheinlich aus wie eine arme Gouvernante.

»Wart ihr ein Paar?«, fragte sie.

Claire stieß ein Lachen aus, das halb selbstironisch, halb bitter klang. »In meinen Träumen«, antwortete sie.

Sie war zwanzig gewesen, erzählte sie dann. Zum ersten Mal frei von ihrer Mutter, die ihr Leben bis zu ihrem Abitur rigoros durchgeplant und kontrolliert hatte. Sie wollte Musik studieren, aber sie hatte breitgefächerte Interessen, und so hatte sie sich für ein Zeichenseminar angemeldet. »Melanie leitete den Kurs; sie arbeitete an der Uni, um etwas Geld zu verdienen, während sie sich überlegte, wie sie sich selbstständig machen konnte.« Claire verzog den Mund. »Die Geschichte wäre so banal gewesen. Junge Frau verguckt sich in eine ältere. Denkt, sie haben wer weiß was für eine grandiose Zukunft vor sich. Zusammen, denkt sie, können sie es mit der ganzen Welt aufnehmen.«

Harriet sah sie an und sagte sacht: »Das sind keine dummen Träume, selbst wenn sie vielleicht nicht alle realistisch waren.«

Claires Lächeln traf sie unvorbereitet. »Du hast mehr Ähnlichkeit mit Edmund, als ich zuerst dachte«, sagte sie, und Harriet vermutete, dass das als eine Art Kompliment zu verstehen war. »Jedenfalls wäre das alles keine weltbewegende Sache gewesen, wenn in dem Seminar nicht noch ein Student …« Sie stockte, überlegte, zögerte, und danach kamen ihre Worte schnell, gebrochen, in halben Sätzen und langen Kaskaden, hier atemlos, da mit vielen Pausen. Ein Kunststudent, der eine ungesunde Besessenheit entwickelt hatte … Liebeserklärungen, Schwüre, Lügen, Vorwürfe und eine endlose, unerbittliche Verfolgung ihrer

Person. Eine Mutter, mit der sie nicht reden konnte. Kommilitonen, die abgewiegelt und die Sache verharmlost hatten. Selbstvorwürfe, dass sie es so weit hatte kommen lassen. Schließlich war sie zu Melanie gegangen. »Um fair zu sein – sie hätte ihn damit nicht durchkommen lassen. Sie hielt nichts von Männern, die meinten, sie könnten einer Frau ihren Willen aufzwingen.« Aber Claire war jung, verliebt und verzweifelt gewesen, und so war alles aus ihr herausgebrochen, ihre Furcht, ihre Liebe, ihre Träume von einer gemeinsamen Zukunft, ihre Überzeugung, dass Melanie und nur Melanie allein sie retten könnte, sie retten müsste.

»Und Melanie?«, fragte Harriet, obwohl sie den Rest der Geschichte ahnte. Natürlich. Melanie war überfordert gewesen, hatte sich selbst verfolgt gefühlt, den Ernst der Situation nicht erfasst, war ausgewichen in vage Vorschläge, hatte aber das eine nicht getan, was Claire von ihr erwartet hatte.

»Sie hat mich im Stich gelassen«, sagte Claire. Sie klang nicht mehr bitter, als ob das Erzählen der Geschichte auf einmal die emotionale Schärfe weggenommen hätte. Sie hatte sich selbst helfen müssen und den Kurs von einem Tag auf den anderen verlassen, hatte die Uni verlassen, war bei einer Freundin untergeschlüpft, die in einer anderen Stadt wohnte, hatte den Kontakt zu allen abgebrochen, die in irgendeiner Weise eine Verbindung zu dem Stalker hatten.

»Das war es mit meinem Kunststudium«, schloss sie. »Ich wollte nicht zurück in diese Welt. Ich habe mit all dem abgeschlossen und mich neu erfunden, wie man so schön sagt.«

Harriet hätte ihr gerne gratuliert, doch sie fühlte, dass da noch ein großes »Aber« wartete, und sie hatte recht.

Claire lachte hart auf. »Zumindest dachte ich das. Dann habe ich einen Künstler geheiratet. Einen, der mich so sehr liebte, dass er mein Leben kontrollierte, darauf bestand, dass ich ihn überallhin begleitete, und es nicht ertragen konnte, wenn ich mit einem anderen Mann sprach – manchmal auch mit einer anderen Frau, da war er nicht wählerisch. Wenn Renatus gewusst hätte, dass Melanie …«

Sie verstummte wieder und stand von ihrem throngleichen Sessel auf. Obwohl sie so klein war, schien sie der auf ihrem Schemel hockenden Harriet plötzlich sehr groß. »Nein«, bekräftigte sie. »Nein, er durfte es nie erfahren. Deshalb habe ich Melanie gesagt, dass sie das Bild von mir abhängen muss.«

Aber Dominik Kern war in Melanies Büro gewesen, dachte Harriet. Er hatte nach dem legendären Beuys gesucht, und vielleicht hatte er stattdessen das Bild gesehen, das Melanie von Claire gemalt hatte.

Nachdem Claire die Scheune verlassen hatte, zog Harriet ihr Handy aus der Tasche. Sie starrte lange auf Malas letzte Nachricht. *Wofür wollte sich Melanie entschuldigen?* Sie begann, eine Antwort zu tippen, löschte sie, setzte erneut an und löschte wieder. Schließlich schrieb sie: »Für etwas, das lange her ist. Ich glaube nicht, dass es heute noch relevant ist.«

Sie sendete die Lüge, ehe sie es sich anders überlegen konnte, und dann schaltete sie das Licht aus, das die Exponate von »Schuld und Stühle« beleuchtete, und ging ins Haus zurück.

Am Ende geht es ganz schnell. Am Ende liegt der andere im Gras und regt sich nicht mehr. Und er steht über ihm, schaut auf ihn hinunter und

Doch, er ist froh. Er hat gewartet und gehasst, und jetzt ist es vorbei. Es ist nicht nach Plan verlaufen; das hätte er sich vorher denken können. Menschen können noch so vorhersehbar sein, tausend Mal den selben Weg zur selben Zeit nehmen und dann, wenn es darauf ankommt, früher auftauchen und anders gehen als erwartet. Aber das macht nichts. Das Entscheidende ist doch, dass der andere jetzt im Gras liegt und sich nicht mehr regt, während er hier steht und frei ist. Nur dass die Gestalt im Gras da nicht bleiben kann. Keine Fragen, keine Konsequenzen, das kann nur funktionieren, wenn der hagere Körper verschwindet, bevor jemand ihn bemerkt. Bevor jemand anfängt, Fragen zu stellen. Menschen können noch so vorhersehbar sein – wenn es darauf ankommt, tauchen sie plötzlich da auf, wo man sie nicht erwartet. Er hat die Schritte nicht gehört, aber er hört die Stimme. »Schleichst du schon wieder hier draußen herum?«, fragt sie, und dann, als die Frau nahe genug herangekommen ist, um zu sehen, dass er nicht derjenige ist, den sie erwartet hat, als ihr Blick erst auf ihn fällt und dann auf die reglose Gestalt zu seinen Füßen: »Warum hast du das getan?«

Interludium

Dienstag, 20.6.

»Karl, deine Engländerin ist wieder hier«, kündigte sein Kollege Julian Vogler im Vorbeigehen an.

Karl Niedergesäß verdrehte die Augen, sagte nichts, weil das den Polizeibeamten nur zu weiteren, ähnlich dämlichen Bemerkungen veranlasst hätte, und fragte sich, warum ausgerechnet sein Gespräch mit Harriet Fenshaw so schnell die Runde in der Dienststelle gemacht hatte. Es war ja nicht so, dass er nicht auch mit anderen Leuten geredet hätte. »Hättest du ihr nicht einfach deine Telefonnummer geben können?«

»Ich habe ihr meine Telefonnummer gegeben«, erwiderte Karl trocken. »Sie steht auf den Karten, die unsere Dienststelle ausstellt.«

Er hatte Julians Lachen noch im Ohr, als Harriet Fenshaw vor seinem Schreibtisch auftauchte. »Guten Morgen, Herr Niedriggesäß«, sagte sie höflich. Sie hielt einen großen braunen Umschlag in der Hand.

»Nieder –«, verbesserte er. »Niedergesäß.« Das hatte zumindest den Effekt, dass diesmal sie rot wurde. Es war ein schaler Triumph, nachdem sie es am Vortag geschafft hatte, dass ihm sein Name zum ersten Mal seit Jahren wieder peinlich gewesen war. »Womit kann ich Ihnen heute helfen?«

Sie setzte sich und legte den Umschlag auf der Tischplatte ab. »Sie haben gesagt, wenn ich etwas herausfinde, kann ich es Ihnen geben. Ich habe das hier für Sie ausgedruckt.«

Karl hob die Klappe des Umschlags und warf einen Blick auf den nicht unbedeutenden Stapel Papiere darin. »Das ist nicht Ihr Ernst, oder?«, fragte er, ohne nachzudenken.

Sie zog die Brauen hoch. Karl vermutete, dass sie den Blick bei Schülern einsetzte, die ihr blöd kamen. Er hätte auf ihn keine Wirkung haben sollen, da er Kriminalbeamter und außerdem älter war als sie, brachte ihn aber trotzdem beinahe dazu, sich zu entschuldigen. Er widerstand dem Drang und fragte nüchtern: »Warum haben Sie mir das nicht zugeschickt? Das wäre einfacher gewesen.«

»Einfacher zu ignorieren«, konterte sie, dann wurde sie rot. »Entschuldigung«, murmelte sie. »Sie haben gesagt, Sie würden es sich anschauen. Ich wollte nicht andeuten, dass Sie nicht Wort halten würden.«

Ja, danke, Mrs. Fenshaw, dachte er sardonisch. Jetzt würde er alles lesen müssen. Das Schlimmste war, dass sie ihn sauber ausmanövriert hatte, ohne es auch nur zu merken. Er verwünschte seine lange zurückliegende Pfadfinderzeit, in der unangemessen viel Wert auf altmodische Tugenden wie absolute Verlässlichkeit gelegt worden war. »Ich werde es mir anschauen«, versprach er.

Harriet Fenshaw bewegte ihre Hand auf der Tischplatte ein Stück nach vorn, fast so, als wollte sie sich den Umschlag zurückholen, dann zog sie sie wieder zurück. »Danke. Es ist viel zu viel geworden«, erklärte sie, plötzlich nervös. »Wir hätten nicht einfach alles zusammenwerfen sollen, was uns in die Finger gekommen ist. Ich fürchte, das Ganze wird Zeitverschwendung für Sie sein.«

Karl vermutete das auch, aber er hatte nicht vor, Informationen, die er einmal erhalten hatte, wieder aus der Hand zu geben, egal, wie zweifelhaft ihr Wert war. »Wer ist *wir*?«, fragte er. »Ich vermute, Ihr Onkel ist nicht beteiligt, denn wenn er wiederaufgetaucht wäre, hätten Sie das gesagt.«

Sie sah ihn aus plötzlich großen und beunruhigten Augen an. »Ich mache mir wirklich Sorgen um Edmund. Er hat sein Handy ausgeschaltet und sich überhaupt nicht gemeldet, und das sieht ihm nicht ähnlich. Was, wenn ihm etwas zugestoßen ist? Können Sie ihn nicht ausfindig machen?«

Karl seufzte innerlich. »Hören Sie, Ihr Onkel ist erwachsen. Menschen verschwinden immerzu aus den unterschiedlichsten Gründen. Die allermeisten tauchen nach ein paar Tagen wieder auf. Ich würde mir nicht allzu viele Sorgen machen.« Es war die einzige Antwort, die er ihr geben konnte, und jedes Wort davon war wahr, aber es fühlte sich trotzdem an, als ob er gelogen hätte.

»Und wenn nicht? Jemand ist auf dem Mauerhof angegriffen und schwer verletzt worden, und wer immer das getan hat, ist noch auf freiem Fuß. Vielleicht war Professor Kern nicht die einzige Person, auf die er oder sie es abgesehen hat?«

Karl hatte die Papiere aus dem Umschlag genommen, um Harriet Fenshaw nicht ansehen zu müssen, und blätterte durch die Seiten. »Glauben Sie das? Auf der Basis dessen, was Sie und ...«, er überflog das erste Blatt mit der »Vorbemerkung« und musste schmunzeln. »Was Sie und Frau Ngomane herausgefunden haben – hat es Sie zu dem Schluss gebracht, dass der Täter es außer auf Dominik Kern noch auf jemand anderen abgesehen haben könnte?«

Sie sah ihn genauso an wie gestern, halb überrascht, halb misstrauisch. Als ob ihr seine Frage ebenso unerwartet wie suspekt vorkam. Was, wie er sich selbst gegenüber eingestehen musste, von mehr Verstand zeugte, als er soeben an den Tag legte. Was für einen Grund, was für eine Berechtigung hatte er, sie nach ihrer Meinung zu fragen? Das war schwerlich Standardprozedere für Kriminalfälle.

»Ich weiß es nicht«, sagte sie. »Wenn Sie lesen, was wir erfahren haben – wir haben uns zusammengetan, Mala und ich. Sie wissen, wen ich meine?«

»Ich weiß, wen Sie meinen. Also, Sie und Frau Ngomane haben sich zusammen umgehört, richtig?«

Sie wich seinem Blick aus, was seinen Verdacht bestätigte, dass sie viel mehr getan hatte, als sich lediglich umzuhören. Wieder unterdrückte er einen Seufzer. Es war ein Fehler gewesen, sie zu ermutigen, und dass er genau wusste, wie es zu diesem Fehler gekommen war, machte die Sache nicht besser.

»Wir haben viel über Professor Kern und die anderen Personen erfahren«, fuhr sie fort, und dann starrte sie einen Moment lang auf die Tischplatte, als ob sie die Menschen, mit denen sie zu tun gehabt hatte, vor ihrem geistigen Auge sah. »Haben Sie etwas gehört?«, fragte sie auf einmal. »Über Dominik Kern? Wissen Sie, ob sein Zustand sich verändert hat?«

Tatsächlich hatte Karl stündliche Updates erhalten. Was Kerns Prognose anging, war die Lage unverändert. Es war möglich, dass er wieder aufwachte. Aber es konnte auch sein, dass er den Kampf um sein Leben verlieren würde. Was die Frage betraf, wie er in diesen Zustand gelangt war … »Ich kann Ihnen nichts dazu sagen«, antwortete er – eine Formulierung, die bewusst offenließ, ob er die Informationen nicht hatte oder nicht weitergeben durfte.

»Nein, natürlich nicht«, sagte Harriet. »Wie auch immer, es gibt so viel zu erfahren auf dem Hof – über das Haus und über die Menschen. Aber nichts von dem, was ich bisher gehört habe, kommt mir gravierend genug vor, dass jemand Professor Kern dafür umbringen wollte. Das heißt …« Sie zögerte und schien ihre Worte noch einmal zu überdenken.

Karl mochte das an ihr, diese Neigung, auch ihre eigenen Behauptungen zu hinterfragen.

»Was ich sagen will«, erläuterte sie nach einer Pause, »ist: Professor Kern hat mehr als nur einer Person Grund gegeben, ihn nicht zu mögen. Aber selbst wenn einer ein schlechter Mensch sein sollte – es gibt doch andere Auswege, als jemandem den Schädel einzuschlagen, zumindest fast immer, meinen Sie nicht?«

»Wäre schön, wenn alle so denken würden wie Sie«, entgegnete Karl mit einem etwas müden Lächeln. »Das würde meinen Job sehr viel einfacher machen.« Er dachte nach. »Ich würde sogar sagen, wenn niemand anderen Menschen aus sehr unzureichenden Gründen Gewalt antun würde, *hätte* ich keinen Job mehr.«

»Sie könnten schattenboxen oder angeln oder … Sie denken nicht, dass ich eine Vermisstenanzeige aufgeben sollte? Wegen Edmund?«

Er nahm die Papiere und stieß sie sacht auf die Tischplatte, sodass die Kanten ordentlich aufeinanderlagen. Dann faltete er den braunen Umschlag zusammen und legte ihn in den Papierkorb neben dem Schreibtisch. Schließlich sah er wieder zu ihr hinüber. »Sie haben gerade gesagt, dass Menschen nicht einfach so herumlaufen und andere umbringen«, antwortete er mit Bedacht. »Versuchen Sie, sich nicht zu viele Sorgen zu machen. Wenn Ihr Onkel morgen noch immer nichts von sich hören lässt …« Er ließ den Satz unvollendet.

Harriet nahm ihre Handtasche und stand auf. »Wenn Sie etwas erfahren sollten«, bat sie, »wenn Sie etwas hören – Sie haben doch bestimmt Kontakte zu den Krankenhäusern und … falls ihm doch etwas passiert ist … sagen Sie mir Bescheid? Bitte?«

»Wenn Ihr Onkel in ein Krankenhaus eingeliefert wird und ich davon erfahre, unterrichte ich Sie«, versprach er. Noch mehr wahre Worte, so wenig sie auch wert waren.

Als sie gegangen war, widerstand er der Versuchung, seinen Kopf gegen die Tischplatte zu schlagen, und machte sich stattdessen daran, das Gespräch ordnungsgemäß zu dokumentieren.

Er sah auf, als sich jemand auf die Kante seines Schreibtischs hockte.

»Oh shut up«, murmelte Karl müde, bevor sein Kollege den Mund aufmachen konnte.

Julian schwieg einen Moment, dann fragte er: »Und, hast du's ihr gesagt?«

»Nein, natürlich nicht.«

»Vielleicht solltest du.« Ausnahmsweise waren die Worte nicht von einem süffisanten Grinsen begleitet.

Karl schüttelte den Kopf. »Es gibt Regeln, an die wir uns halten müssen, Julian.«

»Wie du meinst«, erwiderte der und ließ ihn allein.

Karl dachte einen Moment nach, dann griff er nach seinem Telefon und nach dem Notizblock, der am Rand der Tischplatte lag – schief, nachdem Julian ihn mit seinem Hintern verschoben hatte –, und wählte eine Nummer. Er zählte acht Klingeltöne, ehe jemand abhob.

»Mr. Fenshaw? Hier ist KOK Niedergesäß. Ihre Nichte war hier. Sie macht sich Sorgen um Sie. Denken Sie nicht, Sie sollten ihr sagen, wo Sie sind? … Nein, natürlich nicht … wenn Sie es so wollen …« Mit einem Seufzer legte er auf.

Draußen war das erste Grollen des Sommergewitters zu hören, das für den späten Nachmittag angekündigt war. Es passte ausgezeichnet zu seiner Stimmung.

Dritter Teil

Edmund

Damit, dass Harriet mir nachreisen würde, hatte ich natürlich nicht gerechnet, und das brachte alles noch mehr durcheinander. Zugegeben, ich hatte auch nicht damit gerechnet, dass jemand Renatus den Schädel einschlagen würde, sosehr er es auch verdient haben mochte.

Im Grunde war die gesamte Reise so voller unvorhergesehener Ereignisse gewesen, da war es eigentlich kein Wunder, dass nichts, aber auch gar nichts so lief wie geplant.

Auf die Gefahr hin, wie einer dieser Dinosaurier zu klingen, die nicht begreifen, dass ihre Zeit der unbeschränkten Herrschaft über diesen Planeten und alles, was sich darauf bewegt, unwiderruflich vorbei ist: Alles an dieser Sache hing mit irgendwelchen Frauen zusammen, die nicht das taten, was sie tun sollten, weil sie stattdessen taten, was sie tun wollten. Harriet war natürlich überzeugt, dass Melanie für meine Reise nach Deutschland verantwortlich war, aber da täuschte sie sich. Im Grunde hätte sie die richtige Antwort problemlos herausfinden können, doch sie wollte nicht. Weil sie einerseits eine viel bessere Meinung von mir hat, als ich vielleicht verdiene, mir aber andererseits auch zutraut, aus vollkommen irrationalen Motiven heraus zu handeln. Dabei waren ihre Gründe, mir nach Deutschland zu folgen, auch nicht viel rationaler. Für eine weltoffene Frau hat Harriet gelegentlich sehr insulare Vorstellungen davon, wie die Welt sein sollte, und Melanie passte da nicht hinein. Hattie würde niemals zugeben, dass sie Vorurteile hat, aber den ein oder anderen blinden Fleck hat jeder. Zweifellos war sie der Ansicht, dass sie mich vor mir selbst retten musste.

Dann kam Claire, und ja, eine halbe Stunde lang wandelte ich auf einem Rosenpfad, nur dass es sich in Wirklichkeit um eine Dornenhecke handelte, hinter der sie gefangen war, und ich spreche dabei nicht nur von ihrem Mann. Ein anderer Mann ist nur dann eine Dornenhecke, wenn die Frau, um die es geht, das so will. Aber Claires Dornenhecke war eine Bastion, die sie aufgebaut hatte, um sich zu schützen. Vielleicht sogar vor Renatus und ähnlichen kontrollierenden, selbstbezogenen Narzissten, denn irgendwie habe ich das Gefühl, dass er nicht die erste derartige Persönlichkeit in ihrem Leben war. Und deshalb war ich auch nach der Szene am Lagerfeuer fest entschlossen, die Dornenhecke niederzumachen und Claire zu befreien, ganz selbstlos natürlich, ohne Hintergedanken, denn Befreiung ist noch viel wichtiger als Befriedigung; nur habe ich weder das eine noch das andere erreicht. Stellen Sie sich den Prinzen aus Dornröschen mit ADHS vor, dann wissen Sie ungefähr, wie die Sache ablief. Ich habe vorhin gesagt, dass alles, was passiert ist, mit Frauen zusammenhing, aber das stimmt nicht ganz, denn an dem Punkt kam der Hund ins Spiel. Ich saß nämlich in meinem Wohnwagen im Garten und schrieb einen wilden, halb trunkenen Text, als ich plötzlich jenseits der Mauer dieses tiefe, drohende Bellen wieder hörte, das mir noch gut in Erinnerung war. Nach den Erfahrungen am Morgen wäre es die kluge Entscheidung gewesen, mich nicht von der Stelle zu bewegen, aber was soll ich sagen? Kluge Entscheidungen vertragen sich schlecht mit Wut, Alkohol, Frustration, Neugier und Rastlosigkeit, also allem, was mein Leben in der letzten Zeit ausgezeichnet hatte. Ich ließ also meinen Text Text sein und stolperte hinaus ins Abenteuer, weg von der Dornenhecke, hin zur Mauer, und indirekt war das der Grund, warum dann die nächste Frau ins Spiel kam, die meine Aufmerksamkeit auf sich zog, wenn auch in völlig anderer Weise als Claire.

Wenn das jetzt nicht sehr plausibel klingt, stellen Sie sich vor, dass der Hund, der da draußen bellte, nicht der Grund war, warum ich den Wohnwagen verließ, sondern eigentlich nur der Anlass. Der Grund war, dass ich in dem Moment rausmusste, dass selbst ein verlassener Wohnwagen auf einem einsamen Grundstück in Deutschland nicht mehr weit genug weg war von allem. Mit anderen Worten: Zu all den Dingen, die mich vorher schon umgetrieben hatten, gesellte sich Panik, und die war es, die dafür sorgte, dass ich den Text hinwarf, mein Handy ausschaltete, um sicherzugehen, dass mich wirklich keiner erreichen konnte, und in die Nacht verschwand.

Die Ironie an der Sache ist natürlich: Ich hatte keine Ahnung, dass Harriet zu dem Zeitpunkt in Rothenburg war. Sonst wäre ich wahrscheinlich gleich nach Timbuktu oder wer weiß wohin geflüchtet. Doch dann hätte ich ihr ein Lebenszeichen geschickt, weil ich nicht wollte, dass sie sich Sorgen macht. Weil sie zwar mitschuldig ist an der ganzen Misere, aber keine Ahnung davon hat.

Natürlich hat sich das Thema Flucht mittlerweile sowieso erledigt.

Harriet

Sie war in Rothenburg herumgewandert, um den Kopf frei zu bekommen, ehe sie sich von einem Taxi nach Bettenfeld zurückbringen ließ, weil die Busse dorthin unregelmäßig fuhren und sie den Informationen des VGN nicht recht traute – oder ihrer Fähigkeit, sie richtig zu verstehen.

Dann hatte sie sich in die Bäckerei gesetzt, von der Edmund geschrieben hatte, und Mala eine Nachricht gesendet.

»Bin gerade beschäftigt«, hatte Mala zurückgeschrieben. »Hab ein Leben jenseits vom Mauerhof und von Leuten wie dir.«

Harriet seufzte in ihren viel zu blassen Tee, der sicher nicht mit kochendem Wasser aufgebrüht worden war. Sie antwortete nicht, weil es nichts zu sagen gab. Keine Neuigkeiten und keine hilfreichen Worte.

Sie ließ ihren Tee halb getrunken stehen, was eigentlich gegen ihre Prinzipien verstieß, aber in diesem Fall akzeptabel war.

Sie verwarf den Gedanken, den Pfad durch den Wald zu nehmen. Er mochte kürzer sein, aber sie wollte nicht riskieren, dem Geist von Pascoes Hund zu begegnen, und außerdem wusste sie nicht, ob sie den Weg von der Dorfseite aus überhaupt finden würde. Der Himmel über ihr war perlgrau, und das Grün der Blätter wirkte in dem schwächeren Licht intensiver als sonst. Der Mittag war sehr still.

Harriet war noch nicht lange auf der unasphaltierten Straße unterwegs, die zum Mauerhof führte, als sie hinter sich das Geräusch eines Motors hörte und ein Auto neben ihr zum Stehen kam. »Soll ich Sie mitnehmen?«

Sie sah überrascht auf. »Was machen Sie denn hier? Ja, danke.« Nachdem sie eingestiegen war, fügte sie hinzu: »Ist das erlaubt?«

Karl Niedergesäß zuckte die Schultern. »Ich denke schon. Sofern Sie sich anschnallen.« Er fuhr langsam an; keine Schlaglochrallye mit diesem Fahrer. »Es wird Regen geben«, sagte er nach einem Blick auf den verhangenen Himmel. »Wollten Sie den ganzen Weg zu Fuß gehen?«

»Englisches Wetter«, schmunzelte Harriet. »Fühlt sich an wie zu Hause. Ich komme mit diesem unnatürlichen Sonnenschein nicht klar.«

Der Kriminalbeamte fuhr über die Kuppe, hinter der die Statue von Pascoes Hund wachte. Obwohl sie diesmal darauf vorbereitet war, verfehlte der Anblick seine Wirkung nicht: Sie hatte den Eindruck, dass da ein unermüdlicher Wächter stand, der den Zugang zum Hof kontrollierte. »Warum, haben Sie gesagt, sind

Sie hier?«, fragte Harriet, obwohl er natürlich nichts gesagt hatte. »Gibt es etwas Neues? Haben Sie einen Hinweis?« Sie erwartete nicht unbedingt eine aussagekräftige Antwort. Falls er eine heiße Spur hatte, würde er kaum mit ihr darüber reden.

»Ich will nur ein paar Fragen stellen«, erwiderte er.

»Sind Polizisten bei Befragungen nicht immer zu zweit, oder ist das nur in Krimis so?«

»Ich bin nicht offiziell unterwegs.«

Harriet runzelte die Stirn. »Ist das denn erlaubt? Nicht offiziell hier zu sein?«

Karl Niedergesäß warf ihr einen Blick von der Seite zu. »Langsam habe ich das Gefühl, dass Sie sich über mich lustig machen, Mrs. Fenshaw. Aber vielleicht hätte ich sagen sollen: Ich bin nicht in unmittelbarem Zusammenhang mit dem Vorfall auf dem Mauerhof hier. Und ganz sicher nicht, um potenzielle Verdächtige allein zu befragen.« Sie hatten die Anhöhe erreicht, von der aus man auf das Haus hinabschauen konnte, und er machte eine Geste hin zu der Mauer, die hier begann. »Ich bin auf dem Weg zu den Nachbarn. Mich interessiert …« Er unterbrach sich, als ob er im Begriff gewesen wäre, etwas zu sagen, das er nicht sagen durfte, oder vielleicht wollte er auch einfach nicht zugeben, dass etwas seine Neugier geweckt hatte, das nicht unmittelbar mit der Frage nach Kerns Angreifer zu tun hatte. »Die Familie war am Sonntag, als wir Sie alle um Informationen gebeten haben, nicht zu Hause. Ich hoffe, heute jemanden anzutreffen. Vielleicht hat doch jemand etwas gehört.« Er hatte den Wagen angehalten und stieg aus, um von der Anhöhe hinunterzuschauen. Harriet folgte ihm. Jetzt, da sie wusste, dass es ein Nachbarhaus gab, konnte sie sehen, wo es liegen musste: hinter ein paar Büschen in einer Senke. Weit genug entfernt, um mit den Nachbarn in Frieden auszukommen, hätte sie gedacht, und doch dauerte der Konflikt zwischen den Eigentümern der beiden Grundstücke mittlerweile seit Jahrzehnten an.

»Moment mal«, sagte Harriet plötzlich, als ihr das Offensichtliche ins Auge sprang. »Diese Straße führt *nur* zum Mauerhof.«

Niedergesäß nickte anerkennend, als hätte sie im Unterricht ein kniffliges Problem erkannt. »Ja. Interessant, nicht wahr?«

Sie öffnete den Mund, um etwas zu sagen, schloss ihn wieder und sah Niedergesäß fragend an.

»Genau«, bestätigte er, als ob sie etwas gesagt hätte. »Diese Straße ist der ursprüngliche Zugang da runter.«

»Sie meinen, Pascoe hat eine Mauer gebaut, mit der er seine Nachbarn von der Straße abgeschnitten hat?«, fragte Harriet ungläubig.

Der Polizeibeamte ging zurück zu seinem Auto. »Bizarr, nicht wahr?«, meinte er, als sie beide wieder saßen. »Natürlich hat er das Nachbarshaus nicht völlig von der Zivilisation abgetrennt. Es gibt einen Fußpfad ins Dorf, und es gab einen Hohlweg, über den man auch mit dem Auto fahren konnte, und der ist mittlerweile mindestens ebenso gut befestigt wie diese Straße, aber trotzdem ...«

Er ließ das Auto auf dem Platz vor dem Mauerhof ausrollen, machte aber keine Anstalten auszusteigen. Sein Schweigen machte Harriet nervös. Der Himmel hing drückend über ihnen, und die Luft war zu warm, um angenehm zu sein. »Dominik Kern war kein besonders guter Mensch«, sagte er schließlich.

Harriet zuckte die Schultern. »Anscheinend nicht.« Sie fragte sich, ob das bedeutete, dass er ihre Aufzeichnungen bereits gelesen hatte.

Scheinbar ohne Zusammenhang zu seinen letzten Worten fuhr Niedergesäß fort: »Sie haben mir gestern gesagt, dass Sie Ihren Onkel Samstagnacht in Rothenburg gesehen hatten.«

Harriet unterdrückte einen Seufzer. Sie hatte gehofft, dass er diese Äußerung vergessen hatte. »Ja.«

»Sie haben diese Behauptung in Ihren Aufzeichnungen nicht ein einziges Mal erwähnt.« Es klang nicht nach einem Vorwurf, lediglich nach der Feststellung einer Tatsache. »Warum? Sind Sie zu dem Schluss gekommen, dass Sie sich geirrt hatten?«

Ja, beantwortete Harriet ihre Frage von vorher. *Gründlich gelesen.* So gründlich, wie der Mann alles zu tun schien. Sie hatte keine Ahnung, in welche Richtung seine Frage zielte, also entschied sie sich für die Wahrheit – oder zumindest für etwas, das keine Lüge war. »Ich war mir nicht sicher genug, um es aufzunehmen«, sagte sie. »Deshalb habe ich es ausgelassen.«

»Hm«, nickte er, aber sie hatte das deutliche Gefühl, dass ihre Antwort ihn milde enttäuschte. Sie wusste nur nicht, weshalb. »Ich versuche es jetzt bei den Nachbarn. Ich komme danach noch einmal zurück.«

»Logisch, da Ihr Auto hier steht«, antwortete sie trocken, und der Polizeibeamte sah aus, als bereute er seine Bemerkung. Harriet gönnte es ihm.

Sie stiegen aus, und Harriet folgte ihm, ohne nachzudenken, zur rechten Seite des Hauses, wo die Mauer nah an das Gebäude heranrückte.

Niedergesäß wandte sich mit überrascht hochgezogenen Brauen an sie. »Sie wollen mitkommen?« Einen Moment lang sah er bedauernd aus, dann fuhr er fort: »Ich fürchte, das fällt in die Kategorie ›Nicht erlaubt‹, selbst wenn es nur um allgemeine Fragen geht.«

Jetzt war es an Harriet, sich töricht vorzukommen. »Ich wollte nicht zum Nachbarhaus mitkommen«, versicherte sie hastig. »Es ist nur …« Sie deutete auf die Mauer, die ein gutes Stück über ihre Köpfe reichte – ihren sowieso, aber selbst Niedergesäß, der deutlich größer war, hätte ihre Krone nur mit den Fingerspitzen erreicht. »Deshalb also der ständige Streit, erst mit Pascoe, dann mit Melanie Grubers Mutter und mit Melanie selbst«, sann sie. »Sie wollten, dass er die Mauer abreißt, um wieder Zugang zur Straße zu haben.«

»Hm, ja, das ist die Frage«, entgegnete er. »Das muss die ursprüngliche Forderung gewesen sein, aber der Rechtsstreit hat sich mit der Zeit verschoben; jetzt scheint es eher um die Grundstücksgrenzen zu gehen.« Er ging mit raschen Schritten an der Mauer entlang in den hinteren Garten, und Harriet folgte immer noch; nachdem sie sich jetzt schon blamiert hatte, kam es auch nicht mehr darauf an, und er konnte ihr schlecht verbieten, bis zum Ende des Grundstücks mitzukommen – wo auch immer die Grenze tatsächlich verlaufen mochte.

Mareike Eschberg

Mit meiner Schwiegermutter bin ich eigentlich immer gut ausgekommen. Es hat mir leidgetan, als sie gestorben ist, drei Jahre ist das her. Mein Schwiegervater – Andreas Eschberg – ist eine andere Sache. Ihm gehört das Haus. Mein Mann und ich wohnen nur hier, seit er in die Stadt gezogen ist. Barrierefreie Wohnung, wissen Sie? Nicht, dass er das schon nötig hätte, er ist ja erst dreiundsiebzig und fit für sein Alter. Aber er hatte keine Lust, hier draußen zu bleiben, bis es nicht mehr geht und er am Ende direkt ins Altersheim muss. Aber Samstagnacht war er zu Besuch, er hat in seinem alten Schlafzimmer übernachtet, das lassen wir für ihn eingerichtet.

Was ich sagen will: Andreas Eschberg ist kein einfacher Mensch. Verbittert, wissen Sie? Als Erika noch gelebt hat (das war meine Schwiegermutter), war es besser, aber seit ihrem Tod vor ein paar Jahren ist er immer cholerischer geworden. Nichts regt ihn so auf wie der Anblick vom Bassgers Wall, und wenn man hier auf unserem Grundstück ist, ist es unmöglich, die Mauer nicht zu sehen. Ich selbst finde, dass dieser ganze Streit langsam mal begraben gehört, aber Andreas ist völlig unversöhnlich – der

Hund vom Bassger hat ihn gebissen, als er jung war, kurz bevor er Erika geheiratet hat, und das hat er nie verwunden.

Deswegen musste ich den Engländer am Samstag so schnell wie möglich wieder loswerden, weil: Mein Schwiegervater hätte einen Anfall bekommen, wenn er am nächsten Tag jemanden aus dem Haus da drüben an unserem Frühstückstisch gesehen hätte. Außerdem hat Andreas in seinem alten Zimmer übernachtet, und unser Sohn war mit seiner Freundin da, da hätten wir im Haus auch gar keinen Platz für ihn gehabt. Dass der Engländer überhaupt auf unserer Seite der Mauer auftauchte, kam so: Ich war spätabends noch wach, als Einzige im Haus. Plötzlich hab ich den Hund wie verrückt bellen hören und bin raus, um nachzuschauen, was los war. Nein, unser Hund ist das nicht, hab ich doch schon gesagt! Wenn es nicht der Geist von Bassgos Hund ist, den der Wolfgang, Andreas' Vater, erschossen hat, muss es ein Streuner sein.

Das habe ich dem Engländer auch gesagt. Der kam nämlich in dem Moment angerannt, weil er das Bellen ebenfalls gehört hatte. Er war richtig fuchsig und hat gemeint, dass »die Bestie« ihn am Morgen davor beinahe angegriffen hätte und was wir uns eigentlich denken würden, dieses Ungeheuer frei rumlaufen zu lassen. Es stellte sich heraus, dass der Hund bloß den Waschbären entdeckt hatte, der hier irgendwo haust. Aber der Engländer war wütend, und Andreas schlief oben im Zimmer, und den wollte ich auf keinen Fall wecken, also habe ich den Engländer ins Haus gebeten und ihm was Warmes zu trinken gegeben. Er hat gesagt, dass er unbedingt ins Dorf muss, aber den Waldweg nicht im Dunkeln entlanggeht, solange der Hund da draußen herumschleicht. Er hat immer noch nicht richtig geglaubt, dass das nicht unserer ist, und gemeint, dass wir ihn absichtlich rumstreunen lassen. Warum er nicht zurück auf den Mauerhof geht, habe ich gefragt, aber er hat gesagt, dass er da nicht übernachten kann, und darauf bestanden, dass ich ihn ins Dorf fahre, damit er unterwegs nicht dem Hund begegnet. Ja, eigentlich war er ein ganz netter Typ, nur eben wütend und irgendwie neben der Spur, und ich konnte ihn nicht im Haus haben. Also habe ich ihn direkt nach Rothenburg gefahren, weil vom Dorf kommt man ja nicht weg nachts, da hätte er gleich laufen können und wär wahrscheinlich noch eher da gewesen. Ich habe ihn also ins Auto geladen, und unterwegs hat er mir erzählt, warum er unbedingt wegmusste, und ich konnte mich nicht entscheiden, ob er mir leidtun sollte oder ob er eher einen Tritt in den Allerwertesten nötig hatte. Ich kenne eine Frau, die in der Stadt in einem Hotel arbeitet, und die hat mir am Telefon gesagt, dass sie noch ein Zimmer frei hat, und dann bin ich mit dem Engländer da hin, damit ich sicher sein konnte, dass er auch ankommt, weil er nämlich nicht mehr so ganz auf der Höhe war. Was mich nicht wundert, weil die da auf dem Mauerhof nichts feiern können, ohne zu tief ins Glas zu schauen. Allerdings geht es da längst nicht mehr so zu wie früher in den Siebzigern und Achtzigern. Das müssen wilde Zeiten gewesen sein!

Seitdem habe ich den Engländer nicht mehr gesehen, aber auf dem Weg haben wir uns ein bisschen unterhalten, und außer der einen Sache hat ihn komischerweise auch der Mauerhof beschäftigt. Ich glaube, der Typ schreibt für irgend so ein Magazin, und er meint, das könnte eine gute Story sein bei ihm zu Hause, weil der Bassgo ja Engländer war. Ich hab ihm natürlich nichts erzählen können. 1970, da war ich gerade erst geboren, aber ich habe ihm gesagt, an wen er sich wenden kann, wenn er mehr wissen will.

Nein, mit meinem Mann und dem Andreas habe ich nicht darüber geredet. Das hätte nur wieder Streit gegeben.

Harriet

Der einsame Soldat saß im Dunkeln auf seiner Kiste, während von hoch oben Licht durch ein Fenster fiel. Er schaute nach unten, sodass sein halb abgewandtes Gesicht nicht zu erkennen war, doch jetzt, da Harriet die alten Fotos gesehen hatte, stattete sie ihn im Geist mit Joe Pascoes Gesichtszügen aus.

Das Haus kam ihr unnatürlich still vor.

In der Küche fand sie Melanie vor, die breitbeinig auf einem Hocker saß, die Arme auf den Knien abgestützt und ein halb volles Glas in den Händen. Sie blickte auf, als sie Harriet hereinkommen hörte.

»Noch da?«, fragte sie nicht unhöflich, jedenfalls nicht mehr als sonst, eher direkt.

»Wo sind die anderen alle?«

Melanie trank einen Schluck, dann stellte sie das Glas auf dem Tisch ab. »Sigi ist zurück in die Stadt gefahren. Ich weiß nicht mal, ob er wiederkommt. Samuel ist oben im Dachbodenzimmer. Ausruhen oder telefonieren oder was auch immer.« Sie rückte näher an den Tisch und begann, mit einem Finger Kreise durch den feuchten Ring zu ziehen, den ihr Glas hinterlassen hatte. »Weißt du, was ich an Edmund immer besonders gemocht habe?«, fragte sie unvermittelt.

Harriet war sich nicht sicher, ob sie das wissen wollte, aber es gab keine höfliche Art, das auszudrücken, also schüttelte sie nur den Kopf und ging zum Geschirrschrank, um etwas zu tun zu haben.

»Er hat sich für alles interessiert. Andere Länder, Dialekte, vergessene Künstler, streunende Hunde, Wortspiele, Geografie, Serien.« Einen Moment lang erhellte ein Lächeln Melanies Gesicht. »Ich war zu dem Zeitpunkt in einen Trott verfallen. Nicht, was die Kunst anging, meine Kreativität hat nicht gelitten, nicht mal unter der Ehe mit Sigi, was ja im Grunde schon ziemlich erstaunlich ist. Aber in meiner Ehe und dem ganzen Rest.« Sie blickte rechtzeitig auf, um Harriets Gesichtsausdruck zu bemerken, und schnaubte grimmig amüsiert. »Keine Angst, ich hatte nicht die Absicht, mein Sexleben zu erwähnen«, versicherte sie, und Harriet, die darüber ganz sicher nichts hatte wissen wollen, ärgerte sich, dass die Künstlerin sie offenbar für zu prüde hielt, um das Thema zu erwähnen. Melanie sprach weiter: »Edmunds Interesse an allem war eine echte Herausforderung für mich. Er wollte ständig diskutieren, wollte meine Meinung wissen, Dinge vergleichen.« Jetzt hatte ihr Lächeln plötzlich etwas Warmes. Dann zuckte sie die Schultern. »Keiner von uns beiden wollte eine klassische Beziehung. Ich hatte das Gefühl, was ernsthafte Bindungen angeht, bin ich raus. Und Edmund war damals in Sachen Bindung noch nicht mal annähernd drin, würde ich sagen.«

Harriet verzog den Mund. Das war ohne Zweifel eine akkurate Einschätzung ihres Onkels. »Warum erzählst du mir das?«, fragte sie.

Melanie zuckte die Schultern. »Keine Ahnung. Small Talk? Oder vielleicht will ich erklären, warum ich Ed eingeladen habe, obwohl die Sache zwischen uns vorbei und begraben ist.«

»Wer hat Schluss gemacht?«, wollte Harriet wissen, obwohl die Frage irrelevant war.

Melanie lachte. »Das Leben, Harriet. Im Grunde hatten wir eine Urlaubsaffäre, die sieben Jahre dauerte. Irgendwann musste es zum Ende kommen.«

Ein leises Donnergrollen war draußen zu hören, und dann fuhr eine Windbö durch das geöffnete Küchenfenster. Danach war alles wieder trügerisch still. »Es wird gleich regnen«, verlegte sich Harriet in bester englischer Manier auf das Wetter, weil sie nicht wusste, was sie sonst sagen sollte. »Ich mache einen Tee.«

Das sagte sie nicht, weil sie Engländerin war, sondern weil ihr der Pseudotee im Dorfcafé noch auf der Seele lag und weil es ihr eine Entschuldigung gab, in den Nebenraum zu gehen, wo der Wasserkocher stand. Als sie mit der gefüllten Teekanne in die Küche zurückkam, wurde der Raum auf einen Schlag düsterer, als ob jemand in einem entfernten Zimmer ein Licht ausgeknipst hätte. Dann prasselte der Regen los. Die Luft in der Küche war frischer als zu irgendeinem Zeitpunkt in den letzten Tagen. »Eine Schande, die Fenster zuzumachen«, bemerkte Melanie, schloss sie aber dennoch, weil es aufs Fensterbrett regnete.

Harriet stellte die Kanne auf dem Tisch ab. »Muss man noch was von draußen reinholen, das nicht nass werden sollte?«

Melanie ging zur Tür und schaute in den Regen hinaus. »Sieht so aus«, murmelte sie. »Kommen Sie rein!«, rief sie dann mit lauter Stimme.

Karl Niedergesäß lief die Stufen zum Eingang hinauf und blieb unter dem Vordach stehen. »Sind Sie sicher?«, fragte er.

Melanie musterte ihn. »Ach, Sie sind's. Der Mann von der Kriminalpolizei, richtig?«

»Karl Niedergesäß«, erwiderte er. *Ohne* einen Funken von Verlegenheit, wie Harriet feststellte. »Ich habe mein Auto auf dem Platz vor dem Haus stehen und wollte gerade wegfahren.«

Melanie zögerte nur einen Moment, ehe sie entschieden entgegnete: »Unsinn. Kommen Sie in die Küche und trinken Sie einen Tee. Sie werden durchweicht sein, ehe sie am Auto sind, und der Regen wird bestimmt bald nachlassen.«

Harriet bezweifelte das: Vor den Fenstern kam das Wasser in so dichten Strömen herunter, als ob es die Trockenheit der letzten Wochen in einem Satz wettmachen wollte.

Der Polizeibeamte folgte in die Küche. Er lächelte Harriet knapp zu. »Englisches Wetter, ja?«

»Tee?«, fragte sie statt einer Antwort.

Es war eine seltsam häusliche, fast behagliche Szene, zumindest, wenn man sich die äußeren Umstände wie Verdächtigungen, Gewalt und potenziellen Mord wegdachte: Das Geräusch des Regens drang zusammen mit einem frischen Luftzug durch die noch immer offene Haustür herein, und am Küchentisch saßen die drei vor dampfenden Teetassen um den alten Holztisch herum. Allerdings fiel Harriet beim besten Willen kein unverfängliches Gesprächsthema ein, nicht nach den Gedanken, die sie sich über Melanie gemacht hatte. Niedergesäß hatte keine solchen Bedenken. »Es sieht aus, als ob Sie sich doch nicht getäuscht haben«, sagte er zu Harriet. »Ihr Onkel ist tatsächlich Samstagnacht in Rothenburg gewesen. Die Nachbarin hat ihn dort hingefahren.« Er bedachte Harriet mit einem seitlichen Blick, der ausdrückte, dass er wusste, dass sie ihm zuvor nicht die ganze Wahrheit gesagt hatte.

Melanie zog überrascht die Brauen hoch. »Was hat Ed mitten in der Nacht in Rothenburg zu schaffen gehabt? Ich dachte, er hätte längst bierselig im Camper geschlafen.«

»Er hat sich in einem Stundenhotel eingemietet«, antwortete Niedergesäß ausdruckslos.

Harriet gelang es gerade so eben, keinen Tee über den Tisch zu prusten.

Melanie lachte halb ungläubig, halb amüsiert auf. »Mit wem sollte Ed sich in einem Stundenhotel einquartiert haben?«

»Mit mir nicht, falls irgendjemand auf den Gedanken gekommen sein sollte«, kam eine Stimme von der Küchentür her. Claire war dort aufgetaucht und gesellte sich jetzt zu ihnen. Sie sah Melanie herausfordernd an.

Harriet hatte den Eindruck, dass beide genau wussten, was die jeweils andere gerade dachte.

In diesem Moment trat Samuel in die Küche. Sein Blick glitt über die drei Frauen und landete auf dem Kriminalpolizisten.

»Was machen Sie hier?«, fragte er heftig.

Niedergesäß hob seine Tasse. »Tee trinken«, antwortete er ruhig. »Das Ende des Regens abwarten. Ich sitze eher zufällig hier, jedenfalls nicht offiziell.« Harriet glaubte, den leisesten amüsierten Blick in ihre Richtung aufzufangen.

Schon wieder beherrscht, setzte Samuel ein Lächeln auf. »Lass mich raten, Hattie, den Tee haben wir dir zu verdanken. Sehr passend bei diesem Regen.« Er nahm sich eine Tasse und goss den letzten Rest aus der Kanne hinein. »Meine Frau hat erzählt, dass es zu Hause immer noch extrem heiß ist. Wenigstens haben wir hier eine kleine Abkühlung.«

Ein Donnerschlag krachte in seine letzten Worte. Harriet zuckte zusammen. Melanie trat einen Schritt auf das Fenster zu und schaute in den Garten hinaus, der durch den Regenschleier kaum zu sehen war. Claire nahm die Kanne und ging damit in den Nebenraum, um noch mehr Tee zu machen. Harriet fragte sich, ob die Worte des Polizisten bedeuteten, dass er Edmund nicht länger verdächtigte.

»Mala liebt Gewitter«, sagte Melanie zu niemandem im Besonderen. »Wahrscheinlich steht sie gerade am Fenster und genießt die Show.« Es klang, als ob sie die junge Frau vermisste oder ihre harschen Worte vom Vortag bereute.

Ein Blitz erhellte die Küche, kurz darauf gefolgt von einem weiteren Donnerschlag. Harriet dachte, dass Karl Niedergesäß besser daran tat, noch eine Weile auf dem Mauerhof abzuwarten. Die unbefestigte Straße über die Hügelkuppe konnte bei diesem Regen kein Vergnügen sein.

Samuel betastete sein Handy wie einer, der nicht weiß, was er mit sich anfangen soll.

Sie hatten kein Motorengeräusch gehört, aber jemand musste am Hof vorgefahren sein, denn plötzlich waren schnelle Schritte zu vernehmen, und dann lief jemand durch den Vorraum und in die Küche. Eine Frau. Einen Moment lang erwartete Harriet, dass es Mala war. Melanie drehte sich abrupt um; vielleicht dachte sie dasselbe.

Aber die Frau war eine Fremde. Wasser tropfte aus ihren Haaren, die wegen der Nässe viel dunkler wirkten, als sie wahrscheinlich waren, und vom Saum ihres leichten Sommermantels. Sie atmete sehr schnell, vor Anstrengung oder aus Aufregung, und ihr Blick glitt unruhig durch die Küche, bis er auf Samuel zu ruhen kam.

»Bianca!«, rief Samuel schockiert aus. »Ich dachte … was machst du hier? Wie kommst du hierher?«

Harriet starrte die Frau aus großen Augen an. Sie musste um die fünfzig sein. Wie Melanie war sie groß und kräftig gebaut, aber da endeten die Ähnlichkeiten auch schon. Bianca Steynmaier war elegant gekleidet, in einem fließenden Stil, und gekonnt, wenn auch dezent geschminkt. Ihre Haare hingen gerade bis zu ihren Schultern und waren gut frisiert – gut frisiert *gewesen*, bevor Bianca durch den strömenden Regen gerannt war.

»Wo ist er? Dominik Kern? Ist er hier?«

Niedergesäß hielt noch immer seine Tasse in der Hand; er hatte seine Position nicht verändert und schien nur milde überrascht, aber Harriet war sicher, dass ihm kein Detail der Szene entging.

»Sie waren das!«, rief Melanie. »Das war Ihre Stimme – die Frau, die gestern hier angerufen hat und mich ausfragen wollte.«

»Woher wusstest du, dass ich … wie hast du heraus…« Samuel war totenblass geworden. Er stand, wo er sich von der Sitzbank erhoben hatte, und starrte seine Frau an.

»Dominik Kern ist nicht hier«, mischte sich Karl Niedergesäß jetzt doch in das Gespräch ein. Sehr ruhig, wie fast immer, wenn er etwas sagte. »Er ist im Krankenhaus. Sein Zustand ist kritisch.«

Melanie sah von Bianca zu Niedergesäß und von dort aus zu Samuel hinüber, und dann sagte sie, vielleicht nur, um etwas zu sagen, was sie sicher wusste, mit einer Geste zu Niedergesäß hin: »Er ist von der Kripo. Er ist hier, um den Fall aufzuklären.«

Bianca Steynmaier sah den Polizisten aus weiten Augen an. Ihr Atem ging immer noch zu schnell. »Sie sind von der Kriminalpolizei«, wiederholte sie langsam. Dann wandte sie sich an ihren Mann, der weiß und fassungslos dastand. »Was hast du getan?«, flüsterte sie. »Was hast du getan, Samuel?«

Chatverlauf zwischen Harriet Fenshaw und Mala Ngomane, Dienstag, 20.6.

Harriet
Sie haben Samuel Falk mit auf die Polizeiwache genommen, um ihn zu befragen. **16.12**

Mala
Sie haben Samuel verhaftet????? **16.14**

Harriet
Nicht verhaftet, glaube ich, sie wollen ihn nur befragen. Seine Frau ist hier auf dem Hof aufgetaucht, und **16.18**

Mala
Was? **16.18**

Harriet
Sorry, habe versehentlich auf »Senden« gedrückt. Bianca Steynmaier stand während des Gewitters plötzlich in der Küche, wo wir alle inkl. dem Mann von der Polizei saßen, und hat nach Kern gefragt. **16.19**

Mala
Ah. Ich glaube, ich verstehe so langsam! Das ergibt Sinn. **16.24**

Harriet
Das ergibt Sinn? Weißt du etwas, das ich nicht weiß? **16.30**

Mala
Ich erzähle es dir später. Kannst du ins Dorf kommen? **16.32**

Harriet
Warum kommst du nicht hierher? Ich bin sicher, Melanie wäre froh. **16.40**

Mala
Sie hat mich rausgeworfen, Hattie. Ich gehe erst zurück, wenn sie mich fragt. Jedenfalls habe ich vielleicht was über Kern und Bianca herausgefunden. **16.50**

Mala
Bist du noch da? **17.04**

Harriet
Hier ist viel los. Alle sind aufgewühlt. Wie am Sonntag, nur noch schlimmer, weil Samuel definitiv ein Verdächtiger ist. **17.12**

Mala
Aber warum? **17.15**

Harriet
Samuel hat eine Waffe mit auf den Mauerhof gebracht. **17.20**

Mala
Was??? Samuel? **17.20**

Harriet
Ja. Anscheinend ist er Sportschütze mit Waffenschein. Und er hat eine Pistole in seinem Zimmer auf dem Dachboden gehabt. **17.24**

Mala
Samuel? Samuel hat Waffen???? Und woher weiß die Polizei das? Die können doch nicht einfach seine Sachen durchsuchen, solange sie keinen Durchsuchungsbefehl haben! **17.29**

Harriet
Bianca hat Niedergesäß davon erzählt. Und dann hat Samuel zugegeben, dass er eine Pistole hat. Und dann haben sie ihn gebeten, mit auf die Wache zu kommen. **17.34**

Mala
Aber Kern ist nicht angeschossen worden. **17.37**

Harriet
Nein, das stimmt. Aber es sieht trotzdem nicht gut aus unter den Umständen. **17.41**

Samuel Falk-Steynmaier

Die Frage, die ich mir unaufhörlich stelle, ist, was Bianca jetzt gerade macht. Sie hatte diesen flackernden, manischen Blick, die viel zu schnelle Atmung, und dann war da diese plötzliche Stille, als ob sie erstarrt und die ganze unnatürliche, fiebrige Energie mit einem Schlag aus ihr herausgeflossen wäre. Anzeichen, die ich schon früher an ihr gesehen habe, den unendlich langen Winter hindurch, in dem nie die Sonne schien. Ein Trauma macht etwas mit einem Menschen, langfristig. Das kriegst du nicht durch ein bisschen Zeit und vielleicht die ein oder andere Therapiestunde wieder raus. Und selbst wenn du glaubst, dass es überwunden ist, kann ein unerwartetes Ereignis jederzeit alles wieder hochspülen. Wenn du Glück hast, findest du Mittel und Wege, dich in der Spur zu halten.

Schießen ist übrigens so ein Weg. Die meisten können das nicht verstehen, aber wenn du auf dem Schießstand stehst und nichts hörst von dem Lärm, den die Schüsse machen, wenn du gar nichts hörst, sondern nur dastehst und zielst und schießt und wiederholst und auf nichts anderes achtest, das ist fast meditativ, eine Zeit, in der du ganz und gar bei dir selbst bist. Ein echtes Flow-Erlebnis.

Natürlich hatte ich nicht vor, ihn zu erschießen. Kern. Ich kann seinen Namen nicht aussprechen. Das Schießen, das hat nichts mit Krieg spielen zu tun oder mit Gewalt. Es ist einfach mein Hobby, etwas, das ich mache, um dem Druck zu entfliehen.

Natürlich stehe ich unter Druck. Das tun wir doch alle, oder etwa nicht? Druck im Job, Druck in der Beziehung, Druck im Alltag. Manchmal habe ich das Gefühl, dass das Leben für uns alle ein bisschen zu viel ist. Und manchmal so sehr zu viel, dass alles unter dem Druck zusammenzubrechen droht. Bianca …

Aber natürlich hatte ich nicht vor, ihn zu erschießen.

Es ist viel schwieriger, einen Menschen körperlich zu zerstören als psychisch. Weil der Körper eine sichtbare Tatsache ist. Weil man es sofort sieht, wenn man ihm Schaden zufügt. Das andere ist unsichtbar. Erst mal unsichtbar, bis es irgendwann nicht mehr zu übersehen ist.

Und dann beginnt die Hölle.

Harriet

Das Gewitter hörte so unvermittelt auf, wie es begonnen hatte. Der Platz vor dem Haus sah schlammig und zerwühlt aus wie nach einem Festivalwochenende. Die Sonne schob sich durch die Wolken und badete die regennassen Bäume in einem tiefen Kupferton. Harriet stand am Kopf der Stufen, die zum Eingang führten, und schaute hinaus. Neben der Scheune parkte Melanies Auto, ein alter SUV mit Dellen und Kratzern, und näher zur Straße hin stand noch immer Dominik Kerns Vintage-Mercedes, aber nicht länger in Gesellschaft von Sigis Tesla. Bianca war in einem roten Hybridfahrzeug gekommen, und selbst die Art und Weise, wie sie es quer mitten auf dem Platz abgestellt hatte, zeugte davon, wie aufgewühlt sie gewesen sein musste. Karl Niedergesäß war davongefahren, und die Reifen von zwei weiteren Polizeiautos hatten ihre Spuren in den weichen Boden gegraben.

Es waren erschöpfende zwei Stunden gewesen. Harriet fühlte sich wie ausgewrungen. Es war beinahe Mittsommer, und obwohl die Sonne schon tief stand, würde es immer noch Stunden dauern, bis es dunkel wurde. Die Frische, die der Regen gebracht hatte, war bereits wieder einer unangenehm dampfigen Wärme gewichen.

Harriet drehte sich um und ging in die Küche zurück. Wie war dieser alte, holzgetäfelte Raum in den vergangenen Tagen zum Mittelpunkt ihres Daseins geworden, wo alle früher oder später am Tisch saßen und einander beschuldigten oder belogen? Dann dachte sie an das kurze Interludium, in dem sie Tee getrunken hatten, während der Regen an den Fensterscheiben herunterrann, und die Atmosphäre friedlich gewesen war.

»Ich kann mir nicht vorstellen, dass er sie wirklich benutzt hätte«, sagte Claire, die am Fenster stand, die verschränkten Arme in den Ärmeln eines weiten, brombeerfarbenen Pullovers versteckt, den sie trotz der Wärme trug. Sie sagte nicht, wen sie mit *er* meinte, aber das war auch nicht nötig. Sie alle dachten ausschließlich an das, was sich in den letzten Stunden ereignet hatte.

Zumindest nahm Harriet das an, bis Claire sich zu ihr umdrehte und sagte: »Das Krankenhaus hat angerufen.« Dann schwieg sie und starrte in den Garten hinaus.

Harriet wagte nicht zu fragen, was die Ärzte ihr erzählt hatten.

Claire zog eine Hand aus ihrem Ärmel und fuhr mit einem Finger über das Fensterglas, auf dem sich ein bisschen Wasser gesammelt hatte. »Ich wollte ihn verlassen«, sagte sie auf einmal tonlos.

Harriet wartete.

»Ich war entschlossen, nicht mehr mit ihm nach Hause zurückzukehren«, fuhr Claire fort. »Ich wollte nicht hierherkommen, wollte Melanie nicht wiedersehen, aber als mir klar wurde, dass Renatus die Einladung unbedingt annehmen wollte, dachte ich mir …« Sie schien nach Worten zu suchen. »Ich dachte mir: Das ist es. Das ist der Moment, auf den du gewartet hast. Wenn du es jetzt nicht tust, wirst du niemals frei von ihm werden.«

Sie sah schmächtig aus in dem zu großen Pullover, und sie hatte die Hände um ihre Oberarme gelegt, als ob sie sonst nichts hätte, woran sie sich festhalten konnte.

»Und jetzt weiß ich nicht, ob ich das jemals tun kann«, sagte sie leise. »Ob ich jemals wieder frei von ihm werde.« Sie drehte sich um und sah Harriet an. »Wie kann ich ihn verlassen, wenn er am Leben bleibt und auf mich angewiesen ist?«

Sie sah Harriets unausgesprochene Frage und nickte. »Ja. Sie haben gesagt, dass er wahrscheinlich wieder aufwachen wird.«

Durchschlag eines Briefes von Simone Herrenreuter an Andreas Eschberg, August 1974

Sehr geehrter Herr Eschberg,

es tut mir leid, daß Sie meinen Anruf vor einigen Tagen nicht entgegennehmen wollten. Wir versuchen wirklich alles, um gute Nachbarn zu sein. Auch in der Sache mit der Mauer sind wir bereit, Ihnen entgegenzukommen. Die Behauptung, die Mauer und der Streifen links davon seien in Wirklichkeit zu Ihrem Grundstück zu rechnen, ist falsch, und wir werden es notfalls auch auf eine Gerichtsverhandlung ankommen lassen, um das zu beweisen. Wir haben uns aber mittlerweile belehren lassen, daß die Mauer Ihren ursprünglichen Zugang zur Straße versperrt. Seither kann ich Ihren Ärger besser verstehen. Auch wenn es für uns Mühe und Kosten verursacht, sind wir bereit, die Mauer (für deren Existenz wir wohlgemerkt nichts können!) zu entfernen und die ursprüngliche Anbindung Ihres Hauses zur Straße wiederherzustellen.

Ich hoffe, daß dieses Angebot dazu führen wird, den Streit zwischen uns zu beenden.

Mir freundlichen Grüßen

Simone Herrenreuter

Mala

»Kern der Kunst«, Kerns YouTube-Kanal, war … Er war nicht schlecht. An ein oder zwei Stellen hätte ich beinahe gelacht. Hab's mir natürlich verkniffen, weil: Ich wusste ja, wer der Mann war. Und ich hatte nicht vergessen, wie er Claire behandelt hat am Lagerfeuer und wie er morgens in meinem Schlafzimmer stand, als ob er ein Recht darauf hätte, das Arschloch. Aber ich konnte auf einmal nachvollziehen, warum Harriet Kern sympathisch gefunden hatte. Was schlimmer war: Ich habe sogar was gelernt in den drei Folgen, die ich angeschaut habe. Das war also die andere Seite von dem Typen. Der Grund, warum eine Frau wie Claire ihn geheiratet hat und warum seine Studenten *und Studentinnen* ihn schätzen. Nicht alle natürlich, aber ich habe mich umgehört, ich kenne ja Leute an der Akademie, und er ist ein bei vielen beliebter Dozent – kompetent, mit unglaublichem Wissen, witzig und charismatisch.

Ändert nichts daran, dass des Pudels Kern (Ja, ich hab *Faust* im Deutschunterricht gelesen!) oder vielmehr des Kernes Kern kein bisschen nett war. Und wenn er wollte, hat man das nicht so leicht bemerkt, weil er eben die glänzende Außenseite hatte, mit der er – wie hat Hattie es ausgedrückt? – einem Wolle über die Augen gezogen hat.

Wie gesagt, als ich die Videos angeschaut habe, wäre mir das vielleicht auch so gegangen, wenn ich nicht gewusst hätte, was ich wusste, weil die Beiträge inhaltlich richtig gut waren, aber auch technisch und vom Layout her.

Es war schon spät, und nach dem Desaster am Mauerhof wollte ich einerseits an gar nichts mehr denken, was damit zu tun hatte, weil ich genau wusste, dass Melanie zu Recht wütend auf mich war, andererseits konnte ich nicht schlafen, und außerdem hat Hattie mir ständig Nachrichten geschickt. Also habe ich weiter gegoogelt und geschaut, was ich so über die Leute erfahren konnte. Und es war eher Zufall, dass ich außer Claire auch nach Bianca gesucht habe. (Harriet habe ich auch gegoogelt. Nur so zum Spaß, wie man halt seine Lehrer googelt und schaut, wie die online drauf sind und ob sie zum Beispiel ohne Privatsphäreneinstellungen Bilder von sich posten, wie sie völlig wasted in der Disco tanzen. War bei Hattie nicht der Fall. Big surprise!) Und das klingt jetzt wahrscheinlich verrückt, aber der erste Hinweis, dass es eine Verbindung zwischen

Bianca und Kern gibt, war das Layout von ihrem Blog. Ich kann es nicht mal erklären, nur dass ich den Stil wiedererkannt habe. Ich war mir plötzlich sicher, dass Bianca Steynmaier für das Layout von Kerns Blog verantwortlich ist. Sie ist ja Webdesignerin, das habe ich dann erst herausgefunden, weil man zuerst auf ihren Blog stößt, und da bin ich auch erst mal hängengeblieben, weil der auch ganz interessant ist. Sie ist wie Samuel, total woke, aber nicht so furchtbar langweilig dabei. Apropos langweilig: *Das* habe ich über Samuel übrigens nicht herausgefunden: dass er im Schützenverein ist und Schusswaffen hat. Wie sich das mit Pazifismus und Nachhaltigkeit verträgt, ist mir auch nicht klar. Wahrscheinlich ein Fall von kognitiver Dissonanz. (Ich liebe den Begriff. Ich bin auch fast sicher, dass ich weiß, was er bedeutet.)

Das Layout war also der Anstoß, dann habe ich ernsthaft geschaut, ob es Verbindungen zwischen den beiden gibt, und das hat ewig gedauert, weil ich auch mal schlafen musste, und am Vormittag hat Hattie mir dann *wieder* eine Nachricht geschrieben. Die Frau gibt einfach nicht auf. Eigentlich bin ich ihr sogar dankbar dafür, denn sonst hätte ich gar nichts vom Mauerhof erfahren. Jetzt bin ich schon viel zu tief in der Sache drin, um aufzuhören, und außerdem will ich wieder zurück.

Ja, das ist das Gefühl, das ich habe: Ich will *heim.*

Harriet

Plötzlich waren nur noch Frauen auf dem Mauerhof anwesend, die zwischen Solidarität, dem unausgesprochenen, aber starken Gefühl, dass sie alle irgendwie im selben Boot saßen, und der Tendenz, einander aus dem Weg zu gehen, schwankten.

Melanie und Claire vermieden es, zusammen im selben Raum zu sein, solange sonst niemand anwesend war. Vielleicht hielt sich Claire deshalb in Harriets Nähe auf, ging aber auf deren Bemühungen, etwas ähnliches wie eine Unterhaltung zu führen, fast nicht ein. Und Bianca war die Fremde, die Unbekannte, von der niemand wusste, wie sie einzuordnen war.

Es war kein entspannter Abend. Wahrscheinlich hätte jede gerne auf die Gegenwart der anderen verzichtet, aber keine wollte mit ihren Gedanken länger allein sein.

Schließlich stellte Harriet sich in die Küche – die mit dem elektrischen Herd – und suchte Vorräte zusammen, aus denen sich ein Abendessen zubereiten ließ, um wenigstens etwas zu tun zu haben, weil sie ja nicht ständig Tee kochen konnte.

Sie war sich nicht sicher, was sie davon hielt, dass Bianca sich zu ihr gesellte. Samuels Frau hatte ihren nassen Mantel ausgezogen und ihre Haare getrocknet und wirkte in ihrem wadenlangen Rock und dem weiten, fließenden Oberteil stattlich und elegant. An der Sorge, die sich in ihrem Gesicht spiegelte, änderte das nichts, aber sie sah nicht mehr so wild und verstört aus wie zuvor.

»Woher hast du gewusst, dass Samuel hier ist?«, fragte Harriet, während sie die Zwiebeln für das geplante Curry schnitt. Sie hatte keine Ahnung, ob Bianca antworten würde, aber es kam ihr falsch vor, stumm herumzustehen.

Bianca öffnete eine der Schubladen und zog ein Gemüsemesser heraus. »Samuel ist kein besonders guter Lügner«, sagte sie trocken. »Soll ich die Paprika schneiden?«

Sie arbeiteten für kurze Zeit schweigend, dann erklärte Bianca: »Ich wusste, dass er mir etwas verheimlichte. Nach sechzehn Jahren hat man ein Gespür für so etwas. Erst dachte ich, dass es eine andere Frau war, aber irgendwie zeigte er dafür nicht die richtige Art von schlechtem Gewissen, falls du weißt, was ich meine. Also habe ich etwas herumgeschnüffelt und Melanies Einladung gefunden. Sie hatte einen Artikel über die Veranstaltung dazugelegt, und darin wurde Dominik Kern erwähnt. Da war ich mir sicher, dass Samuel hier war, nicht im Taunus. Selbst wenn er den Namen nicht mit Textmarker angestrichen hätte.«

Harriet musste an das denken, was Samuel Mala vorgeworfen hatte: dass sie Kern gehasst habe und der Meinung gewesen sei, er hätte verdient, was ihm zugestoßen war. Worte, die vielleicht in Wahrheit seine eigenen Gefühle ausgedrückt hatten. »Und du bist hier, weil du geglaubt hast, dass Samuel ihn … erschießen wollte? Warum?«

Biancas Lachen klang bitter. »Samuel mag noch so modern denken – es gibt Dinge, die ein Mann nicht hinnehmen kann, wenn es um seine Frau geht.«

Wieder kam Harriet als Erstes Mala in den Sinn. Dass Kern in ihrem Schlafzimmer gestanden hatte. Mala hatte gemutmaßt, dass es vielleicht andere Fälle gegeben haben könnte, weniger harmlose als ihren, wenn man ihn denn als harmlos bezeichnen konnte. Aber das war natürlich nicht der einzige denkbare Grund. Eine Affäre zwischen Kern und Bianca? Zumindest im Bereich des Möglichen. Aber ein Mord aus Rache? Begangen von einem Mann wie Samuel?

»Trotzdem klingt es verrückt«, sagte Harriet.

Bianca sah sie von der Seite an. Es war ein beinahe wütender Blick. »Was weiß jemand wie du von Verrücktheit?«, fragte sie rau. »Überlass das den Experten.«

Sprachnachrichten von Bianca Steynmaier an Tina Kaminski, dipl. psych., November 2018

13. November, 19.30

Tina, hier ist Bianca, du musst unbedingt mit Samuel sprechen. Ich mache mir solche Sorgen um ihn. Gestern kam er erst um elf nach Hause, und als ich ihn gefragt habe, wo er war, hat er ausweichend geantwortet. Ich habe solche Angst, dass er genug von mir hat und mich verlässt. Er wäre eine leichte Beute für eine Frau, die seine Schwächen ausnutzt.

13. November, 22.14
Tina, hier ist Bianca, ich weiß nicht, was ich tun soll. Alles wächst mir über den Kopf. Und es ist so dunkel! Wusstest du, dass 2013 der dunkelste Winter seit über vierzig Jahren war? Aber diesmal wird es noch schlimmer, das habe ich im Gefühl. Ich kann nicht schlafen, ich zerbreche mir die ganze Zeit den Kopf darüber, wie es weitergehen soll.

14. November, 6.34
Tina, hier ist Bianca, ich bin aufgestanden und aus unserem Schlafzimmer geschlichen. Samuel darf nicht wissen, dass ich mit dir rede. Er denkt, ich betrüge ihn. Ich kann es an seinen Augen sehen. Was er denkt. Natürlich denkt er das nicht selbst, aber er kann nicht anders. Ich will hier nicht mehr darüber sagen, für den Fall, dass er mein Handy abhört, aber du weißt, dass es *Einflüsse* gibt, die ihm suggerieren, was er denken soll.

14. November, 6.40
Tina, hier ist Bianca. Ich bin noch hier. Ich muss mich immer wieder daran erinnern, dass ich noch da bin, sonst werde ich unsichtbar. Manchmal wäre es großartig, unsichtbar zu sein, wenn alle hinter einem her sind. Du weißt, dass alle hinter mir her sind. Sie werden von denselben *Einflüssen* gesteuert, von denen ich dir erzählt habe. Die wollen mich fertigmachen, aber das können sie nicht, wenn ich unsichtbar bin. Nur vergesse ich dann selbst, dass ich noch da bin.

14. November, 12.30
Ich muss ganz leise sein. Ich kann deinen Namen am Telefon nicht sagen, weil Samuel nicht hören darf, dass ich mit dir spreche. Er macht mir Angst. Was, wenn die *Einflüsse* ihm sagen, dass er mich umbringen soll? Dann wäre er mich endgültig los. Du weißt nicht, wozu er fähig ist. Aber ich kann es sehen. Hast du dir seine Augen mal richtig angeschaut? Da sieht man es. Die Schatten. Deswegen ist dieser Winter auch so dunkel, weil die Schatten überall sind.

16. November, 16.58
Tina, hier ist Bianca. Pass auf, ich muss dir dringend etwas erzählen. Es geht um Leben und Tod. Samuel ist verrückt geworden. Er wird etwas Schreckliches tun, wenn du ihn nicht aufhältst. Deshalb sage ich dir Bescheid. Damit du weißt, was passiert ist, wenn ich verschwinde. Glaub ihm nichts. Er kann sich verstellen, so gut, dass ich manchmal selbst darauf reinfalle. Er wird bei dir anrufen und dir sagen, dass er sich Sorgen um mich macht. Er wird sehr überzeugend sein. Aber du darfst ihm nicht glauben. Er ist ein so guter Lügner. Aber wenn er so lieb und hilfreich ist, wie er immer tut, warum hat er dann einen Waffenschein gemacht? Warum verschwindet er neuerdings ständig, um zum Schießen zu gehen?

16. November, 22.16
Tina, ich habe *Angst*!

Gespräch zwischen Karl Niedergesäß und Julian Vogler in der Polizeiinspektion Rothenburg, Dienstag, 20.6.

Vogler: Bleibt die Tatsache, dass Falk-Steynmaier die Waffe mit auf den Hof gebracht hat. Was wollte er damit?

Niedergesäß: Sie ist nicht benutzt worden, Julian. So, wie die Dinge liegen, können wir von verbotenem Mitführen einer Sportwaffe reden und vielleicht noch darüber, was er damit vorhatte, aber mehr auch nicht.

Vogler: Was er über seine Frau gesagt hat – was denkst du darüber?

Niedergesäß: Das sollte sich leicht nachprüfen lassen. Ein Anruf und eine gründliche Googlesuche sollten die Frage klären.

Vogler: Frag doch deine Engländerin und ihre junge Freundin. So umtriebig, wie die sind, haben sie die Antwort wahrscheinlich schon. Kostet dich auch nur einen Anruf.

Niedergesäß: Der Witz wird alt, Julian.

Vogler: Okay, ich mach's. Trotzdem: Wenn es wahr ist, was er sagt, hat er ein Motiv. Und wenn er lügt, hat er auch eines. Und die Tatsache bleibt, dass ausgerechnet der Mann, gegen den Falk-Steynmaier einen Hass hegt, auf der Intensivstation liegt.

Niedergesäß: Aber nicht mit einer Schusswunde aus einer 9 mm Sig Sauer.

Vogler: Vielleicht hat sich ihm einfach eine Gelegenheit geboten, die weniger riskant schien.

Niedergesäß: Vielleicht. Aber was Motive angeht, gibt es in der Sache weniger Leute, die keines haben, als andersrum. Ich würde sogar so weit gehen zu sagen, dass die einzige Person, die wirklich nichts gegen Kern hatte, Mrs. Fenshaw ist … Ach, sei einfach still, Julian!

Vogler: Ich habe nichts gesagt. Also, die einzigartige Mrs. Fenshaw ist die Einzige, die nicht einmal das kleinste Motiv hat. Was ist mit Siegfried Gruber?

Niedergesäß: Ah, ja. Ich hatte gehofft, dass du mich das fragen würdest. Hier, lies. Gute Arbeit von Kollegin Schäfer.

Vogler: Hm … Isabella Wilhelmsen … nie gehört, aber ich hab's auch nicht so mit klassischer Musik … Er ist der Manager seiner Frau? Komische Sache … hm … hm …

Niedergesäß: Lies mal leise, da muss ich rangehen, Julian, das ist der versprochene Anruf von den Experten aus der Rechtsmedizin … Niedergesäß hier … Ja, sehr gut, danke … hm ... hm … Sind Sie sicher? … Verzeihung, natürlich, das kam nur überraschend … Können Sie mir genauer sagen, wie es dazu kommen konnte? … Hm … verstehe, danke vielmals … danke für den Anruf. Schönen Abend. Fuck.

Vogler: Was haben die gesagt, dass du plötzlich solche Worte in den Mund nimmst?

Niedergesäß: Etwas, das alle unsere Überlegungen auf den Kopf stellt.

Isabella Wilhelmsen

Wissen Sie, was niemand mir wirklich glaubt, ist: Ich *rede* mit meinem Mann. Wir sind verheiratet und zugleich in einer Geschäftsbeziehung. Wenn ich Siegfried Dinge verschweigen würde, stünde ich ganz schnell ohne Ehemann *und* ohne Manager da. Aber die Leute können sich nicht vorstellen, dass wir eine halbwegs funktionale Ehe führen, ohne uns gegenseitig zu belügen. Oder uns selbst. Sie sind überzeugt davon, dass ich mir Siegfried schönrede, um ihn aushalten zu können. Aber warum sollte ich? Ich weiß, was ich an ihm habe, und er weiß das bei mir auch.

Also habe ich ihm natürlich damals von der Causa Kern erzählt. Was er nicht wusste, war Kerns Name, weil der zu dem Zeitpunkt nichts mehr zur Sache tat und ich keinen Skandal wollte. Es war keine Angelegenheit für die Polizei, und nach einiger Überlegung hatte ich mich dazu entschlossen, auch nicht an die Öffentlichkeit zu gehen. Sie mögen das feige finden. Unsolidarisch. Vielleicht ist es das auch, aber es war meine Entscheidung, und ich hatte ein Recht, sie so zu treffen. Seien wir doch ehrlich: Gibt es immer eine klare Antwort auf die Frage, ob etwas unter den Hashtag MeToo gehört oder verbucht werden kann unter #ÜbereifrigerFan oder #KindlyFuckOff? Natürlich nicht. Es gibt Fälle, die sind völlig klar, und es gibt welche, die weisen mindestens *fifty shades of grey* auf.

Siegfried war bei der Konzertreise damals nicht dabei, weil er diese langwierige Sache am Knie hatte und alle paar Tage Termine beim Arzt oder beim Physiotherapeuten wahrnehmen musste. Mein Team hat sich der Sache angenommen, und danach hat Kern mich nicht mehr belästigt. Claudia hat behauptet, sie hätten ihn mit einzementierten Füßen in den Fluss geworfen, aber ich weiß mit Sicherheit, dass der Wasserpegel des Rheins in dem Jahr einen historischen Tiefststand erreicht hatte, und vermutete, dass er (entschuldigen Sie das maue Wortspiel) schon wieder auftauchen würde.

Nur hatte ich das mit dem Wiederauftauchen nicht ganz so wörtlich gemeint. Dramatische Ironie des Lebens, das einem ja gerne mal einen Knüppel zwischen die Stilettos wirft.

Ich hatte Siegfried also von meinem übergriffigen Fan erzählt, aber keinen Namen genannt, weil ich eben davon ausging, dass das Problem Geschichte war.

Und dann kam die Einladung vom Mauerhof. Ich fand es bizarr, dass Siegfrieds Exfrau ihn bei ihrer Vernissage dabeihaben wollte, aber ich sah keinen Grund, deswegen einen Aufstand zu machen. Melanie Gruber ist Vergangenheit. Ehrlich gesagt hätte ich nicht mal ein Problem damit gehabt, wenn er ihr Geld gegeben hätte. Siegfried ist ein anständiger Mann, die Scheidungsmodalitäten waren absolut fair (wobei er damals natürlich nicht annähernd so reich war wie heute), aber wenn er geglaubt hätte, ihr noch etwas schuldig zu sein – so what? Also schickte ich ihn mit einem Lächeln auf die Reise, das auch nicht unehrlicher war als das, das ich zwanzigmal am Tag für andere Leute aufsetze.

Und dann rief er mich am Samstagabend an und erzählte mir, dass einer der Gäste Dominik Kern von der Akademie war, den er offenbar auch noch für eine verwandte Seele hielt, und anstatt die Sache geistesgegenwärtig zu überspielen, war das der Moment, in dem ich die Geduld mit ihm verlor und ihn anblaffte, warum er sich mit dem widerlichen Typen einließ, der mir beinahe meine Konzertreise ruiniert hätte.

Das darauffolgende Gespräch gehörte sicher nicht zu den Höhepunkten unserer ehelichen Kommunikation.

Trotzdem wäre das alles nicht mehr als ein Sturm im Wasserglas gewesen. Bis zu dem Augenblick, in dem irgendjemand Dominik Kern die Schädeldecke eingeschlagen hat.

Und zum ersten Mal in unserer Ehe traue ich mich nicht, Siegfried einfach zu fragen, was er gemacht hat, nachdem wir unser Gespräch beendet hatten.

Samuel Falk-Steynmaier

Irgendwann fängst du an zu glauben, dass du selbst verrückt geworden bist. Hast Momente, in denen du dich nach den Schatten umsiehst und dich fragst, ob du nicht auch gerade dieses Summen gehört hast, das bedeutet, dass »sie« jedes Wort abhören, das du sagst. Dass es »sie« gibt und sie hinter dir her sind und dich vielleicht dazu bringen könnten, etwas Irrationales und Schreckliches zu tun. Dass deine Frau doch recht haben könnte mit ihrer Angst und ihren Verdächtigungen, weil du sie mit perfiden Methoden dazu bringst, an sich selbst zu zweifeln und sich für verrückt zu halten, während du unter dem Einfluss der Schatten stehst …

Damals bin ich in den Schützenverein eingetreten. Klingt vielleicht auch verrückt, dass man jemandem, der unter enormem Druck steht und dessen Frau gerade eine Psychose durchmacht, auch noch eine Waffe in die Hand gibt. Aber ich hatte einen Freund, der schon ewig versucht hatte, mich dazu zu überreden, und plötzlich war ich an einem Punkt, an dem ich alles getan hätte, um aus dem Haus zu kommen, und bin mit, um mir das mal anzuschauen.

Das Beste war, dass mich außer meinem Freund dort keiner kannte. Niemand hat besorgt gefragt, wie es Bianca geht oder wie wir zurechtkommen oder ob ich zurechtkam. Es ging erst mal nur ums Schießen, alles andere konnte ich ausblenden. Ich war »der Neue«, nicht »der mit der verrückten Frau« oder »der arme Samuel«. Wenn mich dort jemand gefragt hat, ob ich Hilfe brauche, ging es um Schießtraining und den Umgang mit der Waffe. Ich bin mir ernsthaft nicht sicher, ob ich die Zeit halbwegs zurechnungsfähig überstanden hätte ohne die Stunden, die ich im Verein verbrachte.

Es ist vorbeigegangen. Dank Tina, die von »der Psychologin« zu so etwas wie einer Freundin geworden ist, dank der Tabletten, dank der Gesprächstherapie und der Unterstützung, die wir bekommen haben. Und es ist in den Jahren seither auch nicht wiedergekommen. Aber die Angst ist immer da. Dass Bianca eines Tags aufwacht und die Schatten wieder da sind. Dass das Ganze wieder von vorne losgeht. Die Angst, dass ich diesmal nicht genug Kraft habe, das durchzustehen. Deshalb versuchen wir, Stressfaktoren zu minimieren. Weil klar war, wodurch die Episode ausgelöst wurde.

Darum habe ich Melanies Einladung angenommen und Bianca nichts davon erzählt. Es hätte alles wieder aufgewühlt. Aber ich wollte Dominik Kern in die Augen sehen und ihn mit dem konfrontieren, was er ausgelöst hatte. Dass die Sache sich verselbstständigt hat, dass er nur den Anstoß dazu lieferte, spielt keine Rolle. Ohne ihn wäre das alles nicht passiert.

Ich weiß nicht, ob ich dabei eine Waffe in der Hand halten wollte. Vielleicht wollte ich die Angst in seinem Gesicht sehen.

Und als er dann tatsächlich vor mir stand, am Lagerfeuer am Samstag, saß ich da und sagte nichts.

Ich wollte, dass er fühlt, was er angerichtet hat, dass es ihm leidtut. Und als es so weit war, war ich völlig nutzlos.

Harriet

Nach allem, was der Tag bisher gebracht hatte, hielt sich Harriets Überraschung in Grenzen, als Mala beim Essen auf einmal die Stufen im Eingangsbereich hochstapfte und sich trotzig vor Melanie aufbaute.

»Ich bin wegen Hattie hier«, verkündete sie. Wenn die Heiserkeit in ihrer Stimme nicht gewesen wäre, hätte man ihr beinahe glauben können, dass sie sich so selbstbewusst fühlte, wie sie auftrat. »Wir können auch weggehen, wenn es dir nicht passt.«

Harriet beobachtete Melanie. Etwas war seltsam an ihr. Bis auf das Gespräch in der Küche hatte sie sich zunehmend zurückgezogen (Seit wann? Seit dem Abend zuvor oder schon, seit sie Kern gefunden hatten?), und jetzt sah sie Mala fast so an, als ob diese eine Fremde wäre. Dann zuckte sie die Schultern. »Schon gut«, sagte sie – nicht unfreundlich, aber ohne ihre gewohnte Lebhaftigkeit.

Harriet warf Mala einen auffordernden Blick zu und formte mit den Lippen das Wort »Entschuldigung«.

Mala rollte die Augen, wandte sich dann aber noch einmal an Melanie und sagte schmallippig: »Tut mir leid, dass ich deine Sachen durchwühlt habe.«

»Um Himmels willen!« Bianca schüttelte ungeduldig den Kopf. »Könnt ihr zwei euch bitte zusammensetzen und aussprechen? Wir gehen auch so lange raus.«

Ihre Worte rissen Melanie aus ihrer Lethargie. »Schon gut«, wiederholte sie, aber diesmal klang sie mehr wie sie selbst. »Kein Grund, das Essen kalt werden zu lassen. Wir können das auch später klären.« Mit einem Lächeln, das halb Gutmütigkeit, halb Ärger auszudrücken schien, fügte sie hinzu: »Wenn Mala noch mal gegoogelt hat, wie das mit dem Entschuldigen richtig funktioniert.«

Claire warf ihr einen pointierten Blick zu, unter dem Melanie wieder in düstere Kontemplation versank. Harriet fühlte sich auf einmal sehr müde.

Mala wusch sich im Nebenraum die Hände, holte einen weiteren Teller aus dem Bauernschrank und setzte sich. »Du bist Samuels Frau«, sagte sie, nachdem sie Bianca eingehend betrachtet hatte.

»Ich weiß«, antwortete Bianca, und Mala lachte überrascht auf.

»Ich hab deinen Blog gelesen«, fuhr Mala fort, während sie sich mit einem Enthusiasmus über das Curry hermachte, als ob sie seit vielen Stunden nichts gegessen hätte. »Vielleicht kann man sogar sagen, dass ich deine Sachen durchwühlt habe.« Sie warf Melanie einen trotzigen Seitenblick zu. »Muss ich mich dafür auch entschuldigen, wenn es öffentlich zugängliche Informationen sind?«

Bianca fuhr mit den Fingern über den Rand ihres Tellers. »Wie du wahrscheinlich mitbekommen hast, habe ich Erfahrung mit dem, was Leute mit öffentlichen Inhalten alles anstellen. Ich bezweifle, dass du etwas Schlimmeres getan hast als eine Menge anderer Leute.«

»Hey, ich habe unterstützende Kommentare geschrieben«, protestierte Mala. »Weil ich weiß, wie wichtig Solidarität ist. Ich meinte nur, ich hab die ganze Sache recherchiert. Den Shitstorm. Die Folgen. Und das ist ja trotzdem irgendwie privat.«

Harriet schüttelte den Kopf darüber, dass Mala Privatsphäre im Internet besser verstand als das Briefgeheimnis. Sie wandte sich ihrerseits an Bianca. »Das ist alles meine Schuld«, erklärte sie. »Ich habe Mala dazu ermutigt, in dieser ganzen Sache mit mir zusammen die Wahrheit zu finden, und jetzt kann sie nicht mehr aufhören.«

»Ja«, bekräftigte Mala. »Weil ich jetzt zumindest verstehe, warum du gedacht hast, dass Samuel …« Sie verstummte, als ihr einzufallen schien, dass Samuel von der Polizei mitgenommen worden war und Bianca sich wahrscheinlich Sorgen um ihn machte. »Sorry«, murmelte sie. Dann sah sie auf und blickte Bianca an. »Ich find's großartig, dass du über deine Erfahrungen geschrieben hast, wollte ich nur sagen. Und dass du weiter bloggst.« Sie sah in die Runde. »Hast du den anderen davon erzählt? Was Kern getan hat?«

»Mala«, sagte Melanie warnend. »Lass sie in Ruhe.«

Aber Bianca schüttelte den Kopf. »Ist schon in Ordnung.« Sie lächelte Harriet an. »Die Sache mit der Verrücktheit? Da bin ich Expertin. Ich hatte einen Zusammenbruch, eine Psychose mit Verfolgungswahn, 2018. Aber dieses Gefühl, dass alle hinter mir her waren? Das war nicht nur Irrsinn, das kam aus der Realität.«

»Einer ihrer Blogeinträge hat einen Shitstorm im Internet ausgelöst«, erklärte Mala wütend. »Mit widerwärtigen Kommentaren von widerwärtigen Leuten. Und angefangen hat alles mit einem Kommentar von niemand anderem als Professor. Dominik. Renatus. Kern.«

»Wie?«, fragte Harriet.

»Bianca Steynmaier hat das Layout und die Strategie für Dominiks YouTube-Channel gemacht«, mischte sich Claire unerwartet ins Gespräch. »Ich habe ihm gesagt, wenn er diesen Kunst-Kanal will, muss er es professionell machen. Und es ist gut geworden, richtig gut.« Sie wandte sich an Bianca. »Was hat er getan? Er hat nach den ersten paar Episoden nicht mehr viel darüber gesprochen und auch nicht erwähnt, dass es Probleme gab. Wahrscheinlich, weil er keine gesehen hat.«

Bianca zuckte die Schultern. »Ich hatte ihm einen guten Preis gemacht, weil ich das Standbein mit dem Layout für YouTube-Kanäle damals gerade erst aufgebaut habe. Und dann, als er das Lob für die gute Aufmachung einfach so für sich beanspruchte, hab ich mal einen humorvollen Kommentar geschrieben, dass es auch Leute gibt, die ›Danke an‹ sagen, wenn sie Unterstützung bekommen haben.«

»Und das hat den Shitstorm ausgelöst?«, fragte Melanie stirnrunzelnd.

Mala schüttelte den Kopf. »Nein, Bianca hat kurz darauf einen Blogbeitrag geschrieben, in dem sie sich über eine bestimmte Sorte Männer ausließ, die der Meinung sind, dass alles, was bei ihnen gut läuft, auf ihr Konto geht, egal, ob das stimmt.«

»Ein wohlmeinender, aber irregeleiteter Freund hat Kerns Kanal in einem Kommentar verlinkt«, fuhr Bianca fort. »Und daraufhin sah sich Kern bemüßigt, etwas über Frauen zu schreiben, die der Meinung sind, kleine technische Hilfestellungen würden sie dazu berechtigen, besonderen Dank einzufordern, während der gesamte geistige Input von größeren Geistern (also zum Beispiel seinem) beigesteuert würde.«

Sie schwieg einen Moment. »Und dann brach die Hölle über mich herein.«

Harriet schüttelte den Kopf. »Das begreife ich nicht. Warum hat die Bemerkung nicht einen Shitstorm gegen ihn ausgelöst?«

Mala lachte bitter auf, und Harriet sah schon einen herablassenden Kommentar über ihre grenzenlose Naivität kommen, aber Bianca nickte. »Ich denke, es hätte ebenso gut andersrum laufen können«, sagte sie. »Die #MeToo-Bewegung hatte zu dem Zeitpunkt gerade eine Menge Aufmerksamkeit für alle möglichen Arten von Sexismus erreicht. Wenn jemand Kerns Kommentar genau im richtigen Moment entsprechend gekontert hätte, hätte sich die Empörung vielleicht gegen ihn gewandt – oder gegen den Kommentator. Das ist das Problem mit dem Internet: Man kann nicht vorhersagen, in welche Richtung der Dominostein umfällt.«

Claire sah grimmig aus, als sie erwiderte: »Sicher ist nur, dass ein Shitstorm an Dominik vorbeigegangen wäre, ohne etwas kaputtzumachen.«

Nach dem Essen wollte Harriet nur noch in ihr Bett in der Kammer unter dem Dach der Scheune kriechen und an nichts mehr denken. Müde half sie den anderen, den Tisch abzuräumen, als Melanie aufhorchte. »Ist das schon wieder ein Auto?«, fragte sie mit einem Stirnrunzeln.

»Hoffentlich nicht noch ein Exfreund«, bemerkte Mala trocken.

Sie hörten eine Autotür zuschlagen und dann Männerstimmen, und Harriets Herz sank, als sie Karl Niedergesäß auf das Haus zukommen sah. Was konnte ihn um diese Zeit noch einmal hierherführen außer weiteren schlechten Neuigkeiten?

»Das ist Samuel«, sagte Bianca, deren Blick auf den zweiten Mann gefallen war.

»Ich mache noch einen Tee«, verkündete Harriet. Ihr Arsenal an Krisenbewältigungsstrategien war eher mau, aber Tee funktionierte eigentlich immer.

»Samuel, ist alles in Ordnung?«, fragte Melanie, während Bianca ihren Mann nur besorgt ansah. »Hast du die Angelegenheit klären können?« Sie sagte das, als ob es um etwas Banales gegangen wäre, nicht um Waffen und einen möglichen Mordverdacht, und Harriet war beinahe dankbar dafür, weil es der Situation zumindest einen Anstrich von Normalität gab.

Samuel sah sie kurz an, nickte, sagte aber nichts, ehe er in die Küche trat. Er ließ sich schwer auf der Holzbank nieder und schaute so müde aus, wie Harriet sich fühlte.

Der Kriminalbeamte blieb mitten im Raum stehen, bis Melanie ihn aufforderte, sich ebenfalls zu setzen. »Ich fange an, mich an den Anblick von Polizisten in meiner Küche zu gewöhnen.«

Niedergesäß lächelte unerwartet. »Betrachten Sie es als Rückkehr zur Tradition des Hauses«, riet er. »Nach allem, was ich gelesen habe, hat der Verfassungsschutz in den Siebzigern regelmäßig vorbeigeschaut.«

Mala nickte. »Und den Brandstifter haben sie in den Achtzigern in Handschellen von hier abgeführt.«

Alle richteten unwillkürliche Blicke auf Samuel, der keinerlei Handschellen trug, und schauten dann verlegen weg, als ihnen klar wurde, was sie da machten. Niedergesäß zog eine Braue hoch. »Ich habe Herrn Falk-Steynmaier hergefahren, weil er kein Auto hat und es abends nicht ganz einfach ist, hier rauszukommen«, erklärte er.

Samuel sagte nichts.

Harriet reichte ihm eine Tasse Tee, die er mit einem Nicken entgegennahm. Dann sah sie den Kriminalbeamten an und stellte die Frage, die vermutlich allen auf der Zunge lag. »Heißt das, er kann hierbleiben? Sie sind fertig mit ihm?« Das war nicht die

Art und Weise, in der sie sich hatte ausdrücken wollen, aber *Sie werden ihn nicht wegen versuchten Mordes verhaften?* hätte auch nicht besser geklungen.

Niedergesäß verzog den Mund. »Seine Pistole haben wir behalten. Ich gehe auch davon aus, dass er seine Waffenbesitzkarte verlieren wird«, antwortete er, dann sah er Bianca direkt an. »Aber ansonsten, ja, er kann hierbleiben. Es besteht kein Verdacht, dass Ihr Mann Dominik Kern etwas angetan hat.«

Bianca starrte ihn einen Moment lang an, dann packte sie Samuel am Handgelenk. »Wir müssen reden«, sagte sie und zog ihn aus der Küche. Harriet fragte sich, ob sie die Einzige war, in deren Kopf die Frage brannte: »Wer dann?«

Niedergesäß räusperte sich. »Der eigentliche Grund, warum ich heute Abend noch einmal hier herausgekommen bin, ist, dass ich Neuigkeiten habe, und ich wollte sie Ihnen nicht vorenthalten ... Ja«, beantwortete er Harriets unausgesprochene Frage. Seine Mundwinkel zuckten. »Ist erlaubt, diese Information weiterzugeben, Mrs. Fenshaw.« Er runzelte die Stirn. »Wir haben eine Einschätzung von den Experten aus der Rechtsmedizin, die dafür sorgt, dass gewisse Informationen, die wir zurückgehalten haben, nicht mehr geheim gehalten werden müssen.«

»Entschuldigung, können Sie das noch mal sagen?«, bat Harriet. Dann wurde ihr klar, dass sein Satz so umständlich formuliert gewesen war, weil er sich mit dem, was er sagte, selbst nicht wohlfühlte.

»Sie wissen, wer Dominik angegriffen hat?«, fragte Claire. Sie war wieder sehr blass. Ihr ganzes Leben hing in der Schwebe, seit die Sanitäter Kern abtransportiert hatten.

Niedergesäß räusperte sich wieder. »Nein«, antwortete er. »Vielmehr –« Was auch immer die Experten gesagt hatten, es musste ihn überrascht haben. »Wir verdächtigen Herrn Falk-Steynmaier und die anderen, die sich auf dem Hof aufgehalten haben, nicht mehr, weil wir wissen, dass keiner von ihnen Professor Kern angegriffen hat.«

Harriets Fantasie präsentierte ihr prompt das schattenhafte Bild eines Fremden, der sich aus unbekannten Gründen auf dem Mauerhof herumgetrieben und Kern niedergeschlagen hatte, doch Mala hatte den Polizeibeamten sofort verstanden. »Wollen Sie sagen … Sie wollen doch nicht sagen, dass …?« Sie war offensichtlich unfähig, ihre Frage zu artikulieren, doch Niedergesäß nickte, als ob sie den Satz beendet hätte. »Ja. Wir sind uns noch nicht völlig klar über den genauen Hergang des Unfalls, aber die Experten sind zu dem Schluss gekommen, dass Kerns Verletzungen nicht auf einen tätlichen Angriff zurückzuführen sind.«

Jemand stieß einen Strom zu lange zurückgehaltener Atemluft aus. Es klang wie ein Seufzer. Niedergesäß lächelte knapp. »Anders, als es den Anschein hatte, hat es hier keinen Mord oder Mordversuch gegeben«, bekräftigte er noch einmal.

»Ich widerspreche nur ungern«, sagte jemand, der in diesem Augenblick aus den Schatten hinter der Küchentür trat. »Aber ich bin überzeugt, dass Sie sich täuschen. Ich denke, es hat sehr wohl einen Mord auf dem Mauerhof gegeben.«

»Ed!«, rief Harriet überrascht.

»Fenshaw«, nickte Karl Niedergesäß ihrem Onkel zu.

Harriet sah von einem zum anderen. »Sie kennen sich?«, fragte sie den Polizeibeamten kühl. Edmund ging zu dem Platz, den Samuel frei gemacht hatte, setzte sich und fühlte die Temperatur von dessen unberührter Tasse. Dann nahm er einen Schluck und lächelte Harriet zu. »Richtig zubereiteter Tee. Du bist die Beste, Hattie.«

»Wo zum Teufel hast du dich herumgetrieben?«, fragte Melanie. Sie hatte die Arme vor der Brust verschränkt und sah ihren Ex-Freund streng an.

»Ich vermute, in polizeilichem Gewahrsam«, sagte Harriet betont ruhig. Sie warf Niedergesäß einen ernüchterten Blick zu.

»Zumindest verstehe ich jetzt, warum Sie mir gesagt haben, ich sollte mir keine Sorgen machen.«

Niedergesäß erwiderte ihren Blick unbewegt. »Das war alles, was ich sagen konnte.«

Edmund war der Interaktion mit einem verwunderten Stirnrunzeln gefolgt; jetzt lachte er leise auf. »Ich weiß, dass ich manchmal ein wenig erratisch wirke, Hattie, aber deine vorschnelle Schlussfolgerung verletzt mich. Tatsächlich befand ich mich *nicht* in polizeilichem Gewahrsam, auch wenn ich gestern Nachmittag ein kurzes, klärendes Gespräch mit Herrn Niedergesäß hatte.« Er schien zu bemerken, dass niemand im Raum sein Amüsement teilte. »Oh, come on!«, rief er. »Es tut mir leid, dass du dir Sorgen gemacht hast, Hattie. Ich wusste nicht, dass du hier warst, und ich habe auch erst auf der Polizeiinspektion erfahren, was hier passiert war.«

»Wenn dich die Polizei nicht verhaftet hat, wo warst du dann?«, fragte Mala. »Und warum kommst du erst jetzt, nachdem Hattie schon überzeugt war, dass dir wer weiß was zugestoßen ist?«

Niedergesäß warf Edmund einen harten Blick zu. »Sagen Sie's ihr, oder soll ich es tun?«

Edmund seufzte. »Wenn du es genau wissen musst, Hattie: Ich wollte nicht mit dir reden. Ich habe ihm das Versprechen abgenommen, nichts zu sagen.« Der Blick, mit dem er den Kriminalbeamten bedachte, enthielt einen Hauch von Belustigung. »Ich kann nicht sagen, dass er begeistert darüber war.«

»Ed, du bist ein Idiot«, erklärte Melanie mit Nachdruck. »Ich schlage vor, du verziehst dich in deinen Camper und lässt dich erst morgen früh wieder blicken, wenn du etwas Sinnvolleres zu sagen hast.«

Edmund blinzelte überrascht, stellte aber die Tasse ab und stand auf. »Wie du willst. Gute Nacht allseits.«

Er machte Anstalten, den Raum zu verlassen, aber Melanie hielt ihn am Arm fest. »Morgen um halb neun hier in der Küche zum Frühstück«, zischte sie. »Und denk nicht mal dran, auch nur eine Minute zu spät aufzutauchen.«

Er verbeugte sich theatralisch. »Ich höre und gehorche!«

»Fenshaw«, rief Niedergesäß ihm nach.

Edmund drehte sich überrascht um. »Ja?«

»Überlegen Sie sich, wo Ihre Prioritäten liegen«, riet der Polizist nachdrücklich.

»Was meinen Sie, was ich in den letzten drei Tagen ununterbrochen getan habe?«, gab Edmund zurück und verschwand im Dunkeln.

Harriet war sich nicht ganz klar darüber, wie es kam, dass sie kurz darauf mit Niedergesäß vor der Scheune stand, wo sie sich in der kleinen Schlafkammer unter dem Dach eingerichtet hatte, aber sie hatte nicht vor, sich die Gelegenheit entgehen zu lassen, allein mit ihm zu reden.

»Wie haben Sie ihn gefunden?« Ihre Stimme klang noch immer steif vor Ärger. Sie widerstand der Versuchung, die Arme vor der Brust zu verschränken wie ein trotziges Kind. Er stand direkt neben der Nische, in der sie und Samuel am Sonntag *Prometheus' Rache* aufgestellt hatten, sodass es in der Dunkelheit beinahe so aussah, als ob sie zwei Personen vor sich hätte. »Mareike Eschberg, die Schwiegertochter von Andreas Eschberg, hat uns den Hinweis gegeben. Sie hat ihn Samstagnacht nach Rothenburg zum Hotel gefahren« – sie konnte sein Gesicht nicht sehen, aber etwas an seiner Stimme sagte ihr, dass er bei der Erwähnung des Stundenhotels ein Lächeln unterdrückte. »Nicht, dass sie ebenfalls dort eingecheckt hätte«, fügte er hinzu.

»Das beruhigt mich«, brummte Harriet schlecht gelaunt, aber es beruhigte sie tatsächlich ein wenig.

Niedergesäß nickte. »Sie muss von den Ereignissen hier gehört haben. Jedenfalls rief sie gestern Nachmittag bei uns an und informierte uns darüber, dass sie einen der Gäste vom Mauerhof am Samstag gesehen hatte, und auch, wo er sich gerade aufhielt. Wir sind hingefahren, haben ihn angetroffen und befragt, und es wurde sehr schnell klar, dass er sich den ganzen Sonntag über nicht auf diesem Grundstück hier aufgehalten hat.«

»Und Sie haben ihm erzählt, dass ich nach ihm gesucht habe?«, fragte Harriet, ohne zu wissen, welche Antwort sie hören wollte, weil beide eine Enttäuschung bedeuten würden.

»Hm«, bestätigte er einsilbig.

Sie beschloss, das Thema zu wechseln. »Was Edmund gesagt hat – dass doch ein Mord stattgefunden hat –: Warum haben Sie ihn nicht gefragt, was er damit meint?«

»Es ist zehn Uhr dreißig.« Seine Stimme klang unerwartet frostig. »Ich hatte ursprünglich nicht die Absicht, meinen Feierabend hier draußen zu verbringen. Was immer er denkt, es hat Zeit bis morgen.«

»Das heißt, Sie sind sicher, dass niemand hier schuld ist an dem, was mit Kern passiert ist? Dass es ein Unfall war? Wie können Sie das wissen?«

»Ich verlasse mich auf die Experten, Mrs. Fenshaw«, antwortete er trocken. »Vielleicht sollten Sie das auch mal versuchen.«

Harriet musste lachen. »Okay, touché.« Sie dachte nach. »Es sollte eine riesige Erleichterung sein. Schließlich habe ich selbst die ganze Zeit gedacht, es ist doch nicht möglich, dass jemand so … so verrucht sein könnte, Kern töten zu wollen.« Ihre Wortwahl schien ihn zu amüsieren, aber sie fuhr unbeirrt fort: »Ich kann mir nur nicht vorstellen, was für eine Art von Unfall das sein könnte. Sie wissen offensichtlich mehr – dürfen Sie vielleicht jetzt etwas verraten? Damit ich heute Nacht ruhig schlafen kann?«

»Sie schrecken auch vor schmutzigen Taktiken nicht zurück, oder?«, seufzte er. Sie ahnte sein Schulterzucken eher, als sie es sah.

»Warum nicht? Es kann jetzt nicht mehr darauf ankommen.« Er schwieg einen Moment. »Wie Sie selbst festgestellt haben, gab es an der Stelle, an der Dominik Kern im Garten gefunden wurde, keinen Gegenstand, der seine Verletzung verursacht haben konnte.«

Harriet nickte. »Entweder hat jemand etwas wie eine Waffe von dem Ort entfernt, oder die Verletzung kam woanders zustande«, sagte sie. So weit hatten sie und Mala auch schon gedacht. »Aber wo und wie dann?«

»Er ist ein Stück weit gekrochen«, erklärte Niedergesäß. »Vielleicht hoffte er auf Hilfe. Vielleicht war es auch einfach sein Instinkt, nicht liegen zu bleiben, wo er war.«

Harriet schauderte. Zum ersten Mal, seit sie mehr über Kerns wahren Charakter erfahren hatte, fühlte sie Mitleid mit ihm. »Es muss schrecklich für ihn gewesen sein. Von wo ist er …?« Sie dachte an die Szene im Garten, die sie eigentlich lieber vergessen hätte: die Position des reglosen Körpers im Gras, den Campingwagen in der Nähe, am Ende des Gartens, die … »Er kam von der Mauer?«

»Er kam von der Mauer«, bestätigte Niedergesäß. »Von oben. Er muss beim Herunterklettern einen losen Mauerstein erwischt haben, der ihn dann getroffen hat. Die Mediziner vermuten, dass er eine Weile bewusstlos war, aber dann noch einmal das Bewusstsein wiedererlangt hat und genug Kraft hatte, in den Garten zu kriechen.«

»Claire hat gesagt, dass er wahrscheinlich wieder aufwachen wird«, murmelte Harriet. »Denken Sie, das hat ihm das Leben gerettet? Dass er näher zum Haus gekrochen ist, wo er früher entdeckt wurde?«

»Gut möglich«, erwiderte Niedergesäß.

Die beiden standen eine Weile schweigend in der Dunkelheit. Niedergesäß schien sie zu beobachten.

»Was?«, fragte sie, als sein Blick begann, sie zu beunruhigen.

Er räusperte sich. »Was meinen Sie, soll man froh sein, wenn Kern überlebt?«

Sie hatte das Gefühl, dass es nicht das war, was ihn beschäftigte. »Nun, die Alternative ist, sich zu wünschen, dass er stirbt«, antwortete sie langsam. »Und vielleicht kann man verstehen, wenn jemand das insgeheim will.« Claire zum Beispiel, oder Bianca, deren Leben Kern quasi im Vorbeigehen ebenso absichtslos wie unbarmherzig in die Krise gestürzt hatte. Sie seufzte. »Trotzdem: Ich glaube, ich bin nicht der Typ, jemandem den Tod zu wünschen. Nicht einmal, wenn er es vielleicht verdient hat.«

»Hm, ja«, sagte er, und dann: »Schlafen Sie gut, Harriet.« Er wandte sich abrupt zum Gehen.

»Werden Sie sich morgen anhören, was Ed zu sagen hat?«, rief Harriet ihm nach. »Sie wollen das doch nicht völlig ignorieren, hoffe ich.«

Er wandte sich wieder um. »Wir kommen morgen früh wieder«, erklärte er kurz angebunden. »Den Fall abrunden und uns überzeugen, dass wir alle Informationen haben. Wenn Mr. Fenshaw noch etwas zu sagen hat, wird er uns finden, vorausgesetzt, er verschwindet nicht wieder ohne ein Wort.«

Harriet sah ihm sprachlos hinterher, während er mit langen Schritten auf sein Auto zulief. *Sie* hatte ein Recht, wütend auf Edmund zu sein, aber das bedeutete nicht, dass jemand anderes so über ihren Onkel reden konnte. Gerade, als sie entschieden hatte, ihm nachzulaufen und ihn zur Rede zu stellen, hörte sie ein leises Lachen hinter sich.

»Du hast es nicht gesehen, was?«, fragte Mala. Sie kam zu Harriet herüber und beobachtete, wie Niedergesäß ins Auto stieg und den Motor anließ. Die Scheinwerfer glitten über die beiden hinweg, als er in einem weiten Bogen wendete.

»Was nicht gesehen?«

»Warum er so wütend auf Edmund ist.«

»Na, weil Ed behauptet hat, dass er falschliegt«, erwiderte Harriet prompt. »Weil er es nicht ertragen kann, dass jemand seine Schlussfolgerungen infrage stellt und sich einmischt …« Sie verstummte.

»Ich bin so froh, dass du wenigstens auf halbem Weg merkst, wenn du Unsinn redest«, kicherte Mala. »Kann mich nämlich nicht erinnern, dass er dich abgewürgt hätte, als du dich eingemischt hast.«

»Wir«, verbesserte Harriet. »Warum dann?«

»Weil Edmund sich wie ein Idiot benommen hat.« Sie klang, als läge ihr noch mehr auf der Zunge.

»Wichtigere Frage«, sagte Harriet entschieden. »Was hatte Kern an der Mauer zu suchen? Er kann ja wohl kaum erwartet haben, den Beuys dort zu finden.«

Mala überlegte, dann fragte sie zurück: »Spielt das jetzt noch eine Rolle?« Und dann ging sie, ohne eine Antwort abzuwarten, zurück Richtung Haus.

»Ich will es einfach verstehen«, sagte Harriet in die Dunkelheit.

Sie erwachte sehr früh, als das Morgenlicht durch das kleine Fenster der Kammer unter dem Scheunendach fiel.

Zuerst dachte sie, der Lärm der Vögel in dem Baum neben der Scheune hätte sie geweckt, ehe sie das leise Klopfen an der Tür registrierte. »Kann ich reinkommen, Hattie? Bist du wach?«

»Ed?«, fragte sie noch etwas benommen. »Warte einen Moment.« Sie schlüpfte in eine frische Bluse und den Rock, den sie am Tag zuvor getragen hatte, dann öffnete sie die Tür.

Ihr Onkel hatte zwei Becher mit dampfendem Kaffee in der Hand. »Setzen wir uns draußen hin?«, fragte er. »Es ist schon ganz angenehm in der Sonne.«

Sie hockten sich auf die Stufen der hölzernen Außentreppe und saßen eine Minute lang schweigend da, ehe Edmund fragte: »Auf einer Skala von eins bis zehn – wie sauer bist du auf mich?«

Es hatte eine Weile gedauert, aber irgendwann zwischen Wachen und Einschlafen war es Harriet gelungen, eins und eins wenigstens ungefähr zusammenzuzählen. Sie runzelte die Stirn: »Ich bin nicht die Person, die du das fragen solltest, oder?«

Er seufzte. »Nein. Oder doch, auch. Ich wollte nicht, dass du dir Sorgen machst, aber es war mir dann weniger wichtig als …«

»Es geht um Ivy, richtig?« Ivy war ihre Freundin, die sie mit zu Edmunds Theaterstück genommen und ihm vorgestellt hatte – in der Hoffnung, dass sich etwas daraus entwickeln würde. Nur dass die Sache offensichtlich an irgendeiner Stelle gründlich schiefgegangen war.

»Hör zu, Hattie, lass uns das später besprechen, okay?« Er legte ihr die Hand auf den Arm. »Ich bring das wieder in Ordnung, versprochen. Aber auf ein paar Stunden kommt es jetzt auch nicht an, und ich brauche deinen Input. Come on!« Er sah sie mit dem enthusiastischen Blick an, mit dem er sie in der zehnten Klasse überredet hatte, die Schule zu schwänzen, um einen Tag am Meer zu verbringen, oder ihr im Alter von sechzehn Jahren ihre erste (und letzte) Zigarette aufgeschwatzt hatte.

Harriet seufzte. »Du bist verrückt. Also schön, erzähl mir, warum du glaubst, dass hier jemand ermordet wurde. Du hast nicht von Dominik Kern gesprochen, stimmt's?«

»Nein«, antwortete er und zog einen alten, zweifach gefalteten DIN-A4-Briefumschlag aus der Tasche. »Ich glaube, dass der Mord schon sehr lange zurückliegt und nie aufgeklärt wurde.«

Notizen von Edmund Fenshaw auf der Rückseite eines Briefumschlags

1948: Pascoe (zu dem Zeitpunkt 38 Jahre) heiratet Ingrid Bruder (20 Jahre alt)

1950: Wolfgang Eschberg heiratet Erika Bruder

Streit zwischen Pascoe und Eschberg, während die Frauen weiterhin ein gutes Verhältnis haben.

Pascoe baut Mauer zwischen den Grundstücken, Wolfgang Eschberg besteht vergeblich darauf, dass er sie wieder abreißt.

Ab 1966: Ingrid Pascoe beginnt, Gäste auf den Hof einzuladen, unter anderem Simone, Melanies Mutter, an die sie später Haus und Grundstück verkauft.

Oktober 1969: Streit zwischen Pascoe und Eschberg; Andreas Eschberg von Pascoes Hund gebissen, Eschberg erschießt den Hund.

März 1970: Wolfgang Eschberg stirbt, sein Haus bekommt Andreas Eschberg. Von dem geht später der Rechtsstreit wegen der Grundstücksgrenze aus.

Oktober 1970: Pascoe verlässt Ingrid und kehrt nach Kent zurück. Warum entschließt er sich nach all der Zeit dazu?

Harriet

Um Punkt halb neun war Edmund wie versprochen in der Küche beim Frühstück, während Harriet vor dem Haus auf der Steinstatue an einem Brombeergebüsch saß und darauf wartete, dass Karl Niedergesäß' Auto auftauchte.

Als der Polizeibeamte aus dem Wagen stieg, war sein Gesicht verschlossen, aber Harriet hatte den Eindruck, dass er beinahe lächelte, als er sie auf dem Rücken des Einhorns entdeckte. Vielleicht war es ihm selbst auch aufgefallen, denn statt einer Begrüßung sagte er noch trockener als gewöhnlich: »Bitte sagen Sie mir, dass sich in diesem Umschlag nicht wieder ein Stapel Papiere befindet, die ich lesen soll.«

Sie blickte auf den braunen Briefumschlag, den Edmund ihr überlassen hatte. »Keine Sorge«, erwiderte sie etwas fröhlicher, als die Situation es erforderte. »Nur ein paar Notizen.«

»Ist Fenshaw da?«, fragte er schroff.

Harriet nickte. »Bei Melanie in der Küche. Soll ich ihn holen?«

»Nicht nötig«, antwortete er etwas zu prompt. »Ich wollte nur wissen, ob er sein Versprechen gehalten hat.«

Harriet warf ihm einen Blick zu, der Ärger ausdrücken sollte, aber wahrscheinlich nicht über milde Enttäuschung hinauskam; sie wusste auch nicht, warum. »Kommen Sie, Edmund ist kein schlechter Mensch. Haben Sie noch nie in einer Stresssituation impulsiv und irrational gehandelt? … Vergessen Sie's«, seufzte sie nach ein paar Sekunden. »Wenn Sie so lange darüber nachdenken müssen, offensichtlich nicht.«

»Um was für Informationen handelt es sich?«, fragte er, als hätten sie nie über etwas anderes geredet. »Ich vermute, es geht um das, was Ihr Onkel gestern sagte?«

Sie nickte und klopfte mit der freien Hand auf den Platz neben sich. Wer auch immer die Statue erschaffen hatte, hatte dem Einhornrücken die Dimension einer Parkbank gegeben. »Setzen Sie sich doch dazu«, sagte sie abwesend.

Er wurde rot. »Auf keinen Fall.«

Um ihre eigene Verlegenheit zu überspielen, scherzte sie: »Verstehe. Kriminalbeamte auf Einhörnern – ist nicht erlaubt?«

»Kein Sicherheitsgurt«, nickte er ernsthaft.

»Wussten Sie, dass Ingrid Pascoe eine geborene Bruder war?«, wechselte Harriet das Thema. »Und Erika Eschberg ebenfalls? Die beiden waren Cousinen zweiten Grades. Wolfgang Eschberg hat in die Familie eingeheiratet, die hier seit Langem ansässig war und jede Menge Grundbesitz hatte.«

»Wussten Sie, dass die Grenzen zwischen den Nachbarn tatsächlich strittig sind, weil Ingrid Bruders Großvater das Grundstück zwischen ihr und Erika Bruder aufgeteilt hat, die Teilung aber nicht korrekt ins Grundbuch eingetragen wurde?«, fragte er zurück.

»Wann haben Sie das alles herausgefunden?«, erkundigte sich Harriet beeindruckt. »Sie haben doch mit Kerns Unfall zu tun gehabt. Sind Sie immer so gründlich?«

»Wenn ich kann. Aber der Geschichte der Familie Bruder wäre ich wahrscheinlich nicht nachgegangen, wenn Ihr Onkel nicht dafür gesorgt hätte, dass ich mit Mareike Eschberg sprechen musste.« Er hatte sich nicht gesetzt, stützte sich aber mit einer Hand an der Flanke des Einhorns ab und schaute zu Harriet auf. »Sie beide haben recht, dass es ein Geheimnis aufzudecken gibt.«

»Und Sie haben schon alles darüber herausgefunden?«

Er lachte überrascht. »Wie kommen Sie darauf? Ich weiß nicht einmal mit Sicherheit, warum Dominik Kern an der Mauer von einem Stein getroffen wurde. Was hat er dort zu schaffen gehabt?«

Harriet schluckte. »Sie glauben nicht, dass … Kann jemand den Stein auf der Mauer gelockert haben, sodass er nicht sicher war?«

Der Kriminalbeamte zuckte die Schultern. »Hab ich mich auch gefragt, aber die Experten haben abgewinkt. Und es ist auch nicht logisch – die betreffende Person hätte wissen müssen, dass Kern genau an der Mauerstelle sein würde, um die Falle entsprechend zu präparieren. Ich sehe da kein überzeugendes Szenario.«

Sie lächelte erleichtert. Nachdem sie gestern gehört hatte, dass es keinen Mörder oder Gewalttäter unter ihnen gab, wollte sie diesen Glauben nicht wieder verlieren müssen. »Okay«, versuchte sie es noch einmal. »Wussten Sie, dass Joe Pascoe seine Frau verließ und zurück nach England ging, wenige Monate, nachdem sein Feind Wolfgang Eschberg gestorben war?«

»Das wusste ich nicht«, antwortete er nachdenklich. Dann ließ er die Hand leicht auf die Flanke des Einhorns fallen. »Kommen Sie, gehen wir in die Küche und sprechen mit Ihrem Onkel.« Er klang nicht mehr so feindselig, als er Edmund erwähnte.

Harriet rutschte von der Statue herunter und glättete ihren Rock. Sie hatte Eds Kaffee getrunken, um wach zu werden, aber jetzt freute sie sich auf einen Tee.

Gästebucheinträge vom Mauerhof, 1981

14.6. Lebt wohl, ihr Lieben! Es war wie immer ein Erlebnis! Vor allem die Wasserschlacht auf dem Platz werde ich nie vergessen! Lange nicht mehr so viel Spaß gehabt! B.

18.6. Ich bin vorgestern eingetroffen und muß sagen, ich habe noch nie so gute Gespräche geführt. Wo habt ihr Dominik Kern gefunden? Er ist ein unglaublich weiser Mensch, der mehr über Kunst weiß als jeder andre, den ich kenne. Ich zweifel nicht daran, daß er in ein paar Jahren wie geplant Professor an der Uni ist. Rike!

2.7. Ich hoffe, wenn ich weg bin, machen die anderen damit weiter, den Nachbarn zu piesacken. Was für ein Armleuchter! Renatus hat sich die verfallene Hütte jenseits der Mauer als Platz zum Zeichnen ausgesucht – keine Ahnung, ob die Gerüchte stimmen, daß er einen nächtlichen Aktzeichenkurs abgehalten hat, aber wenn ja, ist es ein brillanter Gedanke gewesen! Sicher weiß ich, daß Berlach in der Hütte was geraucht hat … der Gestank war wahrscheinlich noch in Berlin zu riechen!

4.10. Da bin ich wieder, ihr Lieben! Was muß ich sehen? Der Nachbar hat die Hütte abgerissen! Und was ist mit dem Hund, den er sich angeschafft hat? Wollen die uns am Ende auf unserer Seite der Mauer einsperren? Mein Plan ist, extra laut zu feiern, damit die es drüben auch mitkriegen! B.

12.10. Simone, großartige Darbietung gestern! Ich werde die Gespräche, die Musik, die Kunst und eure Gastfreundschaft mitnehmen, wohin ich auch als nächstes gehe! Gigi!

Mala

Ernsthaft, Melanie war brillant. So habe ich sie schon lange nicht mehr erlebt, seit Monaten nicht. Schon allein dafür hat es sich gelohnt, dass Edmund hier war. »Was genau meinst du mit: Du brauchtest Abstand?«, fragte sie ihn drohend.

»Genau das, Mel. Die Frau hat mich verfolgt.«

»Hat die Frau einen Namen?« Wow, war ich froh, dass ich nicht die Empfängerin dieses Blicks war! Edmund war mit seiner üblichen Nonchalance in die Küche gekommen, aber jetzt sah er zwei Zentimeter kleiner aus (mehr als zwei hat selbst Melanie nicht hingekriegt bei ihm).

»Ivy«, murmelte er. »Sie ist eine Freundin von Hattie. Freundlich. Sieht nett aus. Sie …« In dem Moment sah er aus wie ein trauriger Hund – ein Golden Retriever vielleicht –, einer, der gerade aus dem Fluss gekommen ist und keine Ahnung hat, warum sein Besitzer angepisst ist, nachdem er drei Enten erlegt, sich im Dreck gewälzt und sich dann direkt neben einer Dame im Businesskostüm geschüttelt hat.

»Sie hat dich verfolgt. Und du hast beschlossen, sie zu ghosten und jeglicher Verantwortung zu entfliehen.«

»Ich wollte nicht der Verantwortung entfliehen, sondern Ivy«, grummelte er in dem Versuch, witzig zu sein, aber man konnte sehen, dass irgendwo unter der charmant vom Winde verwehten Frisur das Hirn angesprungen war. Seinem Gesichtsausdruck nach zu urteilen gefiel ihm das Resultat nicht.

»Verdammt noch mal, Edmund«, platzte es aus Melanie heraus. »Du bist fünfundvierzig! Du kannst dich nicht damit herausreden, dass du zu jung bist, um Vater zu werden.«

»Okay«, konterte er. »Ich bin zu alt, um Vater zu werden.«

Das war es also! Der Grund für die typisch männliche Panikreaktion. Mein Mitgefühl hielt sich in Grenzen, vor allem, weil Edmund immer noch versuchte, sich mit einem Witz aus der Affäre zu ziehen. Ich stellte mir Samuels Gesicht bei diesem Gespräch vor – voll enttäuscht darüber, dass Männer immer noch nicht erkannt haben, welche Chancen sich ihnen bieten, wenn sie nur endlich aufhören würden, sich wie Männer zu benehmen. Nur dass der mir nichts mehr erzählen kann, seit ich erfahren habe, dass er Schießen geil findet. Faktisch kann er mir sowieso nichts mehr erzählen, weil er und Bianca gleich ganz früh am Morgen abgereist sind. Ich glaube, Melanie ist nicht allzu traurig darüber. Ihre Vorstellung, den Mauerhof mit Gästen zu füllen und eine große, künstlerische Gemeinschaft zu bilden wie früher, war romantischer als die Realität.

Melanie kennt Edmund natürlich viel besser als ich, und sie muss was gesehen haben, das ich definitiv nicht sehen konnte, denn sie haute ihm keine rein, sondern fragte plötzlich ganz freundlich: »Magst du sie?«

Und er zuckte die Schultern und sagte: »Ja, schon«, und ich dachte mir: *What the fuck? Ja, schon???!*, und zum Glück war Claire in dem Moment nicht in der Küche, weil: freundliche, nett aussehende und absolut von ihm hingerissene Ivy, die er »mag«, versus Claire, die nicht nur megaschön, sondern auch noch tragisch und dramatisch ist? Keine Chance! Ich meine, ich war an dem Abend am Lagerfeuer dabei. Dafür war Melanie im Modus »Racheengel gepaart mit Stimme der Vernunft«, und trotz allem, was ich über Edmund gesagt habe, ist er eigentlich ein ganz anständiger Kerl. *Wenn* ihm jemand gelegentlich kräftig in den Hintern tritt, um ihn daran zu erinnern. Also, nach ein paar Minuten hatte sie ihn jedenfalls zusammengestaucht und dann wieder aufgebaut, und weil wir hier von Edmund Fenshaw sprechen, hat er am Ende theatralisch geseufzt und gefragt: »Ach, Mel, wünschst du dir nicht manchmal, wir könnten immer noch zusammen die Welt entdecken? Keine Komplikationen, kein Bedauern, keine Erwartungen, nur Freiheit und Spaß und ein Pfund Sand in unseren Kleidern?«

Und sie ist hingegangen und hat ihn umarmt und gesagt, ja, das wünscht sie sich auch manchmal, und jetzt sollte er bitte aufhören, sich wie ein Arschloch zu benehmen, und sein Leben in Ordnung bringen.

Und dann kamen Harriet und ihr Polizist in die Küche, und das hat mir den Rest gegeben. »Ich mach einen Tee«, brachte ich gerade noch heraus und floh in den Nebenraum. Coping-Strategie à la Harriet: Braue Tee, bevor sich was anderes zusammenbraut!

Als ich wieder zurückkam, redeten sie über Mord. Das hatte zumindest den Vorteil, dass es einfacher war, nicht zu lachen.

Notizen der Künstlerin Emmeline Ewald auf dem Mauerhof im Herbst 1970

12. Okt.: Habe Berlach mitgebracht, und so unwahrscheinlich es klingt: Er hat Pascoe zum Reden gebracht. Hat ihm erzählt, wie er bei seinem Besuch in Südengland vor drei Jahren Naturskizzen angefertigt hat, und verraten, daß er in seiner Jugend Hobby-Ornithologe war. Seither ist er wieder verstummt. Ich frage mich, ob er Heimweh hat.

15. Okt.: Großartig inspirierendes Wetter: Man sieht nichts. Nichts ist, was ich gerade zu malen versuche. Nebel ist nah dran an dem, was ich erreichen will; wenn man jetzt noch den Nebel wegnehmen könnte, wäre es perfekt.

18.10.: Simones kleine Tochter ist bei ihrem Vater. Simone und Toto schmieden Pläne auszuwandern oder eine Kommune zu gründen oder nach West-Berlin zu ziehen … egal was, solange es nichts Normales ist. Ingrid findet, daß Simone das Kind im Stich gelassen hat, aber nachdem sie Bernhard (den Vater) kennengelernt hatte, mußte sie auch gestehen, daß er wahrscheinlich mehr Mutterqualitäten hat als Simone.

31. Oktober: Nebel und Kälte. Das Nichts hat es in den Mauerhof geschafft: Pascoe hat Ingrid verlassen und ist nach Südengland zurückgekehrt, wo er noch Familie hat. Nur den einsamen Soldaten hat er uns zur Erinnerung dagelassen. Komisches altes Leben: Jetzt, da Ingrid frei ist von seinem lauten Schweigen und dem Mißtrauen und der Menschenfeindlichkeit, die ihr das Leben versauert haben, trauert sie ihm nach. Sie hat ihm sogar in Kent geschrieben, wo er herkommt, aber er hat geantwortet, daß er nicht zurückkehren wird, hat sie mir unter Tränen erzählt.

12. Dezember: Ingrid hat Pläne, den Mauerhof zu verkaufen. Drüben hinterm Bassgers Wall leckt sich Andreas Eschberg wahrscheinlich schon das Maul und hofft, das Grundstück wieder in seinen Arm der Familie zurückzuholen, aber ich glaube, Ingrid denkt eher an Simone und Toto. Keine Ahnung, ob die zwei irgendwelche finanziellen Mittel haben, aber der Gedanke ist reizvoll. Die beiden könnten den Mauerhof zu etwas ganz Besonderem machen, einem Hafen für Kunst und für Künstler …

»Sie sagte – Mareike Eschberg meine ich«, fügte Edmund erklärend hinzu, als er Mala wieder in die Küche zurückkommen sah. »Sie sagte: ›Wenn Sie wirklich mehr wissen wollen, sollten Sie Ingrid fragen.‹«

Mala stellte die Teekanne mit zu viel Wucht ab. »Ingrid? Ingrid Pascoe? Die lebt noch?!« Edmund nickte. »Nicht weit entfernt von hier in einem Seniorenheim. Sie ist natürlich extrem alt ...«

»Vierundneunzig«, warf Harriet ein, die rasch gerechnet hatte.

»... aber es klang, als ob sie noch fit genug wäre, um sich zu erinnern und mit einem zu reden.«

Der Kriminalbeamte legte die Hände zusammen und stützte sein Kinn darauf. »Und was würden Sie von ihr erfahren wollen?«

Edmund zuckte die Schultern. »Was auch immer sie zu sagen hat«, erwiderte er. »Ich habe es ja schon gesagt: Ich denke, dass 1970 hier auf dem Hof ein Mord geschehen ist. Aber für mich wäre alles interessant, was eine Frau wie Ingrid Pascoe zu sagen haben könnte. Mein eigentlicher Plan ist es, einen Artikel über Pascoe und den Hof zu schreiben. Ich muss keinen Fall lösen.«

»Aber Sie glauben, dass … was? Joe Pascoe seinen Nachbarn Wolfgang Eschberg ermordet und sich dann nach England abgesetzt hat?«

»Das war mein erster Gedanke«, gab Edmund zu.

Niedergesäß zog eine Braue hoch. »Und Ihr zweiter und dritter Gedanke?«, fragte er skeptisch.

Edmund lachte sein bewusst selbstironisches, ausgesprochen charmantes Lachen. Warum er glaubte, dass es eine Wirkung auf Karl Niedergesäß haben würde, war Harriet ein Rätsel. »Ich finde, wenn man seinem ersten Gedanken folgt, ergeben sich der zweite und dritte schon von selbst«, antwortete er. »Was bringt es, vorher den ganzen Weg durchzuplanen, wenn man vielleicht nach den ersten Metern unvorhergesehen abbiegen muss?«

»Ja, und wir haben alle gesehen, wie gut diese Strategie für dich geklappt hat«, murmelte Mala sardonisch.

»Die Landkarte für deinen Kopf möchte ich nicht zeichnen müssen, Ed«, kommentierte Melanie, aber es klang nachsichtig.

Niedergesäß sagte nichts. Harriet dachte über die Mauer nach, die das Grundstück teilte, und nippte an ihrer Tasse.

»Ich werde sehen, ob ich einen Besuch bei Ingrid Pascoe organisieren kann«, erklärte der Kriminalbeamte unvermittelt und stand auf, sein Handy bereits in der Hand.

Edmund sah aus, als ob ihm jemand ein Stück Kuchen vom Teller gestohlen hätte. »Einen Versuch ist es wert.«

»Ich glaube nicht, dass du eingeladen bist, Ed«, bemerkte Melanie schmunzelnd. »Trag's mit Fassung.«

Niedergesäß, der gerade zur Tür hinausgewollt hatte, blieb stehen. »Sie können mitkommen. Ich kann Ihnen nicht versprechen, dass wir Erfolg haben – oder dass Sie mit Ingrid Pascoe reden können. Und meine Fragen kommen zuerst.«

Edmund strahlte. »Gut genug für mich. Notfalls bleib ich im Auto sitzen und passe auf, dass Sie keinen Strafzettel kriegen.« Er grinste, als er Niedergesäß' Gesichtsausdruck sah. »Oder bekommen Kriminalbeamte keinen Strafzettel?«

»Nicht, wenn sie korrekt parken«, antwortete Niedergesäß trocken.

Harriet ignorierte Mala, die, sobald die beiden Männer außer Hörweite waren, einen Lachanfall bekam. »Melanie«, wandte sie sich an die Künstlerin.

»Ja?«

»Was *will* Andreas Eschberg von dir?«

Melanie rollte die Augen. »Wenn ich das wüsste! Dieser Streit ist so alt, meine Mutter hat schon damit zu kämpfen gehabt. Ich vermute, dass das alles auf die Feindschaft zwischen Pascoe und dem alten Nachbarn zurückgeht. Und jetzt kann sein Sohn nicht mehr aufhören damit.«

Harriet schüttelte ungeduldig den Kopf. »So viel ist offensichtlich. Aber warum nicht? Die beiden Männer sind doch längst tot. Warum den Kampf immer weiterführen?«

Melanie zuckte die Schultern. »Das ist typisch deutsch.«

»Typisch Mann, meinst du«, grummelte Mala, die sich wieder eingekriegt hatte.

»Typisch deutsch«, beharrte Melanie. »Du kannst dir nicht vorstellen, worum sich Nachbarn hier vor Gericht streiten. Aber wenn es dich interessiert, Harriet, ich habe mal versucht, mir selbst einen Überblick zu verschaffen; die Notizen dazu habe ich noch irgendwo.«

Mala seufzte theatralisch. »Melanie hat mir eine langweilige Vernissage versprochen, Harriet. Häppchen, doofe Gespräche und vielleicht am Rande etwas Kunst. Warum müssen wir uns nach dem ganzen Drama mit Kern jetzt auch noch um diesen alten Streit kümmern, der niemanden mehr interessiert?«

Melanie schüttelte den Kopf. »Ich dachte, du wolltest die Wahrheit herausfinden, Mala. Und der Mann von der Kripo scheint diese alte Sache ernst zu nehmen.«

»Ja, aber der sieht auch aus, als ob er in diesem Jahr noch nicht gelacht hätte. Glaube nicht, dass der weiß, wie man etwas *nicht* ernst nimmt.«

Melanie verzog den Mund zu einem schiefen Lächeln. »Dafür ist er jetzt mit Edmund unterwegs, auf den das Gegenteil zutrifft.«

Harriet fand beide Bemerkungen nicht so witzig, wie Mala und Melanie beabsichtigt hatten.

Ich will nicht über Joe reden. Und nicht über den Hof. Mauerhof – was sagt es denn aus, dass sie ihn so genannt haben? Was sagt es aus, dass Joe eine Mauer bauen musste? Ich habe ihn übrigens geliebt. Das hat niemand geglaubt. Ich liebte ihn und ich hasste ihn für das, was er aus uns gemacht hat. Und ich will nicht über ihn reden. Ich bin eine alte Frau, uralt. Warum kann man mich nicht einfach in Ruhe lassen?

Das habe ich mich schon damals gefragt. Als die beiden Männer gekämpft haben, immerzu, ohne Unterlass, fast vom ersten Tag an. Was hätte ich denn tun sollen? Ich war nur eine Frau, die zwischen den Fronten stand. Erika auch. Ihretwegen habe ich auch – es war ihretwegen, und wegen dem jungen Andreas. Weil sie doch mit mir verwandt war, und Andreas war ihr Sohn. Was hätte ich denn tun sollen? Den Wolfgang konnte ich auch nicht besser leiden als Joe, aber er war doch ihr Mann. Warum konnten sie nicht einfach in Frieden miteinander leben?

Ich habe nichts Falsches getan. Als Joe sich immer mehr zurückgezogen hat, habe ich Leben in das Haus zurückgebracht. Das war doch nicht falsch, das war notwendig. Man muss auch selbst leben können, oder nicht? Das habe ich jedenfalls immer gedacht, aber wenn man erst mal so alt ist wie ich jetzt – und wenn man alle überlebt hat, die einem etwas bedeuten –, das ist traurig. Dann fällt es einem schwer, sich daran zu erinnern, dass das Leben an sich lebenswert ist. Vor allem hier. Hier lebt ja keiner mehr richtig. Gespenster, die der Vergangenheit nachhängen oder die alles vergessen haben. Ich erinner mich. Manchmal würde ich lieber auch alles vergessen.

Als Joe nicht mehr da war

Ich dachte, ich hätte ihn gehasst, aber als er fort war, hat er mir gefehlt. Ich wollte nicht, dass er geht. Und ich wollte dann nicht mehr auf dem Hof bleiben, wo ich jeden Tag die schreckliche Mauer sehen musste, die mich an alles erinnerte. Sie wollten, dass sie abgerissen wird, der Wolfgang und der Andreas, und ich hätte jederzeit den ersten Stein rausgebrochen, aber dann

Sie steht bis heute, die Mauer. Weil

Ich bin sehr müde. Warum können mich nicht einfach alle in Ruhe lassen? Es ging doch um Erika und um ihren Sohn. Ich konnte sie nicht so verraten, sie war doch verwandt mit mir.

Aber den Hof habe ich

Simone, das war ihr Name. Hat ihren Mann verlassen und ihre Tochter. Das hat mich wütend gemacht, aber ein Teil von mir konnte es auch verstehen. Ich wollte auch weg von allem. Andreas wollte den Mauerhof, die wollten ihn schon immer und haben es übel genommen, als das Grundstück geteilt wurde. Aber ich habe ihn Simone gegeben. Weil Frauen zusammenhalten müssen.

Warum Joe mich verlassen hat?

Ich habe ihm einen Brief geschrieben, nach England. Das haben wir allen erzählt. Ich wollte nie eine verlassene Ehefrau sein und

Wissen Sie, in dem Jahr, in dem Joe die Scheune gebaut hat, ein abscheuliches Jahr … Beinahe hätte es die Mauer weggespült. Das Wasser drang ins Haus ein. Und der Bassgers Wall, so haben sie ihn genannt im Dorf … der Grund sackte so, dass es die Steine gelockert hat. Joe war so wütend. Oder … war das, nachdem Wolfgang Eschberg gestorben war, oder nachdem Joe fort war?

Manchmal spielt einem die Erinnerung Streiche. Manchmal weiß ich nicht mehr, ob die Geschichte stimmt. Ich habe sie so oft wiederholt. Von dem Brief, den ich ihm geschrieben habe. Manchmal glaube ich selbst daran.

Die Mauer, sie hätte nie gebaut werden dürfen. Man kann sich doch nicht von allem abschotten. Aber

Ich bin so müde, und ich will nicht reden. Immer wollen alle die Vergangenheit wieder ausgraben, das macht doch nichts besser.

Deswegen hat Andreas die Mauer auch nicht

Joe hat sich eingemauert.

Und dann Andreas und

Eingemauert. Die Vergangenheit und den Streit und die Geheimnisse. Wer will sich schon erinnern? Ich hab Joe verloren, er war weg, so oder so. Wer will schon wissen, was wirklich passiert ist?

E-Mail von D. White vom Kent County Council an Edmund Fenshaw, Mittwoch, 21.6.

Sehr geehrter Mr. Fenshaw,

leider kann ich Ihnen nicht weiterhelfen. Uns liegen außer dem Geburtsdatum keinerlei Informationen über die Person vor, nach der Sie gefragt haben.

Mit freundlichen Grüßen

D. White

> Am 19.6. um 11.47 schrieb Edmund Fenshaw
> <ed.fenshaw@gmail.com>:
>
> Sehr geehrte Damen und Herren,
>
> im Zuge einer Recherche bin ich auf den Fall eines Captain Joe Pascoe gestoßen, der 1910 in Ash-cum-Ridley im Distrikt Sevenoaks geboren wurde. Nach dem Krieg lebte er für einige Jahre in Deutschland, kehrte aber Anfang der Siebzigerjahre in seine Heimat zurück. Das Lifestylemagazin *Kent*, für das ich schreibe, bringt in loser Folge Lebensgeschichten von Men-

schen aus Kent, deren Persönlichkeit oder Lebensgeschichte von besonderem lokalen oder überregionalen Interesse ist. Über Pascoes Leben vor dem Krieg und in Deutschland konnte ich schon einiges herausfinden, nicht aber über sein Leben nach seiner Rückkehr. Ich habe bereits einige Mitglieder der Familie in Kent angeschrieben, die mir aber nicht weiterhelfen konnten.

Viele Grüße und danke im Voraus

Ed Fenshaw

Harriet

Der Himmel über dem Bassgers Wall war tiefblau ohne eine einzige Wolke. Die Nachmittagssonne stand noch immer so hoch, dass nur der Streifen direkt vor der Mauer im Schatten lag. Das Moos in den Ritzen wirkte nach dem Regenguss vom Vortag nicht mehr ganz so vertrocknet.

Harriet ging langsam bis zum hinteren Teil des Gartens, wo die Mauer endete und der Weg ins Nachbargrundstück frei wurde. Gras und Unkraut waren an dieser Stelle niedergetrampelt. Sie war nicht die Erste, die hier ging. Sie dachte an Edmund, der einen kürzeren Weg ins Dorf gesucht hatte.

Auf der anderen Seite traf die Sonne sie mit ganzer Kraft. Sie warf einen Blick nach vorn, wo Büsche die Senke anzeigten, in der sich das Haus von Andreas Eschberg verbarg, und dann nach rechts, wo das Wäldchen mit dem Pfad begann, der ins Dorf führte.

Brennnesseln streiften ihre Waden, und sie trat einen Schritt zur Seite. Sie fragte sich, wo genau die Hütte gestanden hatte, die im Gästebuch erwähnt worden war. So wenig Sympathie sie für die Familie Eschberg hatte – offensichtlich hatten einige der Gäste auf dem Mauerhof es sich in dessen wilderen Zeiten zum Ziel gesetzt, den cholerischen Nachbarn bis aufs Blut zu reizen. Und vielleicht erklärten die Einträge auch, was Dominik Kern an der Mauer gesucht hatte: nicht den legendären Beuys, sondern seine eigene Vergangenheit. Sie erinnerte sich an etwas, das er zu ihr gesagt hatte, in der Küche an jenem Sonntagmorgen, der unendlich lange zurückzuliegen schien: dass er den Mauerhof zweimal besucht hatte, und zwar in einer Zeit, an die er gerne zurückdachte. Vielleicht war er hier glücklich gewesen. Harriet merkte, dass sie schon wieder drauf und dran war, den Mann zu entschuldigen. Mala hätte sie wieder einmal naiv genannt. Oder vielleicht argumentiert, dass sie sich nur aus ihrer privilegierten Position heraus den Luxus leisten konnte, so human zu denken. Aber nur weil sich manche Menschen mit dem humanen Denken schwerer taten als andere, konnte man doch nicht darauf verzichten. Sie war so in Gedanken versunken, dass sie den Hund nicht sofort hörte, doch als das tiefe, dunkle Bellen nur ein paar Meter von ihr entfernt ertönte, zuckte sie zusammen und erstarrte. Das riesige Tier – nicht so groß wie der steinerne Hund an der Straße, aber groß genug und definitiv zu sehr aus Fleisch und Blut, von Zähnen gar nicht zu reden, um der Geist von Pascoes Hund zu sein – stand in einem Flecken mit hohem Unkraut und fixierte sie aus kleinen, dunklen Augen. Harriet wagte nicht, sich zu bewegen.

»Arro! Arro! Weg da!«, ertönte plötzlich eine laute Männerstimme, die einen Augenblick lang selbst wie das Bellen eines großen Hundes klang.

Das Tier regte sich nicht und starrte Harriet noch immer an. Sie achtete darauf, ihm nicht in die Augen zu sehen, und versuchte, das tiefe Grollen aus seinem breiten Brustkorb zu ignorieren. »Arro! Zurück, sag ich!«, befahl der Mann scharf. Der Hund wandte langsam und widerwillig den Kopf, machte dann aber gehorsam kehrt und trottete zu seinem Herrn hinüber.

Harriet ließ erleichtert den angehaltenen Atem los. Der Mann begutachtete sie mit einem ähnlich feindseligen Blick wie das Tier eben noch. »Was machen Sie hier? Das ist ein Privatgrundstück. Kommen Sie von denen da drüben?« Er war alt – sie schätzte ihn auf über siebzig –, hatte aber noch immer einen kräftigen, starken Körperbau, und seine Autorität über den Hund, der sich jetzt neben ihm auf den Boden legte, wachsam, aber ohne jeden Kampfgeist, war offenkundig.

»Sie sind Andreas Eschberg?«, fragte Harriet und fügte höflich hinzu: »Tut mir leid, ich hatte nicht vor, hier einzudringen.« Sie warf einen misstrauischen Blick auf den Hund. Ihr Herz hämmerte immer noch unangenehm heftig. »Ist das Ihrer?«

»Die jungen Leute haben ihn nicht unter Kontrolle«, murrte Eschberg. »Mein Sohn und meine Schwiegertochter. Lassen ihn hier wild herumlaufen. Aber ein Hund braucht Disziplin, sonst macht er sich selbst zum Herrn.«

Harriets Gedanken schwirrten durch ihren Kopf. »Ihre Schwiegertochter hat bestritten, dass sie und ihr Mann etwas mit dem Hund zu tun haben«, sagte sie. »Es hat Klagen gegeben.«

»Das weiß ich«, zischte Eschberg aggressiv. »Von der da!« Er gestikulierte wütend Richtung Mauer. »Was soll ich denn machen? Ich kann mich in meiner kleinen Stadtwohnung nicht um das Tier kümmern. Er hat schon immer hier gelebt, ich hab gedacht, es kann doch nicht zu viel verlangt sein, dass sie sich um ihn kümmern. Wir hatten immer Hunde ums Haus, immer seit …«

»Seit den Achtzigern, nicht wahr?« Harriet sah den alten Mann neugierig an. »Ich hätte gedacht, dass Sie … dass Sie Hunde nicht mögen würden. Sie sind doch von einem gebissen worden.«

»Pascoes Wahnsinnsköter«, stieß Eschberg wütend hervor. Seine Hand umfasste seinen rechten Unterarm, als ob er die vor Jahrzehnten zugefügte Wunde noch fühlte. »Das Tier ist ihm überallhin gefolgt. Hat jeden Befehl von ihm aufs Wort ausgeführt.« Ein Muskel zuckte neben seiner Schläfe. »Mein Vater hat ihn erschossen. Ein Hund, der nicht unter Kontrolle ist, hat kein Recht zu leben.« Er schien zu merken, dass seine Worte geeignet waren, Arro zu verdammen, dessen kurzes Nackenfell sich sträubte, weil er die Spannung seines Herrn spürte.

»Hat Pascoe seinem Hund befohlen anzugreifen?«, fragte Harriet. Andreas Eschberg machte ihr vielleicht nicht ganz so viel Angst wie Arro, aber sein hasserfüllter Blick, wann immer Pascoes Name fiel, war ihr nicht geheuer. Sie wäre in diesem Moment durchaus dankbar gewesen, die Mauer zwischen sich und ihm zu haben, doch solange das nicht möglich war, hatte sie keine Absicht, den Mann unnötig zu reizen.

»Ich hab doch gesagt, dass die Bestie immer getan hat, was Pascoe wollte«, antwortete er. »Mein Vater hatte recht. Wenn einer außer Kontrolle ist, muss man ihn stoppen.«

»Er war ein schwieriger Mensch, habe ich gehört«, sagte Harriet, weil sie Arros leises Knurren hätte wahrnehmen müssen, wenn sie nichts gesagt hätte. »Joe Pascoe, meine ich. Er hat Ihnen den Zugang zur Straße abgeschnitten, richtig?«

Sie dachte über alles nach, was sie in den letzten Tagen erfahren hatte, aber ganz vorne nagte etwas an ihrer Erinnerung, etwas, das keinen Sinn ergeben hatte.

»Er war ein wildes Tier«, antwortete Andreas Eschberg. »Der Krieg macht so was mit manchen Menschen.« Plötzlich klang er so alt, wie er war, alt und müde. »Mein Vater hat zu viel gesehen im Krieg. Zu viel erlebt und zu viel getan. Und dann kam Pascoe und hat ihm keine Ruhe gelassen und ihn verfolgt mit der Vergangenheit, obwohl sich meine Familie nur ein neues Leben aufbauen wollte. Alle haben Fehler gemacht. Denken Sie, Pascoe war ein Held und mein Vater ein Verbrecher?«

Harriet schüttelte den Kopf.

»So war es auch nicht«, fuhr Eschberg fort. Es war, als ob er immer weiterreden musste, jetzt, da er einmal angefangen hatte. »Pascoe hat genauso getötet und Unrecht begangen. Haben sie doch alle. Aber er hat getan, als ob … Still, Arro!« Der Hund verstummte, aber sein Nackenfell war noch immer aufgestellt, und seine ganze Körperhaltung drückte beinahe unerträgliche Spannung aus. Die Sonne lag heiß auf Harriets bloßem linken Arm. Eschberg starrte zur Mauer hinüber. »Er hätte zurückgehen sollen«, murmelte er. »Wo er hingehörte.«

Harriet atmete sehr langsam ein und aus. Sie wusste jetzt, was nicht zusammengepasst hatte.

Über ihrem Kopf schoss ein Mauersegler vorbei.

Der alte Mann löste seinen Blick vom Bassgers Wall und schien sie jetzt erst wieder wahrzunehmen. »Ich hab gesagt, dass das hier Privatgrund ist«, sagte er unfreundlich. »Verschwinden Sie.«

Harriet nickte erleichtert und wollte sich gerade umdrehen, als aus der Richtung des Nachbarhauses Stimmen zu hören waren. Arros Ohren zuckten. Er richtete sich halb aus seiner liegenden Position auf, jeder Muskel in seinem mächtigen Körper war angespannt. »Herr Eschberg!«, rief eine Stimme, die Harriet kannte, und einen Moment später tauchte Karl Niedergesäß zusammen mit einem Kollegen, Edmund und einer Frau, die vermutlich Eschbergs Schwiegertochter Mareike war, schräg hinter dem alten Mann auf. »Wir würden gerne kurz mit Ihnen sprechen«, erklärte er und verstummte dann schlagartig, als er Harriet bemerkte.

»Hattie!«, rief Edmund besorgt aus.

Arro schob sich mit einer einzigen fließenden Bewegung nach oben und stand da, eine hundgewordene Bedrohung, die sich zu hundert Prozent auf Harriet konzentrierte, wahrscheinlich, weil er sie schon einmal im Visier gehabt hatte. Tief in seiner Kehle begann es wieder zu rumoren, ein kaum hörbares Grollen, das umso bedrohlicher klang.

»Andreas?«, fragte Mareike Eschberg unsicher. »Die Herren von der Kriminalpolizei sind noch einmal hier.« Sie sah aus, als ob sie jeden Moment ohnmächtig werden könnte, was Harriet unberechtigt fand, da schließlich *sie* von fünfzig Kilogramm Bullmastiff taxiert wurde.

Der alte Mann zitterte vor Wut, als er die Neuankömmlinge bemerkte. Sein Zittern schien sich auf den Hund zu übertragen, dessen Knurren an Intensität zunahm.

»Herr Eschberg, bitte rufen Sie Ihren Hund zurück, damit Mrs. Fenshaw gehen kann«, sagte Niedergesäß sehr ruhig. Mit der geschärften Wahrnehmung einer extremen Stresssituation bemerkte Harriet, dass Edmund Anstalten machte, vorzutreten, doch der zweite Beamte legte ihm die Hand auf den Arm und hielt ihn zurück.

Andreas Eschberg reagierte nicht. Arro rührte sich ebenfalls nicht, ließ Harriet aber auch nicht aus den Augen.

»Arro!«, rief Mareike Eschberg schwach. »Arro, komm her!«

Harriet wunderte sich nicht, dass der Hund sie völlig ignorierte; sie hätte es an seiner Stelle auch getan.

»Herr Eschberg«, wiederholte Niedergesäß, noch immer ruhig, aber mit größerer Dringlichkeit. »Rufen Sie den Hund ab.« Die Polizeibeamten waren nicht nur unbewaffnet, sondern befanden sich auch an einer Stelle, von der aus sie nicht eingreifen konnten, ohne zu riskieren, dass der Hund Harriet zuerst angriff. »Mein Kollege und ich sind hier, um Ihnen ein paar Fragen zu stellen. Mrs. Fenshaw ist eine unbeteiligte Person. Sie möchten nicht, dass sie verletzt wird.«

Harriet hörte Edmunds lautes Luftholen. Er hasste es, nichts tun zu können, das war ihr klar. Karl Niedergesäß wahrscheinlich ebenso sehr, schon allein aus Gründen des Berufsethos. Nur nützte ihr das in dieser Situation alles nichts. Sie zwang sich zu einem Lächeln. »Herr Eschberg, würden Sie mich bitte gehen lassen? Ihr Hund – er macht mir Angst. Ich weiß, dass Sie ihn unter Kontrolle haben, das haben Sie mir selbst gesagt.« Was sie in den Augen des Alten sah, war nicht vielversprechend. Er schaute sie an, ohne sie wirklich wahrzunehmen. Der Hund sah aus, als hielte er die Spannung nicht mehr viel länger aus, und was dann geschehen würde, stand völlig in den Sternen.

»Arro!«, rief auf einmal eine freundliche, aber feste Stimme. Sie kam nicht von Andreas Eschberg und nicht von der Gruppe vor Hattie, sondern von hinten, von jemandem, der wie sie am Ende des Gartens um die Mauer gekommen sein musste. »Arro, komm hierher! Schau, was ich für dich hab!«

Der Hund blickte seinen Herrn unschlüssig an, doch als Andreas Eschberg noch immer keinen Befehl gab, weder zum Angriff noch zum Rückzug, richtete er seine Aufmerksamkeit auf die Stimme, und etwas von der gefährlichen Spannung wich aus dem massigen Körper.

»Na komm her, komm zu mir«, lockte die Stimme leichthin, und auf einmal setzte das Tier sich in Bewegung, zielstrebig und mit locker schwingender Rute.

Harriet lief, so schnell sie sich traute, in die entgegengesetzte Richtung, wo der zweite Polizist Edmund losgelassen hatte. Ihr Onkel war weiß im Gesicht. »Hattie!«, rief er erleichtert und legte ihr fest den Arm um die Schultern.

Karl Niedergesäß sah nur einen Moment lang aus, als ob er gerne das Gleiche getan hätte, dann bedeutete er seinem Kollegen mit einer Geste, dass es Dinge gab, um die sie sich kümmern mussten.

Harriet sah sich nach dem Hund um, der jetzt entspannt in sicherer Entfernung von ihr dastand und sich die Flanke tätscheln ließ.

Edmund tat, was er immer tat, um die Atmosphäre aufzulockern: »In einer Wendung, die niemand voraussehen konnte«, verkündete er in der Manier eines pompösen Fernsehkommentators, »geht der Preis für die schönste Stimme der Welt heute an den unwahrscheinlichsten aller Kandidaten.« Dann wurde er ebenso unvermittelt ernst und rief der Stimme zu: »Danke!«

Gespräch zwischen Karl Niedergesäß und Julian Vogler in Melanie Grubers Büro auf dem Mauerhof, Mittwoch, 21.6.

Niedergesäß: Einmal – ein einziges Mal – hätte ich gerne etwas ganz und gar Untypisches getan und den Helden gespielt. Und genau da finde ich mich in einer Position, in der ich nichts bewirken kann, und als Retter tritt von allen Menschen auf der Welt ausgerechnet Siegfried Gruber auf den Plan.

Vogler: Ja, ich weiß! Wo ist die Gerechtigkeit? Aber sie hat es sicher zu schätzen gewusst, dass du dich hinterher so rührend nach ihrem Wohlbefinden erkundigt hast.

Niedergesäß: Mrs. Fenshaw hätte es mir kaum gedankt, wenn ich mich aufgedrängt hätte, statt Andreas Eschberg in Gewahrsam zu nehmen und sicherzustellen, dass von dem Hund keine Gefahr mehr ausging.

Vogler: Fenshaw hatte also unrecht, als er dachte, dass Pascoe sich ins Ausland abgesetzt und vorher Wolfgang Eschberg umgebracht hatte.

Niedergesäß: Eschberg senior ist im Krankenhaus gestorben, an den Folgen eines Schlaganfalls. Pascoe hingegen …

Vogler: Wie kann bis heute niemals jemandem aufgefallen sein, dass Pascoe nach 1970 weder in England noch in Deutschland gelebt hat?

Niedergesäß: Hm. Andreas Eschberg kann nicht damit gerechnet haben, dass es keine Fragen geben würde. Aber die Behauptung, dass Pascoe seine Frau verlassen habe und in seine Heimat zurückgekehrt sei, war plausibel genug, um ihm Zeit zu verschaffen. Irgendwann wäre Pascoe vermisst gemeldet worden, doch man hätte zuerst in England nach ihm gesucht. Aber es war ein Vabanquespiel, und Andreas Eschberg muss jahrelang gezittert haben.

Vogler: Meine Frage? Wie können die Behörden derart versagt haben, das Verschwinden eines Menschen fünfzig Jahre lang nicht zu bemerken?

Niedergesäß: Ich weiß es auch nicht, aber offenbar haben sie versagt. Hier wie drüben. Wir werden es herausfinden müssen.

Vogler: Was ist mit Ingrid Pascoe? Sie muss Bescheid gewusst haben.

Niedergesäß: Oh, sie wusste Bescheid. Sie hat aktiv die Fiktion befördert, dass ihr Mann sie verlassen hatte. Ohne ihre Mithilfe hätte Pascoes Verschwinden viel mehr Fragen aufgeworfen.

Vogler: Das stimmt. Aber wusste sie vorher Bescheid oder erst hinterher? Hat sie Andreas Eschbergs Plan gebilligt oder nur geholfen, den Mord zu vertuschen?

Niedergesäß: Das wird das Gericht zu entscheiden haben. Ich denke, dass sie die Wahrheit gesagt hat: Sie hat geschwiegen, um Erika Eschberg zu schützen, mit der sie verwandt war.

Vogler: Die zweitinteressanteste Frage von allen ist aber: Haben wir Beweise, um ein Gericht davon zu überzeugen, dass ein Mord an einem Mann stattgefunden hat, den fünfzig Jahre lang niemand vermisst hat?

Niedergesäß: Noch nicht. Aber frag mich morgen noch mal, dann sieht die Sache anders aus. Will ich wissen, was die interessanteste Frage von allen ist?

Vogler: Bei näherem Nachdenken: wahrscheinlich nicht.

Natürlich ist es nicht wirklich vorbei. Das ist das Problem mit dem Hass. Es geht nie zu Ende, nicht einmal, wenn man den Feind zum Schweigen gebracht hat. Andreas legt die Waffe im feuchten Gras ab. Neben dem hageren, reglosen Körper. Er hat keine Angst. Nicht vor der Frau, nicht vor dem Toten und nicht vor den Konsequenzen seines Handelns. »Wir müssen ihn wegschaffen«, sagt er, als wäre es das Logischste auf der Welt. Sie sieht ihn an, als hätte er den Verstand verloren. Natürlich denkt sie, dass sie da nicht mitmachen, dass sie nicht schweigen wird. Aber er weiß es besser. Da unten liegt der Tote, den nichts wieder lebendig macht. Aber dort drüben im Haus sind Menschen, die ihr etwas bedeuten. Er kann sehen, wie sie die richtigen Schlussfolgerungen zieht, wie sie begreift, wem ihre Loyalität gelten muss. Nicht dem Toten, der nichts mehr davon hat, sondern den Lebenden. Er wartet, bis sie nickt. »Denk nicht, dass ich das für dich tue«, zischt sie, aber was bedeuten ihre Worte schon? Es ist vorbei, und sie tut, was sie tun muss. Und er weiß jetzt, dass sein Hass ausreichen wird. Jahrzehntelang, wenn es nötig sein sollte. Lange genug, um sich nie zu fragen: Warum habe ich das getan? Selbst wenn es nie wirklich vorbei ist.

»Ich kann nicht glauben, dass ich die ganze Action verpasst habe!« Mala hatte die Hände in die Seiten gestemmt und blickte Harriet wütend an. »Was hast du dir dabei gedacht? Dir hätte wer weiß was passieren können! Reicht es dir nicht, dass Kern halb tot ist? Warum wirfst du dich einem Mörder und seinem mörderischen Hund in die Arme?«

»Mala! Es reicht.« Melanie drückte der jungen Frau eine Hand auf die Schulter und brachte sie dazu, sich zu setzen. Dann reichte sie Harriet eine Tasse. »Ich hätte Whisky gebracht, aber Edmund sagt, Tee ist das Krisengetränk der Stunde.«

»Und hier kommt der Held der Stunde«, verkündete Edmund, als er Sigi Gruber die Stufen zum Eingang heraufkommen sah. Leiser fügte er hinzu: »Und wenn das nicht der letzte Satz ist, den ich je erwartet habe auszusprechen …«

Melanie reichte ihrem Exmann eine Flasche Bier. »Ich dachte schon, du würdest nicht wiederkommen. Wo warst du?«

Sigi wischte sich eine dünne Haarsträhne aus der Stirn und setzte sich. »Ich hatte mir Sorgen um den Tesla gemacht«, sagte er zu niemandem im Besonderen. »Dachte, diese fürchterliche Straße voller Schlaglöcher hätte vielleicht was beschädigt. Deswegen habe ich eine Autowerkstatt ausfindig gemacht. Scheint aber alles in Ordnung zu sein.«

Harriet lächelte ihn an. »Danke für deine Hilfe. Wie hast du das gemacht? Hast du eine Ausbildung zum Hundeflüsterer, von der niemand etwas weiß?«

Sigi winkte ab. »Ich hab den Arro schon vorgestern kennengelernt«, antwortete er. »Das arme Ding lief völlig vernachlässigt in der Wildnis rum. Dachte, es ist ein Streuner.« Er nahm einen Schluck von seinem Bier und zuckte die Schultern. »Wie ich schon gesagt habe: Ich mag Hunde.«

»Du hast dich mit dem Monster angefreundet, nachdem ich am Samstag erzählt habe, wie es mich beinahe angegriffen hätte?« Edmund starrte Sigi ungläubig an.

»Was heißt angegriffen?«, entgegnete Sigi. »Wahrscheinlich hat er dir zu verstehen gegeben, dass du auf seinem Grund und Boden warst.« Leiser, aber nicht so leise, dass Edmund ihn nicht hören konnte, sagte er zu Melanie: »Manche Leute müssen einfach aus allem ein Drama machen.«

»Wo ist der Hund jetzt?«, fragte Mala zögernd. »Werden sie ihn erschießen? So wie den von Pascoe damals?«

»Ganz sicher nicht!«, protestierte Sigi. »Pascoes Hund hat jemanden gebissen, Arro nicht.«

»Noch nicht«, sagte Edmund düster, und Harriet musste ihm beipflichten: »Vielleicht hat er niemanden gebissen. Aber ungefährlich ist er auch nicht. Und ich glaube, ich weiß jetzt, was Professor Kern zugestoßen ist.« Sie sah Claire an, die schweigend in einer Ecke saß. »Claire, mochte dein Mann Hunde?«

»Nein, gar nicht«, antwortete sie. »Er hat ihnen nicht getraut, und sie ihm auch nicht. Du meinst, er ist hinter der Mauer gewesen und dem Hund begegnet?«

»Die Experten von der Polizei kommen wieder her und schauen sich alles noch mal an«, antwortete Harriet. »Aber ich denke, sie werden herausfinden, dass es genau so war. Und wenn Arro ihn so angeschaut hat wie mich heute, hat Professor Kern wahrscheinlich versucht zu fliehen.«

»Schlechte Idee«, warf Sigi ein, aber der hatte gut reden, fand Harriet. Wenn einer keine Angst vor Hunden hatte, fiel es ihm natürlich leichter, im Umgang mit ihnen keine Fehler zu machen.

»Über die Mauer?«, fragte Melanie ungläubig, aber Claire nickte: »Er war fitter, als man vielleicht denken würde. Und er konnte klettern. Die Mauer schien ihm wahrscheinlich der sicherste Fluchtweg.«

»Nur, dass die Mauer alt und baufällig ist und die Steine nicht mehr alle fest sitzen«, schloss Edmund grimmig.

Einen Moment lang schwiegen alle, während sie an Kerns Unfall dachten. Es fühlte sich anders an als zuvor: Jetzt war Kern Opfer einer Verkettung unglücklicher Umstände geworden, und aus Gründen, die Harriet nicht nachvollziehen konnte, machte ihn das kleiner. Der Narzisst mit dem übersteigerten Selbstbild war plötzlich nur ein Mann, dem ein Stein auf den Kopf gefallen war.

»Was wirst du jetzt tun?«, wandte sich Edmund an Claire, und Harriet konnte die Aufmerksamkeit aller anderen fühlen, die sich wie Scheinwerfer auf die beiden richtete.

Claire zuckte die Schultern. »Ich weiß nicht«, antwortete sie leise. »Manchmal ist es sehr offensichtlich, was das Richtige ist. Für mich im Moment gerade nicht. Und du?«

Edmund sah sie bedauernd an. »Manchmal ist es sehr offensichtlich, was das Richtige ist«, antwortete er. »Spätestens, wenn Melanie es einem so auseinandergesetzt hat, dass es sogar ein Mann versteht. Ich fliege morgen nach Hause. Aber hey! Hattie hat mir erzählt, während ich weg war, hast du ein paarmal Klavier gespielt, und ich Idiot habe es verpasst. Spielst du uns heute Abend was vor?«

Chatverlauf zwischen Harriet Fenshaw und Hayley Greensward, Mittwoch, 21.6.

Hayley
Also, verstehe ich das richtig ...?
Der Mordfall war gar kein Mord, sondern ein Unfall, aber du und Edmund, ihr habt einen alten Mord aufgedeckt, von dem niemand wusste? **21.12**

Harriet
So ungefähr. Jedenfalls geht die Polizei davon aus, dass Joe Pascoe von Andreas Eschberg umgebracht wurde. Sie kommen morgen mit den Experten zurück, weil sie denken, dass sie die Leiche – oder was es von ihr noch für Spuren gibt – finden können. **21.23**

Hayley
Wie gruselig! Aber das kann ja ewig dauern. Das Grundstück ist doch riesig! **21.25**

Hayley
Warum hat der Nachbar ihn umgebracht? **21.31**

Harriet
Pascoe hat Andreas Eschbergs Vater gehasst. Ich glaube, Wolfgang Eschberg muss im Krieg irgendetwas Schreckliches getan haben, wofür er nie bestraft wurde. Auf jeden Fall war er ein überzeugter Altnazi. Die beiden haben sich immer in den Haaren gelegen. Sein Sohn hat die Feindschaft geerbt, und außerdem hat Pascoes Hund ihn gebissen, als er ein junger Mann war. **21.48**

Hayley
Das reicht doch nicht als Grund, jemanden umzubringen! **21.52**

Harriet
Vielleicht hat er ihn im Streit erschlagen und es war kein Mord. Andreas Eschberg gilt als aufbrausend und cholerisch, und nach dem, was ich gesehen habe, glaube ich es. **22.08**

Harriet
Edmund fliegt morgen nach Hause, aber ich habe für morgen keinen Rückflug mehr bekommen. **22.13**

Hayley
Bleib doch die Woche, wenn du schon da bist. Mach dir noch ein paar schöne Tage. **22.19**

Harriet
Ø Diese Nachricht wurde gelöscht. **22.32**

Harriet
Ich bin nicht sicher, ob mich noch jemand länger hier rumhängen haben möchte. **22.36**

Hayley
Muss ja nicht auf dem Mordhof sein. **22.41**

Melanie

Vielleicht hatte Claire recht. »Schuld und Stühle« – saublöder Titel. Obwohl Edmund ihn gut fand. Weil er das Leichte in den Dingen sieht, das Spielerische und Witzige. Aber das war nicht das, woran ich bei der Konzeption gedacht hatte. Mir ist das Leichte und Spielerische ein bisschen abhandengekommen in den letzten Jahren. Wenn ich mich jetzt umschaue in dieser Ausstellung, denke ich, es ist vielleicht ganz gut, dass sie nicht eröffnet wurde.

Ich wollte nie so sein wie meine Mutter, und dann bin ich Künstlerin geworden wie sie und habe den Mauerhof zu meiner Heimat gemacht wie sie, und zuletzt habe ich auch noch versucht, wie sie Leute um mich zu scharen und ihren Traum von einer Gemeinschaft von interessanten Menschen wiederzubeleben.

Natürlich war mir nicht klar, dass das mein Hintergedanke war, als ich Ed, Sigi und Samuel eingeladen und gesagt habe, sie können Freunde mitbringen. Ich dachte nur daran, dass ich Claire auf den Hof kriegen wollte, weil mir die Sache auf der Seele lag und ich … na ja, *Erlösung* ist ein Wort, das ich nicht benutze … viel zu groß und religiös aufgeladen und alles. Aber es passt trotzdem am besten. Ich wollte Erlösung.

Und ich wollte ein volles Haus, interessante Gespräche, Aufregung … Aufregung habe ich bekommen, zu viel davon. Irgendwann ist mir aufgefallen, dass ich eigentlich nur meine Ruhe wollte – und gleichzeitig vielleicht etwas ganz Neues anfangen, jetzt, da ich weiß, dass ich nicht im Laufe der nächsten zwei Jahre an einem Tumor sterben werde.

Ich werde jedenfalls froh sein, wenn auf dem Mauerhof wieder Ruhe einkehrt. Claire könnte von mir aus bleiben, dann wüsste ich wenigstens, dass sie ernst macht damit, Kern zu verlassen. Aber sie muss sich selbst retten, ich habe da jedes Recht verspielt, mich einzumischen.

Von Sigi habe ich mir natürlich nicht viel erwartet. Umso überraschter war ich, als er uns alle dann … na ja, überrascht hat. Ich habe immer den Verdacht gehabt, dass er irgendwo eine empfindsame Seite verbirgt, aber dass die sich ausgerechnet auf einen hässlichen Hund mit Falten am Kopf beziehen würde, konnte wirklich niemand ahnen. Wenn es nach Niedergesäß geht, wird Arro erschossen und gevierteilt im Tierheim bei Wasser und Brot sein Dasein fristen. In Ketten. Der Mann hat es nicht verwunden, dass er tatenlos dastehen musste, als … okay, ich will auch nicht daran denken. Sigi kann sagen, was er will, dass diese Art von Wachhunden eine hohe Reizschwelle hat, aber das war eine Situation, die auch ganz übel hätte ausgehen können, und Kern hat mir gereicht – ich hätte nicht noch Harriet im Rettungswagen abtransportiert sehen wollen. Fest steht aber, dass Arro einen Schutzpatron gefunden hat, der nicht zulassen wird, dass ihm was zustößt, und vielleicht kann er ihn ja wirklich kontrollieren, aber – oh, ich wäre so gerne dabei, wenn das Vieh auf Isabella Wilhelmsens Abendrobe sabbert, was ganz bestimmt passieren wird, wenn sie erlaubt, dass Sigi ihn ins Haus bringt! Wie will er ihn überhaupt transportieren? Er kann ihn ja schlecht in den Tesla falten.

Ah, ich höre sie kommen – Polizei, Spurensicherer (wenn man die so nennt – vielleicht sind es Archäologen, wenn man nach einer Leiche sucht, die fünfzig Jahre lang irgendwo vergraben war), Menschen! Zu viele Menschen! Langsam kann ich verstehen, warum Pascoe eine Mauer gebaut hat. Armer Mann. Sich vorzustellen, dass er wirklich ermordet wurde – wenn es überhaupt stimmt! Sie scheinen aber überzeugt zu sein, wenn sie hier so anrücken.

Ich frage mich, wie viel sie kaputt machen werden, bevor sie finden, was sie suchen.

Harriet

Harriet blickte auf, als sie den Schatten auf den Schotter vor sich fallen sah, und schob ihr Handy in die Tasche. Sie saß auf einer steinernen Bank an der Front des Hauses, ein Stück von der Eingangstür entfernt. Links neben ihr stand die Statue einer schlafenden Katze, und auf den Stufen zum Haus lag die lebendige schlafende Katze in der Sonne.

»Darf ich?« Niedergesäß deutete auf den Platz neben ihr.

»Sicher.« Nervosität machte sie so einsilbig wie ihn.

»Gut.« Er setzte sich neben sie und schwieg.

Die Männer und Frauen, die er mitgebracht hatte, schossen Fotos, beugten sich über Bildschirme und trafen neben den Autos mysteriöse Vorbereitungen für ihre Arbeit. Wenn man ihre Aktivitäten ausblendete, war es ein schöner Vormittag, nicht zu heiß, mit einem leichten Wind, der durch die dicht belaubte Krone des großen Baumes neben der Scheune strich.

»Denken Sie, Sie werden etwas finden?«, fragte Harriet nach einer Weile.

»Wenn es etwas zu finden gibt, finden wir es«, antwortete er. »Ich mag den Gedanken, dass ein Verbrechen, von dem niemand gewusst hat, nach so langer Zeit aufgeklärt wird.«

Sie dachte an den alten, hasserfüllten Mann, dem sie hinter der Mauer begegnet war, und diese Erinnerung ließ sie schaudern.

»Tut mir leid, dass wir Sie gestern in Gefahr gebracht haben«, sagte Niedergesäß unvermittelt. »Eschberg hätte den Hund nicht als Drohung genutzt, wenn wir nicht im ungünstigsten Moment aufgetaucht wären und ihn dadurch unter Druck gesetzt hätten.«

Harriet blinzelte überrascht. »Ich dachte, dass ich mich selbst in Gefahr gebracht habe«, erwiderte sie langsam. »Es war wirklich nicht klug, hinter der Mauer herumzustreifen, obwohl ich wusste, dass der Hund dort schon für Ärger gesorgt hatte.«

»Hm.«

»›Hm‹, ich habe recht, oder ›hm‹, Sie sind völlig anderer Meinung, wollen aber nicht darüber reden?«

Er lachte kurz auf. »Ein bisschen von beidem vielleicht. Es gab nicht viel, was wir tun konnten, sobald die Situation sich so gestaltet hatte, wie sie sich gestaltet hatte«, fuhr er wieder ernst fort. »Und das ist nicht leicht zu verwinden, wenn man …« Er runzelte die Stirn und suchte nach Worten. »Wenn man …«

Harriet verdrehte die Augen. »Wenn Sie glauben, dass es eine große Überraschung für mich ist, zu hören, dass Sie Ihren Job ernst nehmen, muss ich Sie enttäuschen.«

»Wenn man seinen Job ernst nimmt«, wiederholte er. »Ja, das war es, was ich sagen wollte.« Sie hörte den Hauch eines Lachens in seiner Stimme, aber nur, weil sie ihn erwartet hatte.

Eine Minute lang beobachtete sie das Suchteam, das immer noch nichts suchte, sondern scheinbar ziellos durcheinanderlief. Eine Frau hatte einen Kaffeebecher in der Hand, und ein Mann unterhielt sich leise mit einem Hund, der im Kofferraum eines Wagens in einer Box saß. »Ist das ein Suchhund?«, fragte Harriet überrascht.

»Ein Archäologiehund«, verbesserte Niedergesäß und grinste, als er ihren skeptischen Blick sah. »Doch, gibt es wirklich. Er sucht Knochen.«

»Woher wissen Sie, wo Sie suchen müssen? Das Grundstück ist groß.«

Er sah sie von der Seite an. »Kommen Sie, Harriet, Sie kennen die Antwort selbst«, sagte er. »Sie haben alle Fakten. Einige davon haben Sie mir verraten.«

Es stimmte. Sie wusste die Antwort. Es war ihr nur bis zu diesem Moment nicht klar gewesen. Andreas Eschbergs Blick hin zur Mauer, als er davon gesprochen hatte, dass Pascoe in seine Heimat hätte zurückkehren sollen. Die Tatsache, dass Wolfgang Eschberg gefordert hatte, die Mauer abzureißen, sein Sohn aber auf Simones Angebot mit einer Klage vor Gericht geantwortet hatte. Sogar die Tatsache, dass im Jahr von Pascoes Tod der Regen die Mauer an einer Stelle hatte einbrechen lassen – eine Beschädigung, die hinterher wieder repariert worden war.

»Ob Pascoes Tod ein lange geplanter Mord war oder eine Tat im Affekt – der kaputte Teil der Mauer muss ein Platz gewesen sein, der ideal schien, um schnell eine Leiche verschwinden zu lassen«, sagte Niedergesäß. »Allerdings etwas kurzfristig gedacht, wenn man bedenkt, dass die Mauer die ganze Zeit ein Zankapfel war.«

»Aber Ingrid Pascoe war Mitwisserin«, gab Harriet zu bedenken. »Von ihr hatte Andreas Eschberg nichts zu befürchten. Erika war ihre Cousine, ihretwegen hat sie all die Jahre geschwiegen. Und als sie beschloss fortzugehen, hatte er Grund zu der Annahme, dass sie den Hof an ihn verkaufen würde; schließlich waren die Grundstücke ursprünglich eines – Problem gelöst!«

»Ich sagte ja, Sie wissen die Antwort«, sagte er beifällig. »Eschberg hat sich natürlich verkalkuliert. Erst hat Ingrid Pascoe den Mauerhof an Simone Herrenreuter statt an ihn verkauft, und dann ließen die Gäste dort die Grenze auch nicht in Ruhe, sondern streunten bis hinter die Mauer.«

»Deshalb der Hund«, nickte Harriet. »Er sollte die Mauer schützen.« Sie dachte nach. »Fast könnte er einem leidtun. Andreas Eschberg, meine ich. Er muss jahrelang in Angst gelebt haben. Und jetzt, da er sich vielleicht endlich sicher glaubte, bricht die Vergangenheit über ihm zusammen.«

Sie schwiegen wieder eine Weile.

»Die Welt könnte mehr empathische Menschen wie Sie gebrauchen«, bemerkte er unerwartet. »Allerdings würden dann eine Menge Mörder und Gewalttäter frei herumlaufen und wahrscheinlich von Ihnen auch noch Tee serviert bekommen. Als Kriminalbeamter kann ich Ihre Haltung also nicht teilen.«

Harriet lächelte in sich hinein, aber laut sagte sie: »Das ist etwas unpraktisch. Was fange ich dann mit dem ganzen Tee an?«

Er stand auf, um zu seinen Leuten hinüberzugehen, wandte sich aber noch einmal an sie: »Ich würde mir keine allzu großen Sorgen machen. Der findet schon Abnehmer. Mir liegen gesicherte Beweise vor, dass auch langjährige, überzeugte, hartgesottene Kaffeetrinker sich von Ihnen Tee servieren haben lassen.«

Auf dem Platz vor dem Mauerhof begann der Suchhund aufgeregt zu bellen, als er aus dem Auto sprang.

Artikel in den *Nürnberger Nachrichten* vom 24.6.

Mordopfer unter der Mauer

Rothenburg. Auf einem Anwesen in der Nähe von Rothenburg wurden unter einer Grundstücksmauer die Überreste eines Mannes gefunden, der vermutlich zu Beginn der 1970er-Jahre Opfer eines Tötungsdelikts wurde. Bei dem Mann handelt es sich um den früheren Besitzer des Hauses, einen englischen Offizier, der sich nach dem Zweiten Weltkrieg in Deutschland niederließ. Jahrelang glaubten die Behörden und die Bewohner des nahegelegenen Dorfes, der Mann sei zurück nach Kent in seine englische Heimat gegangen. Kriminalbeamte kamen dem Verbrechen auf die Spur, als sie wegen eines anderen Vorfalls auf dem Grundstück ermittelten. Dort war ein Gast des Hauses von einem Mauerstein getroffen und schwer verletzt worden. Nachdem die Polizei zunächst von einem Fremdverschulden ausgegangen war, stellte sich der Fall bald darauf als tragischer Unfall heraus. Im Zuge der Untersuchung wurden die Beamten auf die Geschichte eines lang zurückliegenden Nachbarstreits aufmerksam, der schließlich zur Entdeckung der Leiche führte. Wegen dringenden Tatverdachts wurde der Besitzer des Nachbarhauses festgenommen. Den heute Zweiundsiebzigjährigen erwartet eine Anklage wegen Mordes.

Sprachnachricht von Edmund Fenshaw an Harriet Fenshaw, 31.6.

Hattie, ich verzweifle gerade daran, Ivy die Regeln des Crickets zu erklären. Ich weiß wirklich nicht, wie jemand in diesem Land aufwachsen und nicht die geringste Ahnung von den grundlegendsten Dingen haben kann, aber du hast mich in diese Situation gebracht, jetzt musst du auch aushelfen! Morgen um sieben im

Brush and Broom. Du sorgst für die Erklärungen, ich sorge für Ale und gute Laune, und Ivy sorgt dafür, dass ich mich gut benehme. Ach, und bring das Buch mit, von dem du mir erzählt hast.

Chatverlauf zwischen Mala Ngomane und Harriet Fenshaw, 5.7.

Mala
Hattie, yay, es klappt mit der Akademie! Hier gibt es eine Menge Neuigkeiten, aber ich habe keine Zeit, sie dir alle zu schreiben. Am besten kommst du in den nächsten Ferien wieder zu Besuch, aber nur wenn du nicht wieder alte Mordfälle ausgräbst, das hat mir nämlich das eine Mal gereicht. Du kannst mich demnächst mal per WhatsApp anrufen, dann bringe ich dich auf den neuesten Stand. **16.34**

Mala
Ich hoffe, du weißt, wie man einen WhatsApp-Anruf macht? **16.50**

Harriet
Ich weiß, wie man einen WhatsApp-Anruf macht. **18.01**

Chatverlauf zwischen Hayley Greensward und Harriet Fenshaw, 23.7.

Hayley
Hi Hattie, drinks tomorrow evening in the »Horse and Dragon«? **16.14**

Harriet
Tut mir leid, ich hab schon was vor.
Nächsten Samstag? **16.21**

E-Mail von Harriet Fenshaw an Karl Niedergesäß, 19.7.

Okay.

> Am 18.7. um 19.45 schrieb Karl Niedergesäß <karl_niederg@web.de>:
>
> Harriet,
> ich reise am Wochenende nach London – fragen Sie mich nicht, warum ich bisher noch nie dort war; verfehlte Prioritäten wahrscheinlich. Haben Sie Zeit, mir etwas zu zeigen? Das Sherlock-Holmes-Museum, den Tower, eine Teestube oder von mir aus ein Treppenhaus oder einen Laternenpfahl?
> Ich würde mich freuen.
> Karl